UNIVERSALE
ECONOMICA
FELTRINELLI

CW01641907

Daniel Pennac, nato a Casablanca nel 1944, già insegnante di lettere in un liceo parigino, dopo un'infanzia vissuta in giro per il mondo, tra l'Africa, l'Europa e l'Asia, si è definitivamente stabilito a Parigi. Quando comincia a scrivere scopre una particolare propensione per storie comiche, surreali ma ben radicate nelle contraddizioni del nostro tempo. Ha raggiunto il successo dopo i quarant'anni con la serie di Belleville, i romanzi editi in Italia da Feltrinelli tra il 1991 e il 1995 (*Il paradiso degli orchi*, *La fata carabina*, *La prosivendola*, *Signor Malaussène* e *La passione secondo Thérèse*, oltre a *Ultime notizie dalla famiglia*), incentrati sul personaggio di Benjamin Malaussène, di professione capro espiatorio, e relativa famiglia. Recentemente, è uscito l'ultimo libro della serie: *Il caso Malaussène. Mi hanno mentito* (2017). Claudio Bisio ha portato in scena con grande successo la pièce che Pennac ha tratto dalla sua saga *Signor Malaussène*, prodotta dal Teatro dell'Archivolto con la regia di Giorgio Gallione. Sempre per Feltrinelli sono usciti: il saggio sulla lettura *Come un romanzo* (1993), il romanzo *Signori bambini* (1998), la storia a fumetti *Gli esuberati* (2000; con disegni di Jacques Tardi), il romanzo *Ecco la storia* (2003), il monologo *Grazie* (2004), la rielaborazione *L'avventura teatrale. Le mie italiane* (2007), il racconto *La lunga notte del dottor Galvan* (2005), i romanzi *Diario di scuola* (2008; "Audiolibri Emons-Feltrinelli", 2011) e *Storia di un corpo* (2012; nuova edizione accresciuta, con illustrazioni di Manu Larcenet, 2014), nella collana Feltrinelli "Kids", *Ernest e Celestine* (2013) e, nella collana "Feltrinelli Comics", *Un amore esemplare* (2018; con Florence Cestac). Altri suoi racconti sono comparsi nella collana digitale Zoom. Pennac ha vinto il Premio internazionale Grinzane Cavour "Una vita per la letteratura" nel 2002, il Premio Chiara alla carriera 2015 ed è stato insignito nel 2005 della Legion d'onore per le arti e la letteratura. Feltrinelli ha inoltre pubblicato *L'amico scrittore* (2015), una conversazione di Daniel Pennac con Fabio Gambaro.

DANIEL PENNAC

# Il caso Malaussène

Mi hanno mentito

Traduzione di Yasmina Melaouah

Titolo dell'opera originale
LE CAS MALAUSSÈNE
I
ILS M'ONT MENTI

© 2017 Éditions Gallimard

Traduzione dal francese di
YASMINA MELAOUAH

© Giangiacomo Feltrinelli Editore Milano
Prima edizione ne "I Narratori" aprile 2017
Prima edizione nell'"Universale Economica" aprile 2019

Stampa Grafiche Busti - VR

**www.feltrinellieditore.it**
Libri in uscita, interviste, reading,
commenti e percorsi di lettura.
Aggiornamenti quotidiani

IL RAZZISMO
È UNA
BRUTTA STORIA.
razzismobruttastoria.net

*In ricordo di*
*mio fratello Bernard*

*Per Yasmina Melaouah*
*Stefano Benni*
*Giorgio Gallione*
*Monica Randi*
*Alberto Rollo*
*Ludovica Tinghi*
*Roberto Roberto*
*e tutti gli amici*
*del Funaro*

“Scrivo come uno che si annega,
cioè molto di rado.”

Christian Mounier

MARA
papà e
THÉRÈSE
VERDUN
NANGE
JÉRÉMY
Clarence
IL PICCOLO
SIGMA
LE GEMEL LE
CLARA
Julie Gervaise
Laurent
LOUNA
BENJAMIN
MAMMA

# Il caso Malaussène

## Mi hanno mentito

# Repertorio

Alceste: romanziere pubblicato dalle Edizioni del Taglione. Ultimo titolo: *Mi hanno mentito.* Di prossima pubblicazione: *La loro grandissima colpa* (v. Fontana).

ARÈNES, Pierre: amico dell'autore, oggi scomparso. Nessun liceo porta il nome di questo meraviglioso insegnante.

Ariana: Ariana Matassa, moglie di Georges Lapietà.

BALESTRO, Jacques: procuratore sportivo.

Baptiste: Mathieu, Pascal, Adrien sono i fratelli rugbisti di Alceste. Sono tutti dediti alla palla ovale, mentre Baptiste è l'unico che gioca a calcio (v. Fontana).

Belleville: quartiere dell'Est parigino dove vive la tribù Malaussène. È un mondo in miniatura. La Geografia ridotta dalla Storia alle dimensioni di un fazzoletto.

Bénédicte: prima ragazza di Alceste. Ebbe il torto di leggergli a voce alta le avventure di Malaussène.

Benjamin o Ben: v. Malaussène.

BERNHARD, Thomas: romanziere austriaco, cupissimo perché estremamente lucido.

BERTHOLD: chirurgo eccezionale e clamoroso idiota. Ricordarsi di chiamarlo "professore".

BERTHOLET: ispettore di polizia dai metodi discutibili e poco efficaci. Il che non gli ha tuttavia impedito di diventare commissario di divisione.

BO: guardia del corpo cinese di Alceste.

Bottegone, Il: il quai des Orfèvres. Direzione generale della polizia giudiziaria della Prefettura di polizia di Parigi, 36, quai des Orfèvres, 75001.

Capro espiatorio: abbiamo tutti bisogno di un colpevole per sentirci innocenti, tranne poi adorarlo dopo averlo giustiziato. La funzione di capro espiatorio è antica quanto il mondo e sembra destinata a durare ancora un bel po' (v. René Girard, *Il capro espiatorio*, trad. C. Leverd, Adelphi, Milano 1999). In gioventù Benjamin Malaussène fu capro espiatorio professionista: stipendiato per beccarsi i cazziatoni al posto degli altri. Esercita ancora, saltuariamente.

CARDINALE, Claudia: attrice. Si vedano *Il Gattopardo* di Visconti, *C'era una volta il West* di Sergio Leone. Così Georges Lapietà vede la moglie.

CARREGA: ispettore di polizia, laconico e timido, vestito in qualunque stagione con uno di quei giubbotti di pelle con il collo di pelliccia resi un tempo celebri dalla squadriglia Normandia-Niemen. Ricompare qui come commissario di divisione.

Caso: il caso interviene con tale frequenza nella saga Malaussène che merita di essere trattato come un personaggio a sé. "Immaginate un uomo, appoggiato al parapetto di un transatlantico, con le mani incrociate sopra l'Oceano Pacifico. A causa di un'improvvisa infreddatura, starnutisce e gli cadono in acqua i gemelli, diamanti di valore inestimabile ereditati da un lontano avo che colano a picco, a dodicimila metri di profondità. Sei mesi dopo, il medesimo uomo entra in un ristorante, ordina un pesce d'altura, gli apre la pancia... Sorpresa: i gemelli non ci sono." E Nabokov concludeva, raccontando questa storiella che cito a memoria: "Questo è ciò che apprezzo del caso".

Clara: figlia di sua madre e di padre ignoto. Fotografa il

mondo com'è e quale che sia. Benjamin l'ha messa al mondo con le sue mani perché l'ostetrica si era sbronzata con l'etere e i medici avevano abbandonato l'ospedale (Hadouch era presente, può testimoniare): cfr. *Il paradiso degli orchi* – forse per questo è la sua sorella preferita.

Clarence: padre di È Un Angelo. Amore esclusivo di Clara ancorché direttore di prigione.

Colombaccio: soprannome dato a Xavier Legendre dai suoi uomini.

Coriolano: personaggio di Shakespeare, noto per l'indole attaccabrighe. Soprannome dato dalla Regina Zabo a Tony Schmider, uno dei suoi autori.

Corrençon: paesino del Vercors da cui viene il cognome del governatore Corrençon, nonché della figlia Julie.

CORRENÇON, Jacques-Émile: padre di Julie Corrençon, compagna di Malaussène. Ex governatore coloniale. Instancabile sostenitore della decolonizzazione.

Dédé: amico vertacomicoriano dell'autore. Quando la casa di quest'ultimo è troppo piena, gli presta spesso il suo capanno nella foresta per scrivere. Nel medesimo capanno Malaussène nasconde Alceste nel presente romanzo. Dédé, Lulu, René, Yves, Mick, Roger, Robert e gli altri amici vertacomicoriani dell'autore sono cresciuti con Julie Corrençon.

È Un Angelo (detto Nange): nipote di Benjamin. Figlio di Clara Malaussène e di Clarence de Saint-Hiver. Nato ne *La prosivendola*.

*Fata carabina, La:* storia, più o meno ispirata alla realtà, che l'ispettore Van Thian raccontava la sera ai bambini della tribù Malaussène.

Faustine: v. Fontana.

Ferramenta, La: la tribù Malaussène abita da sempre in una ex ferramenta, a Parigi, in rue de la Folie-Regnault, nell'XI *arrondissement*.

FONTANA: cognome di Alceste. Ci sono dieci Fontana. I genitori: Tobias e Mélimé. I figli maschi: Mathieu, Pascal, Adrien e Baptiste. Le figlie femmine: Marguerite, Geneviève e Faustine. E il decimo, Alceste, di cui a quanto pare l'autore non conosce il nome di battesimo.

Geco, Il: fratello attento di Ariana Matassa. Pratica l'arrampicata, per "vedere il mondo più da vicino". Alla fine ci è entrato dentro: topo di appartamenti.

Gervaise: amica di Benjamin Malaussène e dei poliziotti Titus e Silistri. Figlia della grande Janine e dell'ispettore Van Thian. Madre di Sigma (insieme con Julie Corrençon, è un po' complicato da spiegare qui). Ex suora specializzata nelle signorine da marciapiede, pentite e non. Nonché ex ispettore di polizia. Qui direttrice dell'orfanotrofio I Frutti della passione.

GONZALÈS, William J.: amministratore del gruppo LAVA.

Grande Magazzino, Il: primo luogo di lavoro in cui Benjamin Malaussène esercitò il mestiere di capro espiatorio (cfr. *Il paradiso degli orchi*).

Hadouch: amico d'infanzia di Benjamin. Hadouch, Mo il Mossi e Simon il Cabila vegliano sulla tribù Malaussène.

Hélène: professoressa di filosofia, ex moglie dell'ispettore Silistri.

Il Piccolo: fratello di Benjamin e figlio di sua madre. Il padre non è del tutto ignoto se dobbiamo prestar fede al racconto *Cristiani e mori* in *Ultime notizie dalla famiglia*.

Isabelle: nome della Regina Zabo, proprietaria delle Edizioni del Taglione. Soltanto Malaussène la chiama Regina Zabo e le si rivolge usando il titolo di Maestà.

Iuc: unico figlio di Georges Lapietà e Ariana Matassa. Iuc è il suo soprannome. Non si conosce finora il suo vero nome.

Jérémy: fratello di Benjamin e figlio di sua madre. Padre ignoto. È lui a scegliere i nomi di tutti i nuovi nati della tribù e i soprannomi degli altri personaggi. A lui si devono nomi e diminutivi di Verdun, È Un Angelo (Nange), Signor Malaussène (Sigma), Maracuja (Mara) e Julius il Cane.

Ju: guardia del corpo cinese di Alceste.

Julie: giornalista e passione unica di Benjamin Malaussène. Figlia del governatore coloniale Corrençon e di Mélina Mélini. Nata nel cascinale di famiglia del Vercors, les Rochas.

Julius il Cane: cane dei Malaussène. Razza molteplice, odore sostenuto e temperamento indipendente, ma fedeltà a prova di bomba. Come può lo stesso cane bazzicare la stessa saga per più di un quarto di secolo? La risposta si trova ne *Il caso Malaussène*.

KLEIN, Benoît: commissario di divisione presso la brigata finanziaria.

LAPIETÀ, Georges: uomo d'affari, ex ministro e consulente del gruppo LAVA.

LAVA: consorzio specializzato su scala europea nella fornitura di acqua potabile e nel trattamento delle acque reflue.

LEGENDRE, Xavier: commissario di polizia, genero del commissario di divisione Rabdomant. Termina qui la sua carriera come capo dei servizi attivi della polizia giudiziaria.

LEONE, Sergio: regista cinematografico. *C'era una volta il West*, *Per un pugno di dollari*, *Il buono, il brutto e il cattivo* ecc.

Ljuška: domestica della coppia Lapietà.

Louna: figlia di sua madre e di padre ignoto. Sorella di Benjamin. Infermiera.

Loussa de Casamance: dipendente delle Edizioni del Taglione. Senegalese originario della Casamance, specialista di letteratura cinese. Vecchio amico di Malaussène. Molto intimo della Regina Zabo.

Malaussène: villaggio vicino a Nizza dove il commissario Rabdomant si è trasferito quando è andato in pensione.

Da non confondere con un altro villaggio, Malaucène, situato ai piedi del Monte Ventoux.

MALAUSSÈNE, Benjamin: figlio di sua madre e di padre ignoto. È il maggiore della tribù Malaussène. Si definisce lui stesso "fratello di famiglia". È stato Controllo Tecnico al Grande Magazzino (*Il paradiso degli orchi*), poi direttore editoriale alle Edizioni del Taglione. In realtà capro espiatorio professionista.

Mamma: madre della tribù Malaussène. Sette figli, tutti di padri ignoti: Benjamin, Louna, Thérèse, Clara, Jérémy, Il Piccolo e Verdun. Nessuno li ha mai sentiti chiamarla altrimenti che mamma. L'autore ignora quindi il suo nome.

Manin: tenente di polizia, con un grande avvenire davanti, sempre che non muoia prematuramente in servizio.

Maracuja (detta Mara): nipote di Benjamin Malaussène e figlia di Thérèse (la quale si è rifiutata a lungo di rivelare l'identità del padre). Nata ne *La passione secondo Thérèse*.

Marty: amico dell'autore e medico della famiglia Malaussène. È stato lui a mettere al mondo È Un Angelo ne *La prosivendola*.

Mathieu: v. Fontana.

MÉNESTRIER, Paul: amministratore del gruppo LAVA.

Mermero e Fere: figli sfortunati di Giasone e Medea.

Mick: amico vertacomicoriano di Benjamin e dell'autore. Lui stesso autore di un fumetto sull'attacco nazista della fine luglio 1944 e sul massacro di cui furono vittime gli abitanti del Vercors.

Mo il Mossi: aiutante di Hadouch Ben Tayeb. Inseparabile da Simon il Cabila. Tutti e tre sono i protettori della tribù Malaussène.

Mondine: vecchia amica di Gervaise. Sposa il professor Berthold in *Signor Malaussène*.

MOULLET, Patrice: compositore e creatore di strumenti musicali. In particolare l'OMNI qui descritto.

Ophélie: figlia di Rachida Kader e di Hadouch Ben Tayeb.

PASTOR, Jean-Baptiste: ispettore di polizia ne *La fata carabina*. Il prediletto del commissario di divisione Rabdomant. Fa squadra con l'ispettore Van Thian e applica un metodo di interrogatorio infallibile. Non ha lasciato indifferente la mamma.

PECKINPAH, Sam: regista cinematografico – *Il mucchio selvaggio*, *Cane di paglia*, *Voglio la testa di Garcia* –, non propriamente all'acqua di rose.

POSTEL-WAGNER: medico legale che lavora anche sui vivi. Amico dell'autore, di Malaussène e di Gervaise Van Thian. Postel-Wagner mette al mondo Signor Malaussène (Sigma) nel romanzo eponimo.

RABDOMANT: commissario di divisione incaricato di tutti i casi in cui è coinvolto Malaussène finché non è andato in pensione in *Signor Malaussène* ed è stato sostituito dal genero, il commissario di divisione Legendre.

Rachida: amica di Benjamin Malaussène, fidanzata di Hadouch Ben Tayeb. Insieme hanno fatto Ophélie.

RITZMAN, Valentin: amministratore del gruppo LAVA.

Robert: amico vertacomicoriano di Malaussène e dell'autore, amico d'infanzia di Julie Corrençon.

Rochas, les: casa di famiglia del governatore e di Julie Corrençon. È un vecchio cascinale, invaso dalle malvarose, da qualche parte nel massiccio del Vercors.

Sébastien: infermiere del dottor Postel-Wagner. Infermiere anche nella vita.

Signor Malaussène (detto Sigma): figlio di Benjamin Malaussène, di Julie Corrençon e di Gervaise Van Thian. Nato in *Signor Malaussène*.

SILISTRI, Joseph: commissario di divisione originario delle Antille. Fa squadra con il capitano Titus. Entrambi compagni di lotta di Gervaise Van Thian in *Signor Malaussène*.

Simon il Cabila: aiutante di Hadouch Ben Tayeb. Inseparabile da Mo il Mossi. Fra i suoi incisivi soffia il vento del Profeta.

Taglione, Edizioni del: casa editrice fondata da Talleyrand e diretta dalla Regina Zabo. Dagli anni 2000 le Edizioni del Taglione si sono specializzate nella pubblicazione di autori di verità vera.

TALVERN, giudice: sorella di Benjamin (Verdun), moglie di Ludovic Talvern e giudice istruttore nel caso Lapietà.

TALVERN, Ludovic: panettiere. Marito della giudice Talvern, di cui fu professore di Diritto dello sport.

Tanita: modista originaria delle Antille. Moglie dell'ispettore Adrien Titus; la sua crema, il suo tesoro, la sua luce, il suo letto, il suo frutto tropicale, il suo bel madras, la sua chitarra, le sue ghiandole, il suo tocco di cioccolato, il suo infuso tropicale, la sua vita, la sua vita, la sua vita... Tutte parole, queste, dello stesso capitano Adrien Titus.

Théo: amico dei Malaussène. I ragazzi della tribù lo considerano una specie di zio e Maracuja una specie di padre. Responsabile del reparto fai-da-te del Grande Magazzino. Preferisce gli uomini alle donne, ma unicamente sul piano libidico.

Thérèse: sorella di Benjamin e figlia di sua madre. Padre ignoto. Da adolescente praticava la divinazione in tutte le sue forme. Qui si limita a essere la madre di Maracuja.

TITUS, Adrien: poliziotto di origine tatara. Capitano. Fa squadra con il commissario di divisione Silistri e la giudice Talvern.

Tobias e Mélimé: genitori adottivi di Alceste (v. Fontana).

Turgot, La pianta di: pianta di Parigi commissionata da Michel-Étienne Turgot, prevosto dei mercanti, a Louis Bretez, intorno al 1735. È una pianta isometrica: tutti gli edifici sono rappresentati nelle stesse dimensioni.

VAN THIAN: ispettore di polizia franco-vietnamita e bambinaia consolatrice di Verdun Malaussène ne *La fata carabina* e ne *La prosivendola*. Mezzo tonkinese e mezzo francese. La voce di Jean Gabin in un corpo simile a un fuscello. Figlio di Louise e di Thian di Mong Cai. Padre adottivo di Gervaise, collega e amico dell'ispettore Pastor, con il quale lavorò sotto il commissario di divisione Rabdomant.

VERCEL, André: amministratore del gruppo LAVA.

Vercors: massiccio delle Prealpi del Nord. Uno dei centri della Resistenza. Il governatore Corrençon e la figlia Julie possiedono lì una casa di famiglia, les Rochas. L'autore ha nel Vercors molti amici che lascia a malincuore alla fine di ogni estate.

Verdun: sorella di Benjamin (la più giovane) e figlia di sua madre. Padre ignoto. Nata, urlante, ne *La fata carabina*. È stato Jérémy a battezzarla Verdun, come l'omonima battaglia (v. Talvern, giudice).

Vertacomicoriano: relativo al Vercors.

Zabo (detta Regina Zabo): direttrice delle Edizioni del Taglione, capa di Benjamin Malaussène.

# 1.

# La più bella

"La sai la più bella?"

Gullit

# 1.

Lapietà? Georges? Lo conosci, è il classico tipo che nelle confidenze ci sguazza, come i cani in campagna nella fossa del letame. (Quel movimento elicoidale che li attorciglia tutti, dal muso alla coda!) Lui, uguale. E poi ne spande ovunque. Allora tanto vale entrare subito nella sua testa. Non è un'indiscrezione, è stato lui stesso quel giorno a raccontare tutto ai ragazzi. A cominciare dall'accuratezza con cui si è preparato per andare a prendere l'assegno. E i buoni motivi che aveva per non arrivare puntuale: Ho tutte le carte in mano, arrivo all'ora che mi va, becco i soldi e ce ne andiamo in vacanza, questo voleva far capire al gentile comitato: Ménestrier, Ritzman, Vercel e Gonzalès. Settimane passate a scegliere con cura il travestimento. Ariana, che ne dici di un paio di bermuda? Te la vedi la loro faccia, se mi presentassi in bermuda e infradito? E una canna da pesca? Iuc, muoviti a trovarmi una canna da pesca! Una di quelle robe stravecchie, magari di bambù, tipo Charlot, hai presente? Ah, immaginarli mentre sono lì che fremono con quell'assegno che gli rode le budella, mentre lo aspettano nel silenzio tutto ori e stucchi del salone rimuginando l'opinione che avevano di lui, Georges Lapietà, ma tutti e quattro belli zitti e muti, visto che tutti e quattro ci stavano dentro fino al collo. Hai finito di agghindarti, Georges? Guarda che fai tardi. Ma è proprio questo il bello, Ariana. Ah! Il silenzio della loro attesa! Il tintinnio dei cucchiaini nelle tazze dove lo zucchero non si decide a sciogliersi. L'andirivieni degli occhi fra l'orologio e la porta del salone. Le conversazioni che languono e lui che non arriva. Ariana, puoi chiedere a Ljuška di farci un altro cafferino? Aveva voluto che fossero presenti tutti e quattro. O così o la conferenza stampa, che scegliessero. E perché non la conferenza stampa? Why not, in effetti? Ma perché in quel caso avrebbe reso nota pubblicamente la composizione dell'assegno! Avrebbe raccontato ai giornalisti le condizioni dell'accordo. No, eh? Quindi no. Anche lui ambiva a un piacere più intimo. Al momento di ritirare l'assegno voleva le loro quattro belle facce tutte per sé. Voleva le quattro strette di mano. Belle energiche, prego! Era capace di obbligarti a stringergli la mano una seconda volta. Tipico suo. E se la seconda volta non bastava, ti scoccava un bacio, pubblicamente e musicalmente, che ti lasciava sulla guancia una piccola chiazza sensibile agli obiettivi, come un argento di lumaca. Riserbo nella riscossione dell'assegno, ma schiettezza nello sguardo. Fra noi niente pensieri reconditi. Cinque tipi a posto, perfettamente al corrente delle regole del gioco. Che avranno senz'altro occasione di lavorare ancora insieme. Ma sì, vedrete. Ah! un'altra cosa. Lasciargli un ricordo olfattivo. Che se ne tornino ai loro affari circonfusi dal profumo del suo dopobarba! Quindi niente stretta di mano! Semmai un bell'abbraccio! Un *abraço* alla brasiliana, pancia contro pancia e gran pacche sulla schiena. E a quel punto le giacche potevano anche buttarle. Iuc, trovami il dopobarba più... più... indimenticabile... qualcosa di dolciastro... di nauseabondo... il più... volgare... tenace nella volgarità... ti ho tirato su come si deve, quindi sai cosa intendo... il loro concetto di volgarità... Ecco! E mi ci riempi la vasca da bagno.

Settimane di preparativi. E adesso un altro cafferino. Georges, basta caffè, è ora che tu vada! E fai pipì prima di uscire che non si sa mai. Ariana, ti assicuro che non c'è nessuna fretta, hanno tempo... E pisciare, piscio quando torno, sarà molto meglio.

Per la macchina aveva già deciso da un pezzo. No, non l'Aston Martin e niente autista! Bermuda, canna da pesca... Iuc mi presteresti la tua? Sei gentile, grazie. Hai una settimana di tempo per farla diventare bella lurida. Arrivare lì con la macchina del figlio. E un figlio che non vuole sentirsi dipendente dal padre ha di sicuro un catorcio molto pittoresco. Perlomeno agli occhi di chi spia il tuo arrivo in un cortile d'onore attraverso le tende di una finestra rinascimentale.

Ed eccoci qua. Georges Lapietà, nella Clio asmatica, sicuro di essere abbastanza ridicolo con i suoi bermuda, la vecchia canna da pesca, il dopobarba, quel rottame da ragazzino con i finestrini che non si aprono più e il desiderio di far lo sbruffone che non lo mollerà mai... Prendere per i fondelli... Era come una tenia, beccata da piccolo... E dire che è un uomo tremendamente serio. Uno fra i primi quindici portafogli europei, mica niente!

"Tu e le tue buffonate," gli ha detto Iuc, "sei un ossimoro, papà, ecco cosa sei."

Date un'istruzione ai figli e quelli vi inchiodano subito a un concetto. Anche se, quanto a inchiodare... Iuc... Era stato lui a soprannominare il figlio Iuc. Vedendolo aiutare le domestiche fin da quando era riuscito a reggersi in piedi, rifarsi il letto da solo, sparecchiare la tavola senza che nessuno glielo chiedesse, fare piccoli lavoretti in casa e ritrovare quello che gli uni e gli altri perdevano. IUC: Impiego di Utilità Collettiva. E il soprannome gli era rimasto. Ariana lo trovava carino. Preferiva Iuc a Mimi, Chouchou, Titi, Zozo, i bisillabi sfuggiti ai suoi momenti di tenerezza. Impiego di Utilità Collettiva... A questo pensa Georges Lapietà quel lunedì mattina, in rue des Archers, bloccato dietro un camion dei traslochi da cui l'autista scarica gli ultimi scatoloni facendo segno che è questione di un minuto. Certo, così sarà ancora più in ritardo, ma Lapietà non ha mai avuto bisogno di aiuto. Adesso però ha fretta, e sta per scendere dalla Clio quando compare la ragazzina.

China sopra di lui, con la spazzola lavavetri in una mano e il detergente nell'altra, comincia a pulire il parabrezza di Iuc. In tempi normali non gliel'avrebbe lasciato fare, ma lei è arrivata accompagnata dalle tette. E che tette! Che tette, santa Vergine! Di così commoventi, poco ma sicuro, non ne ha mai viste. E Dio sa se ne ha viste, lui. Ma come quelle, mai. Due apparizioni subito svanite, poiché la schiuma ha coperto l'intera superficie del parabrezza. Comincia ad aspettare la prima passata della spazzola, ad agognare la resurrezione di quel seno come si spia la comparsa della pelle dopo il passaggio del rasoio. Ma della spazzola manco l'ombra. Solo bianco. Bianco anche nel retrovisore, niente più lunotto, e bianco sui finestrini. Si direbbe panna montata. La Clio sotto la neve come se fosse finita in un racconto d'inverno. E quello scossone. Il muso dell'auto che si solleva. Oddio, ma cos'è, mi portano via con il carro attrezzi? Il piede che schiaccia invano il freno. La mano sinistra che tira la maniglia della portiera. Bloccata. L'altra pure. E la Clio che sale su per una rampa, accompagnata dal fracasso di un argano ben lubrificato. Tutto ciò mentre sbiancano le falangi sul volante e cresce la sua voglia di urlare, sopraffatta però da un improvviso torpore... dormire, pensa... dormire... non è il...

# 2.

Io sottoscritto Benjamin Malaussène vi sfido, oggi, chiunque voi siate, ovunque vi nascondiate, quale che sia il vostro grado di indifferenza alle cose di questo mondo, a ignorare l'ultima notizia appena uscita, la notiziona che farà discutere la Francia e crepitare i *soscial*. Scegliete il cuore dell'estate, sbolognate la prole, lasciate che la vostra compagna (Julie, la giornalista dalla criniera leonina e dalle tette leggendarie) copra gli argomenti di sua scelta, rifilate il cellulare a un amante del tiro al piattello, ritiratevi a mille miglia da qualsiasi città, qui, sul tetto del Vercors, a Font d'Urle, duemila metri al di sopra di tutto, scegliete un amico muto, – Robert, per esempio, la discrezione fatta persona – e andate con lui a fare l'annuale raccolta di mirtilli, spazzolate i cespugli in silenzio, riempite i secchi evitando di pensare, persino di fantasticare, create insomma le condizioni ottimali per la vostra serenità, ebbene, anche qui, nel cuore del nulla, totalmente dissolti in voi stessi, non potrete impedire all'ultima notizia di esplodervi all'orecchio come un petardo del 14 luglio!

È sufficiente che un cane da slitta un po' giovincello esca dal suo recinto, vi veda e percorra pancia a terra i cento metri che lo separano da voi, vi faccia le feste con la lingua fuori, spinto dall'atavico bisogno di affetto di quella razza inadatta alla solitudine canina, che il suddetto husky rovesci il vostro secchio di mirtilli, che dimenandosi come un pazzo ne sparpagli il contenuto, che anticipi la marmellata calpestando freneticamente cinque ore di raccolta, che, in quel frangente, una pecorella smarrita cominci a belare, che il cane si immobilizzi, che il lupo in lui drizzi improvvisamente le orecchie, che voi pensiate salviamo la pecora per evitare che il pastore e il padrone del cane si scannino, che vi togliate la cintura per improvvisare un guinzaglio, che riportiate il cane al recinto, che lì troviate il suo padrone (non particolarmente preoccupato né riconoscente, peraltro), il suo padrone, cioè la cascata di dreadlocks color verde marcio che da una quindicina d'anni ha mollato tutto per venire qui a dimenticare se stesso, perché il suo padrone, quindi il meno comunicativo degli esiliati in patria, il più estraneo a quel che accade fuori dal suo campo visivo, perché quel defilato totale vi dica, levando appena gli occhi su di voi, preso com'è a proteggere dalla tramontana nascente la buona erba che rolla a mo' di tabacco, vi dica, con voce appena udibile:

"La sai la più bella?".

Non fate in tempo a obiettare che le più belle vi deprimono, e lui già ve la tira fuori, avvicinando il fiammifero al suo cono:

"Hanno rapito Georges Lapietà".

Quel che succede con le più belle è che appena uno viene a saperle le ripete. Sempre. Così ho fatto io. A Robert, nella fattispecie, intento a raccogliere i miei mirtilli.

"Gli eri proprio simpatico, eh, a quel cane."

È tutto quel che ha da rispondere.

Molto più tardi, poco prima di lasciarmi a casa:

"T'immagini essere chiusi in una cantina con Lapietà. Un vero incubo, poveretti".

"Che ore sono Robert?"

Me lo dice. L'ora del mio appuntamento con Maracuja.
"Devo chiamare Sumatra."
"Salutamela, Sumatra."

Maracuja a Sumatra, È Un Angelo in Mali e Signor Malaussène nel Nordeste brasiliano, Mara, Nange e Sigma ai tre angoli del mondo. Una volta, per le vacanze i figli si mandavano dalla nonna, si spedivano in colonia o, se non avevano studiato abbastanza, li si rinchiudeva in qualche lugubre collegio estivo. Da una quindicina d'anni, invece, per le vacanze estive ci si butta sul volontariato. L'ONG di turno. Fino in capo al mondo. Mara, Sigma e Nange lavorano come volontari per alleviare uomini e bestie. Lo fanno gratis. E gli piace pure. E non hanno nemmeno paura. Stai trà Ben, ci sentiamo su Skype (una colletta, hanno fatto, per regalarmi il computer su cui skypare), così potrai vederci in faccia! Occhio ai fusi orari, però, che bisogna essere puntuali all'ora stabilita. Chiedi a Julie se hai problemi col computer. E se non hai la connessione vai da Robert. Dai, stai sereno, cosa vuoi che ci succeda? Mica siamo più dei bambini! Non ti ricordi che ci hai visto crescere? Questi i loro argomenti. Sorretti dai più svariati, incrollabili principi. Mara, all'alba dei suoi diciassette anni, con quel tono risoluto nella voce che ha preso da Thérèse: Zio, qualcosa dobbiamo pur restituire, con tutto quello che abbiamo depredato. Su questo la mamma ha ragione. E poi, dai, bisogna anche aprirsi al mondo.

Mi reputano penosamente sedentario e del tutto privo di curiosità. Anche un filino apprensivo, e non molto generoso. Stanco di tutto senza essere andato da nessuna parte.

NANGE: Zio, non è che siccome hai avuto tutti quei casini da giovane adesso ci devi costringere al domicilio coatto!

IO: Nange, sei troppo angelico per andare a zonzo in

quelle lande africane, i guerrieri della vera fede ti taglieranno la testa!

NANGE: Poco probabile, zio, quelle zone sono molto meno frequentate di un articolo de "Le Monde". Non si incontra 'sta gran gente.

E Signor Malaussène, mio figlio, dal profondo del Brasile:

SIGNOR MALAUSSÈNE: Non fare il papà ansioso, vecchio padre, che tanto ormai ho preso il volo. Raggiungimi, semmai! Qui scaviamo dei pozzi per la gente che ha sete.

IO: Sigma, da quanti anni è che non mi raggiungi più nel Vercors?

SIGNOR MALAUSSÈNE: Da quando nel Vercors mi annoio, e cioè da una vita. Ti confesserò una cosa: quando eravamo già un pochino cresciuti, io, Nange, Mara e Verdun tiravamo a sorte per decidere chi sarebbe venuto lassù con voi.

IO: Venivano sempre Verdun e Nange.

SIGNOR MALAUSSÈNE: Perché baravamo! A Verdun, che fosse il Vercors o un altro posto, non fregava niente, la conosci Verdun... E Nange la seguiva ovunque. Perché lei era la sua zietta adorata!

Ecco cosa ci diciamo su Skype. Dove io soppeso le risposte. Non rivelare a Mara che è giustissimo, ci mancherebbe, proteggere gli oranghi nelle loro giungle in pericolo, ma che la macchina della deforestazione non c'è niente che la potrà fermare. Non dire a nessuno di loro che oggigiorno la puntatina presso la ONG redentrice è quel che tira di più sul curriculum per entrare nelle grandi università francesi e nelle varie Oxford, Berkeley, Harvard, Cambridge o Stanford e che persino la regina d'Inghilterra ci spedisce i nipoti perché si facciano una botta di vita vera. Non dire niente di tutto questo. Ascoltare i ragazzi senza scoraggiarli. In fondo adesso tocca a loro. Lasciare che si godano le loro illusioni, senza dirgli che sono le erbe aromatiche di cui è cosparso il grande abbacchio finanziario.

Din don.

È Signor Malaussène.

Sigma sta scavando con la sua squadra un pozzo nel profondo del sertão brasiliano, e hanno trovato qualcosa di troppo duro.

SIGNOR MALAUSSÈNE: Uno strato di basalto, vecchio padre, ci toccherà usare la dinamite! Domani scendo a mettere le cariche. È il momento di aver paura per il tuo unico figlio!

(Da che mi ricordo, Sigma mi ha sempre chiamato *vecchio padre*. "Lo sai benissimo che non invecchierai mai, vecchio padre!")

IO: Non hai niente di unico, Sigma.

Non dire a Signor Malaussène che se scava un pozzo nel sertão brasiliano lo fa sicuramente con la segreta benedizione di un latifondista che potrà attribuirsene il merito per puntare al posto di governatore e che, quando l'avrà ottenuto, nel pozzo il brav'uomo ci getterà i contadini ribelli. E poi lo richiuderà.

Queste le cose che mi dicono i ragazzi e le cose che io taccio, quando mi alzo di notte all'ora in cui accendono il computer. E mi torna in mente quando erano piccoli, e la mamma, Clara, Thérèse, Julie e Gervaise, alle prese con le loro urgenze del momento, me li affidavano perché li addormentassi. E perché mi svegliassero: biberon, diarree improvvise, confidenze impellenti, sogni incredibili, incubi abissali...

In fondo è sempre uguale.

Ed è stancante.

Andiamo a letto e dormiamo.

Dormire...

Non c'è progetto più ambizioso, qui, quando di notte imperversa il vento. Cariche notturne di tutti i cinghiali del Vercors, le raffiche diventano assalti furiosi, i vetri fremono dietro le imposte chiuse, tutto sibila, cigola, geme, sbatte, les Rochas ululano...

Da quanto tempo resiste questa casa?

Risposta di Julie che si immischia fra le lenzuola:

"Un secolo e mezzo, Benjamin. Dal 1882, per essere precisi".

Dopodiché, rannicchiandosi addosso a me, mi fa:

"La sai la più bella?".

Poco ci manca che l'indomani anche la radio non si accenda da sola, sotto la pressione della più bella. Su tutti i canali non si parla che di questo: il rapimento di Georges Lapietà. Chi? Come? Perché? Dove? Certo, se ci si mette a fare la lista delle persone che Lapietà si è inimicato nell'esercizio delle sue innumerevoli funzioni, c'è di che perdersi nella giungla delle congetture. A cominciare dagli ottomilatrecentodue dipendenti mandati a spasso quando ha chiuso le filiali del gruppo LAVA che aveva rilevato per la cifra simbolica di un euro con la solenne promessa di non toccare i posti di lavoro.

"Ho forse la faccia di un affamatore?"

(Il "Canard enchaîné" aveva immortalato questa frase in un disegno in cui Lapietà divorava una folla di dipendenti che tentavano di scappare dal suo piatto.)

E quest'altra sortita, quando poi Lapietà le filiali le aveva chiuse:

"E allora? Sono anch'io disoccupato! In questa vicenda abbiamo corso tutti lo stesso rischio: il rischio di vivere!".

Con la piccola differenza che in fondo al suo, di rischio, Georges Lapietà trovava uno di quei paracadute che ammortizzano un pelo gli atterraggi: ventidue milioni ottocentosettemiladuecentoquattro euro. Questo l'ammontare dell'assegno. Si è saputo ora. Fino a questo momento il consiglio di amministrazione "non aveva ritenuto di dover comunicare questo dato". Ventidue milioni ottocentosettemiladuecentoquattro euro! Perché quei quattro euro? Perché fa preciso, immagino. E proprio mentre andava a ritirare l'assegno, Lapietà è sparito. È anche vero che tre ore dopo, quel giorno, il medesimo Lapietà era stato convocato dalla giudice Talvern (mia sorella, sia detto tra parentesi, Verdun Malaussène in persona, coniugata Talvern e diventata giudice istruttore. Eh sì, come passa il tempo...). Che questo abbia qualcosa a che fare con la sua scomparsa? Lapietà ha forse tentato di sottrarsi alle indagini della giudice muta? No, decisamente troppo "facile". È di questo che ora si discute: Lapietà e la sua sfilza di magagne passate, Lapietà e la finanza, Lapietà e la politica, Lapietà e il calcio, Lapietà e il suo carisma, Lapietà e il suo duello con la giudice Talvern... Perché adesso è il momento delle analisi, l'esercito dei commentatori sta per prendere d'assedio le tavole rotonde.

Clic.

Basta radio.

Silenzio delle onde.

Silenzio della nostra camera.

È calato il vento.

Il silenzio assoluto del Vercors quando abdica il vento... L'immobilità dell'aria che la gente di qui chiama "la veglia".

Che fine hanno fatto gli uccelli quest'anno?

Scendere in cucina.

Caffè. Un bel caffè.

Turco.

Far salire tre volte la schiuma. Poi lasciare che scenda. Quando Thérèse era adolescente, dopo che l'avevamo bevuto capovolgeva la tazza per leggerci il futuro nelle colate dei fondi.

Domanda di Julie che arriva in cucina:

"Che fai oggi?".

"Dove sono finiti gli uccelli, Julie?"

"Saranno andati verso sud, presumo. È rimasto un po' di caffè?"

"Ma mica migrano tutti, gli uccelli!"
"Malinconico, Benjamin?"
"Perplesso."
"..."
"Perplesso e sul chi vive."
"E cosa fai oggi?"
"Devo portare da mangiare ad Alceste."
"Ah..."
"È l'ultima volta. Credo abbia quasi finito."

## 3.

Portare da mangiare ad Alceste significa addentrarmi nella foresta del Sud Vercors, con uno zaino da quindici chili in spalla, preceduto da Julius il Cane.

Non è il Julius di una volta, ovvio, né il suo successore, è quello dopo ancora. Terza generazione.

Quando Julius è morto (il primo Julius), la tribù Malaussène ha sfiorato il suicidio collettivo. Julius il Cane era scampato a tanti di quei pericoli e sopravvissuto a tante di quelle crisi epilettiche che alla fine ci eravamo messi in testa che fosse garantito *ad vitam aeternam*. E poi un giorno, una mattina, io e Julie l'abbiamo trovato seduto davanti alla nostra finestra come se fosse lì da sempre. Calcificato durante la notte. Era duro e mandava un suono vuoto. Nemmeno un fremito. Morto e stramorto. Una reliquia impagliata, senza pulci, senza bava, senza odore e senza alcun progetto. Julius il Cane era passato a miglior vita. Noi alla Grande Falciatrice ci eravamo abituati, figurarsi! Ne avevamo vista di gente morire! Persone care! Lutti altamente lacrimali! Ma Julius, seduto definitivamente su Parigi quella mattina, era – come dire? – la nostra morte assoluta.

L'abbiamo seppellito al Père-Lachaise (clandestinamente, va da sé), nel settore di Auguste Comte, ai piedi della statua detta *L'Humanité*. Perché, Jérémy dixit, come cittadino del mondo Julius non lo batteva nessuno!

Amen.

E l'abbiamo subito rimpiazzato.

Con lo stesso.

Secondo Il Piccolo (che adesso era più alto di me di una buona spanna), Julius aveva talmente proliferato in giro per Belleville che ormai non ci voleva niente a trovare una sua copia identica. La sua impronta genetica era di quelle che non lasciano dubbi. Jérémy e Il Piccolo hanno così subito selezionato tre eredi a prova di bomba, tre Julius che li hanno seguiti fino a casa senza fare una piega per sottoporsi all'esame di ammissione. Il prescelto fu quello che si lasciò annusare da ciascuno di noi senza ringhiare, senza abbassare le orecchie, senza inarcare la schiena e senza infilare la coda fra le gambe, aspettando la fine dell'esame come chi passa la dogana senza aver niente da nascondere. Abbiamo scelto lui perché anche Julius Primo era uno che non si stupiva di niente. E otto anni dopo fu lui a essere strappato al nostro affetto da un camion che infatti non lo sorprese. Il Julius seguente, quello che ora mi precede verso il nascondiglio di Alceste, è stata Maracuja a reclutarlo. Se avessi un animo appena un po' religioso, crederei a una resurrezione. Perché il Julius che stamattina mi guida verso la foresta meridionale aprendo la strada con il suo profumo e quell'ancheggiamento come se l'ultimo vagone non seguisse di sua spontanea volontà la vettura di testa, non c'è alcun dubbio, è proprio il mio Julius di sempre.

Ogni volta che arrivo al confine con il Vercors meridionale, tra i campi e la foresta, mi giro per dare un'ultima occhiata al Nord.

"Ci fermiamo un momento, Julius, ti va?"

La prospettiva immensa e silenziosa che si apre sull'intero massiccio ha fatto di me, uomo da asfalto e da decibel, un amante del silenzio, del cielo e della pietra. Julie e io abbiamo regalato questo paesaggio ai bambini per tutti gli anni della loro crescita. L'immensità si addice all'infanzia, che è ancora abitata dall'eternità. Passare le vacanze a oltre mille metri di altitudine e a ottanta chilometri da qualunque città significa alimentare i sogni, aprire le porte alle storie, parlare con il vento, ascoltare la notte, entrare in contatto con gli animali, dare un nome alle nuvole, alle stelle, ai fiori, alle erbe, agli insetti e agli alberi. Significa dare alla noia la sua ragione di essere e di durare.

"Che bello annoiarci insieme, zio," diceva Mara, la più esplosiva della banda. "Domani finiamo la capanna degli animali, ok?"

La capanna degli animali era un posto di osservazione appollaiato tra due faggi e con vista su una radura, dove Maracuja, È Un Angelo, Verdun e Signor Malaussène passavano le giornate e le notti di luna piena a osservare la vita degli animali.

SIGMA: Oh, lo sai vecchio padre che stanotte c'era un cervo che se n'è fatte tre! Aveva uno di quegli arnesi... Non è un po' piccola, Mara, per...

Che siano stati gli attributi del Cervo? "Da grande voglio fare la veterinaria degli animali selvatici," dichiarò Mara sin dalle prime notti nel capanno. Da ciò la sua presenza, oggi, in quella che lei definisce la "ONG delle bestie".

NANGE: Sai, Ben, le noci che abbiamo dato ai cinghiali? Quelli le aprono in due e mangiano il dentro senza rompere il guscio!

MARA: Zio, Verdun ha trovato una poiana ferita. Guarda!

Poiana che Verdun aveva curato steccandole l'ala e imboccandola, tanto che una volta guarito l'animale non l'aveva più lasciata. Per anni vedemmo Verdun e la sua poiana inseparabili come erano stati Verdun piccola e il fu ispettore Van Thian. Verdun portava la poiana in un'imbragatura di cuoio, proprio come Thian aveva portato Verdun. La ragazza e l'uccello prendevano il mondo di petto. Avevano lo stesso sguardo. Il mondo ne fu intimidito. Compresi gli esaminatori e le commissioni dei concorsi.

Poi arrivò l'estate in cui nel Vercors salirono soltanto Verdun e la sua poiana. È Un Angelo aveva sacrificato la giovane zia sull'altare dei primi amori. Verdun non si scompose: una nuova tappa nella vita di Nange, non c'era da farne un dramma. Alla nascita di È Un Angelo, Verdun stessa era saltata giù dalle braccia dell'ispettore Van Thian per accogliere il serafico nipote. Per diciassette anni ne era stata l'immutabile protettrice. Poi l'angelo aveva preso a volare con le proprie ali.

Ormai Verdun, Julius, la poiana e io camminavamo soli nelle foreste meridionali. (Julie era altrove, va da sé.) Verdun mi chiedeva di farle ripassare i suoi esami di diritto.

Poi la poiana morì. (Una banda di cornacchie...)

Poi anche Verdun incontrò l'amore.

Ed è così che in mezzo al paesaggio ci si ritrova soli.

"Com'è, Malaussène, cediamo al richiamo della natura selvaggia?"

La conosco questa voce.

"Il mondo sarebbe bello se fosse vuoto, questo sta pensando, vero?"

Una di quelle voci da predicatori che sognano di far rimbombare le navate.

"Il vero coraggio, Malaussène, è ridiscendere a valle. Smazzarsi l'Uomo, ecco il sacrificio supremo!"

Inutile che mi volti:

"Niente sermoni, Alceste, siamo soli. Andiamo, piuttosto, che non ho solo lei nella vita".

Mi alzo, mi rimetto lo zaino in spalla e faccio i primi passi verso la foresta.

"Senza il cane," dice Alceste.

Indica Julius.

"Non lo voglio da me. Dopo ogni sua visita, mi tocca arieggiare la radura. Gli dica di aspettarci qui."

Julius, che ha capito, si accomoda nell'attesa.

"Se non fosse per queste cazzo di stampelle, lo porterei io lo zaino. Non ha dimenticato niente?"

"Controllerà poi lei."

"Di cattivo umore, Malaussène?"

"No, tutto bene, *prima*."

Mi infilo nel bosco dirigendomi verso la radura di Alceste, senza guardare se mi viene dietro. La sua voce acuta non è distante.

"Malaussène, lo so che le sto antipatico, ma si ricordi che io sono *anche* il suo stipendio. Quando lei frutterà alle Edizioni del Taglione quel che frutto io, allora potrà accampare il diritto di non poterne più. Nel frattempo tutto quello che le si chiede è che mi tenga nascosto in modo che i miei adorabili fratelli non mi concino ulteriormente per le feste, che si prenda cura di me e riporti indietro il mio manoscritto. Non deve neanche aspettare tanto perché ho quasi finito. Mi resta solo da trovare l'inizio, l'attacco giusto. Ed è questione di poco, perché ne ho fin sopra i capelli della vostra foresta. Il voto del silenzio imposto dalla sua capa comincia a pesarmi."

Cammino senza neppure tenergli scostati i rami. Alceste li evita come può. E penso alla Regina Zabo, la mia santa padrona alle Edizioni del Taglione. Le sue direttive riguardo ad Alceste erano chiarissime:

"Tenga nascosto Alceste, Benjamin, gli faccia passare l'estate nella foresta del Vercors, gli dia da mangiare, si occupi della sua sicurezza senza immischiarsi nel suo lavoro e vedrà che ci aspetta un futuro radioso. Che tenga la bocca chiusa e che scriva. Chiaro?".

"Chiarissimo, Maestà."

"Sa, quel ragazzo è un po' un predicatore..."

"Un filino tendente al proselitismo, sì, l'ho notato."

"Ma quando scrive possiamo stare tranquilli, non c'è più per nessuno. Su un punto lui e io ci siamo trovati d'accordo: non una parola con gli autoctoni. E gli ho confiscato il cellulare fino alla consegna del libro. Con il suo consenso, va da sé, previo contratto debitamente firmato. In teoria non ha modo di comunicare con nessuno. Niente visite a parte le sue, Malaussène, chiaro! Nessuno intorno a lei deve sapere chi è quel tizio e cosa fa. Ne va della sua sicurezza. Noi dobbiamo tenerlo d'occhio e lui deve scrivere il suo libro, punto e basta."

Legittima preoccupazione della Regina. Alceste è ancora tutto ammaccato dalla reazione della famiglia all'uscita del suo ultimo libro. Titolo: *Mi hanno mentito*. Argomento: sputtanamento dell'intera famiglia – padre, madre, fratelli e sorelle – in nome della verità vera. Risultato: faccia gonfiata di pugni, vertebre incrinate e una gamba rotta... C'è da chiedersi cosa sarebbe rimasto di lui se non avessimo mandato Bo e Ju a tirarlo fuori.

"Basta che gli funzionino le dita," aveva commentato la Regina Zabo in uno slancio di compassione...

È il motivo per cui oggi svuoto lo zaino su un tavolo di legno grezzo, nel capanno del bosco di Dédé. Batterie del computer, libri, cibo in scatola, medicine...

"Mi scusi per prima, Malaussène, a proposito del suo cane, ma lei è una di quelle anime buone che impongono i loro affetti a chiunque, cosa che alla fine risulta insopportabile. In fondo non è detto che a tutto il suo entourage debbano piacere i cani!"

"Lei non fa parte del mio entourage, Alceste. Controlli se c'è tutto."

"Non ha mica dimenticato la codeina?"

"Codeina, antidepressivi, sonniferi, protettore gastrico, Ventolin, carta igienica, la sua farmacia è rinnovata per tre mesi."

"Senza ricetta?"

"Mi sono arrangiato."

Aspetto il suo sermone sulla frode delle ricette, ma ha colto il mio sguardo e, mentre sto per andarmene, dice tutt'altro:

"La sa la più bella?".

"Sì, hanno rapito Georges Lapietà, lo so."

"No, questa è vecchia. Ma cosa hanno chiesto i rapitori, lo sa?"

"Non ho nessuna voglia di saperlo."

"I fungaioli qui intorno non parlano d'altro!"

È come un personaggio di Shakespeare, Alceste, crede che le foreste parlino. Quelli che lui scambia per fungaioli sono gli elementi della scorta, di cui ho affidato il reclutamento a Robert. Alceste non la conosce bene, la Regina Zabo. "Benjamin, voglio che sia tenuto d'occhio giorno e notte, faccia il necessario, che il budget c'è. Lassù è interamente sotto la sua responsabilità. Per il ritorno lo affideremo a Bo e a Ju. Non so se mi sono spiegata."

La quantità di gente che vuole spiegarsi...

Sulla porta, Alceste insiste a tentarmi:

"Non le interessa proprio, Malaussène?".

"Cosa?"

"Quel che chiedono i rapitori di Lapietà!"

"No, non mi interessa."

"Dai, le terrà compagnia sulla via del ritorno..."

"Le ripeto, frega zero!"

# 4.

“Frega zero, frega zero... Resistere alle notizie non fa di lei un resistente, Malaussène!”

’Sto coglione di Malaussène! Non ho potuto fare a meno di gridargli dietro finché non è uscito dalla radura. Mi ha fatto bene. Mi sono sfogato.

“Tutti se ne strabattono di tutto, Malaussène! Quelli che leggono le notizie e quelli che come dice lei gli ‘frega zero’! Guardoni e indifferenti, è la stessa musica! Cosa crede, di essere un’eccezione, lei?”

Non mi ha risposto. Ha recuperato il cane che lo aspettava al limitare della radura, immobile come un ceppo divorato dai funghi, e tutti e due si sono inoltrati nel bosco.

Sulla porta, io gridavo sempre più forte:

“Ma chi si crede di essere, poi? Niente tivù, niente giornali, niente notizie, niente Lapietà, niente contemporanei insomma! Lei non scappa da me, Malaussène, lei scappa dalla realtà! Ma si fidi che la riacciufferà! Non ha ancora chiuso con lei, la realtà!”.

Malaussène era sparito da un pezzo ma io continuavo a gridare, che almeno le sue sentinelle sapessero ciò che penso di lui. Tutti gli scagnozzi che Isabelle gli ha fatto piazzare intorno al mio nascondiglio con il divieto di rivolgermi la parola e che lui, da idiota, crede che io prenda per gente che va a funghi!

Benjamin Malaussène...

Sotto lo zaino vuoto sembra un fico moscio. E quel cane... Quell'obbrobrio pestilenziale che se solo avesse avuto un briciolo di umanità avrebbe fatto sopprimere alla nascita...

Quando penso che un tipo del genere è servito da modello al personaggio di un romanzo! E che per tutta la mia adolescenza quel personaggio ha fatto furore nel basso mondo della lettura di intrattenimento! L'idolo di quegli anni! Malaussène di qua, Malaussène di là, non c'era scampo. Era il regalo di tutti i compleanni. I genitori aggiornati ne consigliavano la lettura ai professori. Quando Tobias e Mélimé non mi raccontavano fandonie sulla storia della nostra famiglia, i miei amici mi facevano una testa così con Malaussène, l'ineffabile capro espiatorio. Era l'idolo delle mie sorelle. Mamma mia, ne andavano pazze! Faustine era innamorata di Benjamin, ovvio, e Marguerite dell'ispettore Pastor. A seconda del temperamento, si dichiaravano le migliori amiche di Clara la fotografa o di Louna l'infermiera. Geneviève, con la sua tendenza all'anoressia, propendeva per Thérèse la chiromante. Anche ai miei fratelli piaceva! Tra i Malaussène si contavano parecchie morti violente e, al funerale di Tobias, Mathieu ha dimostrato assai bene che lui alla morte violenta non è mai stato contrario. La vita ha il grilletto facile, bello mio! (Uno dei suoi motti virili che propinava a noi piccoli solitamente accompagnato da una gomitata che ci piegava in due o da una pacca sulla schiena che ci mozzava il fiato.) Mathieu, Pascal, Adrien e Baptiste erano tutti e quattro malaussenizzati fino all'osso. E io? Non dovevo forse aspettarmi anch'io come tutti la mia dose di malausseneria? La ragazza che avevo all'epoca me ne leggeva dei pezzi a voce alta. L'ho lasciata fare, ma sono scappato quando mi sono accorto che mi identificava con Malaussène fino all'orgasmo.

In fondo che cosa detestavo di più, che quell'idiota di Bénédicte mi leggesse l'ennesima avventura della tribù Malaussène o che Tobias e Mélimé ci raccontassero un mare di fandonie sulle storie di famiglia? È questo il vero interrogativo. In fondo, che cosa mi ha spinto a scrivere, la menzogna della finzione o la finzione della menzogna? Che cosa mi ha fatto venire questa fissa della verità? Durante tutta la nostra infanzia, Tobias e Mélimé ci hanno mentito. E a me piaceva. E mi piacevano le letture che Bénédicte mi faceva dei Malaussène. Ma sì, ma sì, checché io ne dica ero perfettamente in linea con il cattivo gusto del momento. Del resto in *Mi hanno mentito* lo confesso, lo riconosco! Non mi faccio sconti. Non mi picco certo di essere meno coglione dei miei fratelli, ci mancherebbe! Mi sono piaciuti i Malaussène e mi sono piaciute le menzogne di Tobias e di Mélimé, tanto quanto oggi detesto qualsiasi forma di affabulazione. Scrivere significa scrivere ciò che è. Quale che sia il prezzo da pagare! L'uomo che è appena sparito nel bosco non ha niente del personaggio di romanzo a cui credeva la mia adolescenza. O allora è la sua brutta copia fatta da un bambino di quattro anni. Informe.

La prima volta che ho visto Malaussène alle Edizioni del Taglione c'era una tale distanza tra i miei ricordi del personaggio e l'individuo che portava il suo nome, seduto lì davanti a me, che non ho nemmeno fatto il collegamento.

La scena è la seguente: Isabelle, la mia editrice (cui Malaussène si rivolge chiamandola "Maestà" e che ha soprannominato la Regina Zabo), mi introduce nel suo ufficio:

"Le presento Benjamin Malaussène, si occuperà lui della sua sicurezza".

Scruto il dipendente esausto che ci accoglie senza alzarsi e domando:

"La mia sicurezza?".

Isabelle concede una spiegazione:

"Caro amico, l'esperienza ci insegna che la divulgazione della verità suscita molte più reazioni della diffusione della menzogna. Le suddette reazioni assumono sovente la forma...".

Malaussène l'ha interrotta:

"La forma di contrattacchi, ritorsioni, rappresaglie, punizioni, le svariate forme della vendetta insomma".

Il tutto detto nel tono del professore che ripete per la centesima volta la lezione a un idiota.

"Sento che andrete d'accordo," ha concluso Isabelle lasciandoci.

Solo dopo che è uscita ho fatto il collegamento. Non ho resistito e ho domandato:

"Benjamin Malaussène? C'entra qualcosa con il personaggio di...".

E mi sono subito pentito di averglielo chiesto; era come dare a quel tizio l'impressione che volessi ingraziarmelo. Ma non ha risposto. Ha detto, in tono burocratico, neanche fossi venuto lì a rinnovare il passaporto:

"Se ho letto bene, lei ha una famiglia".

Ho risposto nello stesso tono:

"Se ha letto bene, perché me lo chiede?".

"Non era una domanda. Quando uscirà il romanzo, la sua famiglia reagirà. Da ciò la necessità di una protezione: giuridica, fisica, psicologica, anche affettiva... È quel che ho l'incarico di organizzare qui in casa editrice."

L'ho guardato con attenzione e cercando di non scoppiare a ridere mi sono chiesto che razza di protezione o aiuto potessi mai aspettarmi da un tizio così profondamente stravaccato nella sua noia. Anziché dirglielo, mi sono difeso:

"*Mi hanno mentito* non è un romanzo contro la mia famiglia! Anzi, semmai è la liberazione di ciascuno dei suoi componenti! È la denuncia delle menzogne nelle quali siamo cresciuti i miei fratelli, le mie sorelle e io".

Di nuovo, mi seccava dargli queste spiegazioni, avevo l'impressione di giustificarmi.

Malaussène ha alzato una mano disincantata:

"Senta, un romanzo è quello che ciascuno ne pensa. Aspetti che la sua famiglia abbia letto il suo e poi vedrà. Dopo, però, cambi la serratura e in caso di pericolo mi chiami".

Stavo per mandarlo a quel paese quando qualcosa si è mosso sotto la scrivania. Un odore acre mi ha preso alla gola e ho sentito un peso umido sulla coscia sinistra. Mi sono alzato rovesciando la sedia. Il suo cane mi guardava, sbavando. Non scodinzolava.

Dopodiché, certo, ho voluto sapere la verità. Era o non era lo stesso Malaussène della mia adolescenza? Con mio grande stupore, non ho dovuto fare chissà quali indagini. Loussa de Casamance, il braccio destro di Isabelle, un senegalese senza età, specialista, dicono, di letteratura cinese, mi ha raccontato tutto al nostro primo caffè.

"Malaussène? Benjamin? Il protagonista dei romanzi? Sì, è il nostro Malaussène, per certi versi, tutti qui glielo confermeranno, è lui e non è lui."

Loussa mi ha spiegato che il primo romanzo, *Il paradiso degli orchi*, era stato scritto a partire dagli appunti presi da Thérèse, la sorella dattilografa di Malaussène, all'epoca in cui Malaussène raccontava delle storie ai fratelli e alle sorelle più piccoli per addormentarli.

"È molto semplice, sa. Thérèse trascriveva, per impratichirsi. Clara, un'altra sorella di Benjamin, ci ha portato il risultato, e Isabelle, da brava editrice, prima di pubblicarlo ha aspettato di sapere se c'era un seguito. Le sembrava che quanto a casini romanzeschi quel Malaussène promettesse bene. E come lei sa, non si è sbagliata. Per i romanzi successivi, poi, ci sono state altre fonti. C'erano i racconti di quel vecchio ispettore di polizia, prima che lo facessero fuori... L'ispettore... come si chiamava, già?... Si era travestito da vecchia vietnamita per un'indagine sulla droga a Belleville. Ne è venuta fuori *La fata carabina.* Credo che fosse anche lui mezzo vietnamita. Ah, santo Dio, come si chiamava?"

"L'ispettore Van Thian," dico, sorpreso io stesso di ricordarmelo.

Loussa ha sorriso:

"Come vede, i ricordi dei lettori sono più fedeli di quelli dei testimoni".

Mi sono ben guardato dal dirgli cosa pensassi di simili letture. Continuava, imperturbabile come uno storico:

"*La prosivendola* (dove ho anch'io una piccola parte), *Signor Malaussène* e *La passione secondo Thérèse* sono stati scritti a partire dagli appunti di Jérémy, il secondogenito della famiglia. Voleva farne una saga teatrale, ma Isabelle l'ha dissuaso. Romanzo, ragazzo mio, romanzo! La collaborazione tra Isabelle e Jérémy è stata tutt'altro che semplice. Un cavallo selvaggio, Jérémy Malaussène! Posso solo dirle che qui si sentivano sbattere le porte! Ma alla fine aveva ragione Isabelle, e quei romanzi all'epoca ci hanno rimpinguato per bene le finanze. Un altro caffè?".

Ho declinato e allora è uscito con me e mi ha accompagnato fino alla porta del Taglione:

"Altri tempi, altri libri, giovanotto. Adesso la letteratura è lei".

Devo aver fatto una faccia educatamente dubbiosa, perché lui ha concluso:

"Ma sì, ma sì, vedrà, Isabelle ne è convinta. Punta molto su di lei".

Ed ecco com'è che mi ritrovo qui, in piedi in una radura del Vercors, a gridare dietro a quel simulacro di Malaussène anziché rimettermi al lavoro:

"Ventidue milioni ottocentosettemiladuecentoquattro euro, Malaussène! Questo chiedono i rapitori, ventidue milioni ottocentosettemiladuecentoquattro euro!".

# 2.

# Non mi piace questo caso Lapietà

"Non mi piace la coppia mediatica formata
da mia sorella Verdun e Georges Lapietà."

Benjamin

## 5.

Ventidue milioni ottocentosettemiladuecentoquattro euro. Svegliata dalla cifra, la giudice Talvern fu la prima a essere informata. La richiesta dei rapitori compariva sugli schermi dei suoi due computer, del cellulare, del tablet, e persino dell'orologio. 22.807.204 euro. La cifra lampeggiava intorno a lei.

Tutte le mattine la giudice Talvern si immergeva nel brulicante plancton delle mail, degli sms, dei tweet, dei blog, di tutti i messaggi scambiati in quel non-spazio dove le parole tentano l'avventura dell'incarnazione... Lei galleggiava in quel brodo mentale con la silenziosa pazienza di una razza. La giudice aveva l'istinto dell'informazione esatta, il più delle volte le bastava un segno impercettibile.

Per molto tempo la giudice Talvern aveva vissuto insieme a una poiana. Una poiana maddalena, sull'altopiano del Vercors. L'uccello aveva una visione d'insieme da cui poi si focalizzava sul dettaglio commestibile, il più delle volte un topo di campagna che fino a quel fatale istante non si era mai considerato particolarmente degno di nota. Grazie alla poiana, la giudice con i baffetti, i capelli unti, gli occhiali spessi, i sandali da gesuita e la gonna a pieghe camminava uno o due passi avanti rispetto alla sua epoca.

Prestissimo, quindi, quella mattina lo spazio prese a lampeggiare intorno a lei. Tanto da svegliarla. Quattro tweet si erano posati con lettere enormi sui suoi schermi. Tutti e quattro dicevano la stessa cosa: i rapitori di Georges Lapietà chiedevano un riscatto di ventidue milioni ottocentosettemiladuecentoquattro euro (22.807.204), ossia la somma esatta del paracadute d'oro offerto al loro prigioniero dopo che ebbe chiuso le filiali del gruppo LAVA.

Sarebbero seguite istruzioni per la consegna del riscatto.

Bene.

Bene, bene.

Lo stesso tweet, quindi, identico, postato quattro volte, ma da quattro account diversi: Paul Ménestrier, Valentin Ritzman, André Vercel e William J. Gonzalès. Tre di questi nomi erano noti alla giudice. Testimoni che comparivano in uno dei dossier Lapietà. Amministratori del gruppo LAVA.

La giudice ne concluse:

1) Che i suddetti Ménestrier, Ritzman, Vercel e Gonzalès erano coinvolti nella costituzione del paracadute d'oro proposto a Lapietà.

2) Che obbligare quei quattro a twittare la richiesta di riscatto significava che il o i rapitori sapevano alcune cosette su di loro che li costringevano all'obbedienza.

3) Che la scelta di quella somma altamente simbolica suggeriva che non ci si trovava di fronte a professionisti.

Fatte queste considerazioni panoramiche, la giudice scrisse due messaggi al cellulare.

Il primo, al capitano Adrien Titus della BRB,* diceva: *Caro Titus, a proposito di Lapietà, vada in cerca di un'intuizione. Quando l'avrà trovata, mi faccia sapere.*

Il secondo era destinato al commissario di divisione Joseph

* Brigade de Répression du Banditisme: Brigata per la Repressione del Banditismo, una delle brigate principali della polizia giudiziaria parigina. [*N.d.T.*]

Silistri: *Joseph, visto che è appena tornato dalle vacanze deve avere le orecchie fresche. Potrebbe aprirle per bene all'assemblea generale? Come se fossero le mie, per intenderci.*

Dopodiché la giudice ritenne che fosse giunto il momento di dare il buongiorno al marito Ludovic Talvern. La giudice Talvern, che non si era ancora messa gli occhiali, che non aveva appiattito e unto i capelli, né ombreggiato di una sottile peluria il labbro superiore, né aveva avvitato sui fianchi il kilt che la rendeva inavvicinabile, la giudice tese le braccia verso la massa sfocata che le veniva incontro. Ludovic Talvern sollevò il corpo nudo della moglie che sgusciò fuori dalle lenzuola con un fruscio setoso e la giudice dalla carnagione rosata, dalla pelle ardente, dalle labbra morbide, dalla chioma notturna e dallo sguardo consenziente, la giudice ancora tutta calda dalla morbida notte si lasciò impalare, le gambe avvolte intorno al suo uomo, le mani appese al collo, lo sguardo nello sguardo di lui, tutti e due concentrati a non battere ciglio. La cosa avvenne così lentamente che sembrava l'accoppiamento di un bradipo con il suo albero per l'intera stagione.

Durante la medesima eternità, un tale Jacques Balestro, di professione procuratore sportivo, faceva un ultimo briefing tra amici prima di presentarsi alla convocazione della giudice Talvern.

"Sentite, gente, io come osservatore mi sono smazzato il Venezuela, la Tanzania e il Burkina dei tempi d'oro. Mi sono beccato i cinesi sulle scommesse, mi son fatto fare il culo dai russi sul trasferimento dei brasiliani (perché stavo appresso ai fratelli brasiliani, io, vi ricordo!), e non ho mai detto un cazzo! Mai! Quindi adesso mica andrò a cantare davanti a 'sta giudicessa made in France appena uscita dalla pancia della mamma! Nelson Netto, vi ricordo, è roba mia. Ho preso il sessanta per cento, su Nelson! Olvido è roba mia, quaranta per cento! Paracolès è roba mia! Di nuovo il quaranta per cento! Mica son nato ieri, io!"

"Stai all'occhio uguale, Jacky."

"Cosa, stai all'occhio uguale? Il capo se la becca tre volte all'anno, 'sta nana, e mica è morto!"

"Il capo è il capo. Che, ti paragoni a lui?"

"Ma va', però alla fin fine è solo una donnetta, cazzo. Cosa vuoi che ne sappia?"

"Anche Margaret Thatcher era una donna. E vaglielo un po' a chiedere agli argentini cosa ne sapeva, quella."

"Jacky, 'sta qui è una che non ha mai aperto bocca con i giornalisti, hai capito?"

"E allora?"

"Cazzo, spiegaglielo un po' tu, questo ragazzo è troppo..."

"Sono troppo cosa?"

"Jacky, caro il mio Jacquot, quello che volevamo dirti è che nonostante le pressioni dei superiori, delle lobby e dei politici, con tutte le tentazioni immaginabili, quella non si è mai fatta scappare niente. Neanche una parola. Mai. Con nessuno. È il segreto istruttorio fatto persona. Una cassaforte. E nessuno ha mai trovato la combinazione. Mica per niente la chiamano la giudice muta! Eppure lo sai quanto valgono informazioni del genere, ci sei andato a caccia pure tu! Dammi retta, per come vanno le cose oggi, resistere a tentazioni simili quando sei una funzionarietta da due soldi è ben diverso che tener la bocca chiusa davanti ai tuoi aguzzini made in Mosca."

"Ah sì? Avrei voluto vedere te, stronzo."

"Non darmi dello stronzo."

"Quello che vogliamo dirti è di lasciar perdere le tue solite manfrine: bustarelle, promesse di carriera, vestiti firmati, jet privato e viaggetto all'opera di Manaus, li ho tutti in pugno io, Tizio lo inculo e Caio mi fa una pippa, perché con la giudice muta questa musica non attacca."

"Capite un cazzo, signori miei, basta metterci un prezzo. Le puttane non mancano, se ci metti la grana."

"..."

"..."

"Cosa? Che c'è? Cosa ho detto?"

"..."

"Ce l'hai un avvocato? È sempre Soares, il tuo avvocato?"

"Non c'è bisogno di un avvocato. Non sono convocato come testimone assistito, ma come testimone e basta."

"Non andarci da solo, Jacky."

"Cazzo, ma rifletteteci un attimo. Andarci con un avvocato è come dire che ho qualcosa da rimproverarmi. Guardatemi un po', gente, ho forse qualcosa da rimproverarmi?"

"..."

"Jacques, meno parli e meglio stiamo. Se il nostro stato si aggrava, sei tu che muori. Parola di stronzo!"

Il momento è arrivato. Balestro è lì. Solo. Niente avvocato. Fanculo a loro. Puntuale al secondo. Viene fatto entrare nell'ufficio della giudice Talvern all'ora esatta prevista per la convocazione. La giudice non si alza e gli fa segno di sedersi. Lui si siede. Neanche una parola pure lui. La guarda. La vede dal vero per la prima volta. Ammazza che cesso. Si immagina subito la storia della sua vocazione: una sfigata. Rompe il cazzo alla gente per dimenticare la faccia che ha. La giudice gira verso Balestro uno schermo di computer ancora opaco. Lui aspetta. Lo schermo diventa uno specchio. Ci si vede riflesso. La cosa lo sorprende un po'. La scriminatura da comunicando sulla bella faccia da schiaffi, la barba di tre giorni e il completo Armani. Dietro, il muso baffuto della giudice, pelle grassa, capelli lisci e unti. Poi Balestro sente il ticchettio di una tastiera. Lo specchio torna a essere uno schermo. Appare la prima domanda della giudice.

"*Cognome, nome, data di nascita, professione?*"

A questo punto lui scoppia a ridere.

"Ah, è così che funziona? Lei scrive e io parlo? Ma allora è vero che è muta! È permesso, nella pubblica amministrazione?"

Ma la risata gli si strozza. Sullo schermo appare la sua frase. Esattamente come l'ha pronunciata.

"*Ah, è così che funziona? Lei scrive e io parlo? Ma allora è vero che è muta? È permesso, nella pubblica amministrazione?*"

Questa duplicazione lo fa trasalire:

"Ma che roba è?".

"*Ma che roba è?*"

Sullo schermo appare anche la risposta della giudice istruttore:

"*È quello che ha appena detto*".

Un colpaccio. Deve subito recuperare. Il suo sguardo si fa duro.

"Messaggio ricevuto: tutto quello che dirà potrà essere usato contro di lei. Come al cine, insomma. Detto, scritto."

"*Messaggio ricevuto: tutto quello che dirà potrà essere usato contro di lei. Come al cine, insomma. Detto, scritto.*"

Il secondo colpo è violento quasi quanto il primo. Balestro tace. Riappare la domanda:

"*Cognome, nome, data di nascita, professione?*".

Si raddrizza sulla sedia. Dichiara di chiamarsi Jacques Balestro, di essere nato il 21 gennaio 1977 a Nizza, di esercitare la professione di procuratore sportivo. Cosa che lo schermo subito conferma.

"*Jacques Balestro, nato il 21 gennaio 1977 a Nizza, professione: procuratore sportivo.*"

"*Cioè?*"

"Cosa, cioè?"

"*Cosa, cioè?*"

Non ce la fa. Non riesce ad abituarsi a questa eco visiva.

"Non possiamo smetterla con 'sto giochetto? Possiamo parlare, no? Siamo esseri umani, in fondo!"

"*Non possiamo smetterla con 'sto giochetto? Possiamo parlare, no? Siamo esseri umani, in fondo!*"

La risposta sembra comparire da sé sullo schermo.

"*Signor Balestro, mi spieghi con calma in cosa consiste il mestiere di procuratore sportivo. Non mi intendo molto di questo settore.*"

Non ci crede. Non ci crede che non se ne intenda. Anzi, è convinto del contrario. Altrimenti non l'avrebbe convocato. Alla fin fine, forse, non è poi così furba. Lo prende per un idiota. Schermo o non schermo, non sarà poi tutto 'sto gran sbattimento.

Mentre pensa questo, sullo schermo si sgrana una successione di numeri, enormi e neri: *1, 2, 3, 4, 5,* al ritmo dei secondi. Aggrotta la fronte. Non può fare a meno di chiedere un'altra volta:

"Che roba è?".

"*Che roba è?*"

Ticchettio.

"*È il conto del tempo che impiega a rispondermi. Il suo tempo di riflessione. Le ci vuole così tanto per riflettere sulla natura del suo lavoro?*"

Lui si alza.

"Porca troia, io me ne vado. Basta con 'ste cazzate!"

Si dirige verso la porta.

Per la prima volta sente la voce della giudice.

"Preferisce una convocazione come testimone assistito?"

Si blocca. La voce è dolce, bassa, un po' malinconica. E per niente minacciosa. Si volta. Lei lo guarda. Occhi enormi dietro occhiali che paiono lenti di ingrandimento. Sembra una civetta. Un uccello di quel genere lì. La voce non c'entra niente con quell'immagine di rapace. Se la sarebbe immaginata stridula.

"Il suo legale è sempre l'avvocato Soares? Quando possiamo fissare l'udienza? Che giorno le andrebbe bene, signor Balestro?"

Lo destabilizza, tutta questa sollecitudine. Nello stesso tempo, però, la giudice conosce il nome del suo avvocato... Invece di scegliere un giorno, indica lo schermo del computer:

"Ci sarà sempre questo?...".

Lei fa sì con la testa. Spiega:

"Tagli di bilancio. Consente un risparmio di personale".

Dio santo, era per questo? Pensa che è stato proprio un pirla. Niente di contorto, allora. Un po' di gente mandata a spasso, nella giustizia come altrove, tutto qua. Chissà perché gli ha messo tutta quella strizza.

Dice:

"No, possiamo continuare...".

Lei gli fa segno di sedersi.

Si risiede.

E a un tratto è lei, la giudice, ad avere una visione: una poiana maddalena vola nel cielo del Vercors. L'uccello prende quota, si raccoglie su se stesso, si fa compatto come un pugno, si avventa su una gallina, le spezza la schiena, le apre l'addome e subito si rialza in volo con una lunga collana di viscere nel becco. A terra, la gallina continua a vivere.

TALVERN: *In cosa consiste il suo mestiere di procuratore, signor Balestro?*

Balestro dice che prima era stato scout. Lo schermo del computer lo scrive con un punto di domanda: *Scout?* Lui ride. Non boy-scout; nel calcio scout vuol dire osservatore. *Cioè?* Be', significa che uno gira le città, i quartieri, gli stadi, le strade, insomma i posti dove i ragazzini giocano a calcio, per individuare i più dotati.

TALVERN: *E?*

*1, 2, 3,*

BALESTRO: *E si contatta la famiglia del ragazzino.*

TALVERN: *A che scopo?*

*1, 2, 3, 4,*

BALESTRO: *Per capire se i genitori sarebbero interessati a lasciarlo a noi.*

TALVERN: *Lasciarlo a voi? E chi sarebbe questo noi? Cosa intende?*

*1, 2,*

BALESTRO: *Sì, lasciarlo al club, cioè, per la formazione, ha presente, calcio e scuola, queste cose qui...*

TALVERN: *Chi la paga per questo lavoro?*

BALESTRO: *Quando sei scout?*

TALVERN: *Sì.*

BALESTRO: *Il club. È il club che ci paga. Il club per cui ci smazziamo il lavoro... per cui lavoriamo, voglio dire. Siamo dei dipendenti, insomma.*

TALVERN: *È pagato in funzione del numero di giocatori che seleziona?*

BALESTRO: *No, no, assolutamente. Lo scout ha un fisso. È stipendiato. E comunque non si può essere pagati per selezionare dei minorenni. Sarebbe reato.*

TALVERN: *La ringrazio per questa precisazione, signor Balestro. E il procuratore?*

*1, 2, 3, 4, 5, 6, 7,*

BALESTRO: *Non si potrebbe smettere con questi numeri? Mi tirano scemo.*

TALVERN: *Non guardi lo schermo quando risponde, signor Balestro, guardi me. E il procuratore? Com'è pagato, il procuratore? Oggi lei è procuratore, no?*

BALESTRO: *Sì, sì.*

TALVERN: *Da quando?*

BALESTRO: *Da otto anni, direi.*

TALVERN: *Ed è sempre il suo club che la paga?*

BALESTRO: *No, adesso sono autonomo.*

TALVERN: *Cioè?*

BALESTRO: *Mi paga il miglior offerente. Seleziono un calciatore, lo propongo a questo o a quel club. E poi abbiamo delle quote.*

TALVERN: *Delle quote?*

*1, 2, 3, 4, 5, 6,*

BALESTRO: *Davvero non sa come funziona?*

TALVERN: *No, davvero. Ma se è così gentile da spiegarmi...*

BALESTRO: *Be'... (1, 2, 3, 4,) Un calciatore è fatto di quote di mercato. È un investimento, se preferisce. Un buon calciatore rende parecchio. Delle quote le ha la famiglia, poi le ha l'osservatore, il club, gli sponsor...*

TALVERN: *Gli sponsor? Che genere di sponsor?*

BALESTRO: *Aziende, marchi... Quelli che fanno la pubblicità sulle maglie... Hanno delle quote sui giocatori più importanti...*

*1, 2, 3, 4, 5, 6, 7,*

TALVERN: *Olvido secondo lei è un buon calciatore?*

*1, 2, 3, 4, 5, 6,*

BALESTRO: *Olvido? Sì, comincia a rendere.*

TALVERN: *Io e mio marito l'abbiamo visto giocare contro l'Uruguay, la settimana scorsa. Mio marito lo trova bravissimo. Lo conosce?*

BALESTRO: *Olvido? (1, 2, 3, 4,) Sì (1, 2, 3,), l'ho selezionato io...*

TALVERN: *È vero, sì, a Nizza, quartiere dell'Ariane nella valle del Paillon. Ha delle quote su Olvido?*

*1, 2, 3, 4, 5, 6, 7, 8, 9,*

TALVERN: *Signor Balestro, ha delle quote su Nessim Olvido?*

BALESTRO: *Sì.*

TALVERN: *Quanto?*

BALESTRO: *(1, 2, 3, 4, 5,). Quaranta per cento.*

TALVERN: *Chi sono gli altri azionisti?*

BALESTRO: *Un po' la famiglia. Gli altri non ho idea. Su Olvido c'è parecchia gente. E poi, sa, le quote si rivendono. Come le dicevo, Olvido comincia a rendere.*

TALVERN: *Quanti anni aveva quando l'ha scoperto?*

BALESTRO: *Non so. Era giovane. Era dotato.*

TALVERN: *E quando l'ha venduto ai polacchi?*

*1, 2, 3, 4, 5, 6, 7, 8, 9, 10, 11, 12, 13, 14,*

TALVERN: *Aveva sedici anni, tre mesi e due settimane, signor Balestro, era minorenne. E per l'operazione lei ha incassato trecentocinquantasettemila dollari, come attesta il suo conto CD 38 507 Q, e i documenti del ragazzo sono stati falsificati da Paul Andrieux-Mercier che attualmente sconta una pena di cinque anni nel carcere di Clervaux per reato di falsificazione e truffa, ricettazione, percosse e lesioni e molto altro su cui sorvolo.*

BALESTRO: ...

TALVERN: *Vuole chiamare l'avvocato Soares, signor Balestro? Mi vedo costretta a emettere un rinvio a giudizio nei suoi confronti.*

# 6.

"Resistere alle notizie non fa di lei un resistente, Malaussène!"

La voce di Alceste ci ha seguiti per un po', me e Julius. In fondo, le mie visite gli fanno un gran bene. Ogni volta, quando me ne vado, mi immagino che si butti sulla tastiera del computer pestando con mani e piedi per fustigare l'indifferenza umana in nome della verità vera. È la fissa di Alceste, la verità, è la sua cifra.

"La sua cifra e anche la nostra, Malaussène, in termini di entrate!"

Una scoperta della Regina Zabo, questi araldi della verità vera; oggi sono loro a riempire le casse delle Edizioni del Taglione. Nel decennio seguito al crollo del Muro di Berlino, la mia santa padrona ha constatato un altro crollo: le vendite delle collane di saggi si riducevano come la calotta polare. Le analisi sociali non tiravano più. Finito il sogno collettivo! Basta chimere! Basta cadaveri! Se una verità c'è, si annida nel cuore dell'esperienza individuale! Ecco cosa aleggiava nell'aria nuova. A ogni romanziere adesso stava a cuore scrivere la propria verità. Abbiamo trovato un filone d'oro, aveva concluso la Regina Zabo, è in questa nuova convinzione che bisogna andare a pescare.

"Cosa ne pensa, Malaussène?"

Si dà il caso che fossi presente la storica mattina in cui la Regina aveva deciso di acquisire tutti gli autori di verità vera che non pubblicavano da lei. (I nostri "vevé", scriveva nelle note di servizio.)

"Mi sa che allora di vevé da acquisire ce ne sono un bel po', Maestà."

"Ci costeranno un occhio della testa!" rincarò Loussa.

"Un investimento che frutterà," pronosticò Leclercq, il nostro contabile.

"Vendo la villa di Cap Ferrat a un malavitoso russo, vi taglio un quarto dello stipendio e poi chiediamo un prestito, dopodiché recuperiamo con gli utili. È un gioco da ragazzi!"

E in cambio io e Loussa abbiamo passato i mesi successivi a portar via i vevé a tutti gli editori, convinti di aver comprato un pezzo della verità vera. Venite da noi, cari autori, venite che la Regina vi ama, e di un amore che più esclusivo non si può! Ci hanno creduto. Hanno accettato gli assegni e sono venuti, tutti quanti, ciascuno sentendosi orgogliosamente se stesso. Alceste è il successone del momento. Il suo *Mi hanno mentito* sono otto mesi che impazza. I familiari vorrebbero impedirgli di scrivere il seguito.

Questi i ricordi che accompagnano il mio ritorno in paese, con Julius il Cane che cammina davanti a me.

A ogni lepre che stana, Julius si siede.

A ogni cerbiatto che balza fuori dal bosco, Julius si siede.

A ogni poiana che si alza pesantemente in volo dalla cima di un palo di recinzione, Julius si siede.

Si siede, guarda l'animale finché non è sparito del tutto e dopo un'occhiata nella mia direzione riprendiamo a camminare. L'anti-cane da caccia per eccellenza? Lo scemo del villaggio in versione animale? Un etologo che ci tiene a farmi apprezzare lo spettacolo della fauna? Lui, peraltro, non manifesta alcuna meraviglia: la bestia sbuca fuori e Julius si siede, la bestia corre e Julius guarda, la bestia sparisce e Julius riparte. Senza l'ombra di un'espressione nell'occhio che posa brevemente su di me prima di riprendere a camminare.

Vai a sapere perché, mi viene in mente Talvern, l'incredibile colosso di Verdun. La placida passione di Ludovic Talvern per la mia sorellina Verdun, sua consorte al cospetto della Repubblica... C'è qualcosa di Julius, lì dentro, una specie di evidenza enigmatica. Un'estate Ludovic ha portato Verdun in spalla fino in cima al Grand Veymont. Talvern si smazzava un dislivello di milleduecento metri con la moglie in spalla! Saliva un bel po' davanti a noi. Ogni tanto vedevamo Verdun tirarsi su e saltellare su tutta la larghezza del suo uomo per sgranchirsi le gambe. Il resto del tempo ripassava Diritto dello sport seduta sulla sua spalla sinistra, il braccio intorno al collo di lui. Non aveva ancora finito gli studi, all'epoca.

Da Verdun passo automaticamente alla giudice istruttore che è poi diventata e dalla giudice al caso Lapietà. Il caso Lapietà che mi sta alle calcagna mentre appare il paese,

dove mi aspetta Julie,

al café de la Bascule,

davanti a una birra che sta diventando tiepida.

E proprio di questo parlano quando apro la porta, del caso Lapietà. In fatto di conversazione, la Bascule propone il piatto unico.

"Non la sa la più bella, il Malò?"

Benvenuto collettivo.

Lo sguardo sconsolato di Julie mi annuncia che non avrò scampo. Poso a terra lo zaino, chiedo una birra per me e una ciotola d'acqua per Julius che è rimasto fuori. Tutta la popolazione maschile del paese è qui. E tutti a darsi gran pacche sulle cosce, nonché a spisciarsi sommamente dal ridere, perché, vacca troia, già rapire Lapietà mica è uno scherzo, ma in più chiedere come riscatto il suo paracadute d'oro, e manco un centesimo di più, è una roba bella spessa!

(Ah, ecco cosa voleva annunciarmi Alceste... L'ammontare del riscatto...)

Giusto per entrare nella danza, chiedo:

"Quant'è allora, il paracadute d'oro? La cifra esatta?".

Me la sparano tutti insieme.

"Ah, però!"

Sguainano le calcolatrici, e segue la sfilza di paragoni:

"Ventimila volte il salario minimo netto, alla faccia!".

"Ventottomilacinquecento volte la mia pensione, Dio bono!"

"E quante volte il tuo sussidio, Gullit?"

Il padrone dell'husky calpestatore di mirtilli mormora l'ammontare dell'assegno di mobilità.

"Cazzo, oh, quarantaquattromilaottocentosette volte la mobilità di Gullit!" grida il suo vicino di gomito alzando il bicchiere come se brindasse al più fortunato.

"Non ti pare che è una roba bella spessa, eh Malò?"

Malò sono io, e sono l'uomo di Julie. Julie è la loro Juliette, la figlia del defunto governatore coloniale Corrençon, la leggenda del Vercors, dall'altra parte del massiccio c'è un paesino che porta il suo nome. La loro Juliette... Nati e cresciuti insieme. La capobanda nell'età delle scoperte. Quella che nelle risse si difendeva come tre maschi. Con lei nessuno della zona ci avrebbe provato. Manco gli sarebbe passato per la testa. Difesa da tutti, quindi a tutti proibita.

Il Malò insomma sono io, il tipo portato qui dalla Juliette, quello che viene sull'altopiano quando giù aprono le gabbie ai travèt. Un parigino. Pare che lavora in una casa editrice. Scrittore? No, qualcos'altro.

Appena sono sbarcato nel loro mondo, Malaussène come nome gli è andato benissimo, era accorciabile e declinabile: Malò e basta oppure Malo scemo, Mal al seno, ma anche variazioni libere che arrivavano fino a Mal di piedi, Mal al culo, a seconda dei casi. E tranquillamente concettualizzabile: "il Malò". L'arte locale del soprannome meriterebbe uno studio approfondito. Metti "Gullit", per esempio, sfinito sotto il peso dei suoi dreadlocks, mi sono chiesto a lungo chi avesse avuto l'idea geniale di appioppare quel soprannome da idolo del calcio al tizio meno sportivo della zona. La risposta me l'ha data Robert:

"Tu, Benjamin, sei sempre pronto a far chissà quali congetture. Vuoi sapere perché lo chiamiamo Gullit? Rimarrai deluso. Quando è arrivato qui con quei capelli che sembra che ha passato la vita sotto il letto, uno di noi (Dédé, Yves, Mick, René, Roger o io, non mi ricordo) l'ha subito soprannominato Mocio, hai presente, quello spazzolone con le frange? Un altro, che era un filo più carico di Pastis, ha detto che a casa sua quell'affare lo chiamano Gullit. E così alla fine Gullit è rimasto, che in fondo un calciatore è anche più indicato per le chiacchiere al bar. Non stare a cercare altro, qui noi siam terra terra".

E adesso vogliono sapere cosa penso del caso Lapietà.

"Non ti sembra anche a te una roba bella spessa?"

Come sovente succede quando vengo interpellato, resto ammutolito. Malaussène o il grado zero della spontaneità. Se mi tocca esprimere a comando quel che dovrei pensare su questo o quello, di solito mi rendo conto che non ne penso niente. Lapietà? Vediamo un po', che cosa penso del caso Lapietà? Che probabilmente sessantasei milioni di francesi ne stanno parlando. C'è poco da dire, la banda che ha fatto il colpo chiedendo come riscatto la somma del paracadute d'oro al centesimo dal punto di vista simbolico ha fatto centro. Ma questo alla Bascule lo sanno tutti, visto che la Francia sono loro. Siamo noi.

Per ogni evenienza, chiedo quanti siamo tra le varie frazioni.

"675 a La Chapelle,"
"226 a Saint-Julien,"
"396 a Saint-Martin,"
"344 a Vassieux,"
"378 a Saint-Agnan."
Per un totale di duemila diciannove anime.
"Censimento 2012," precisa Mick.
"Be', ragazzi," dico, "ho una brutta notizia per tutti noi."
I bicchieri rimangono sospesi.
"Sapete cosa voleva farne Lapietà del suo paracadute d'oro, se quegli irresponsabili non l'avessero rapito?"
Silenzio preoccupato.
"Mick, puoi prestarmi la tua calcolatrice, per favore?"
Calcolatrice con cui divido a voce alta 22.807.204 per 2,40, che ci dà 9.503.000 a loro volta divisi per 2019, che fa 4706 divisibile a sua volta per 365.
"L'aperitivo per 13 anni! Ecco cosa voleva offrirci, Lapietà! Me l'ha detto! Lo conosco di persona, che Parigi è piccola. L'aperitivo per 13 anni, o il cafferino per 26 anni. 26 anni di caffè! A tutti gli abitanti del Sud Vercors! Ecco cosa ci hanno fregato quei banditi! E voi ve la ridete?"
E infatti se la ridono, alla grande.
"Ma quant'è coglione il tuo Malò, Juliette!"

Mentre torniamo verso les Rochas, chiedo a Julie: "Hanno parlato di Alceste?".
"Bocche cucite. Lo chiamano 'la Maschera di Ferro'."
"Ottimo. Chi è di guardia stasera?"
"René e altri tre. In caso di emergenza, Mick ha predisposto la piccola grotta delle Bruyères come soluzione di ripiego. Ai pasti ci pensa Roger. Il suo orto non è lontano."
Ottimo. Per stanotte possiamo star tranquilli che Alceste non taglierà la corda e che nessun importuno gli farà visita.

Da dove viene, allora, l'inquietudine che mi rode?

È quel che Julie alla fine mi chiede:

"Cos'è che ti tormenta da stamattina, Benjamin?".

In piedi sul sedile posteriore, Julius mi sbava sul collo.

"Qualcuno ha dato della birra a Julius?"

"Lo scaccino, credo, sono buoni amici. Allora, cos'è che ti angustia?"

Non lo so. Non lo so... Comincia a far buio. Non è Alceste, non è la mia salute, non sono neppure Nange, Sigma o Mara alle prese con i pericoli del mondo...

Adesso guidiamo in piena notte. I fari sbirciano nella nebbia. Il nostro sesto senso è all'erta, per prevedere l'improvviso attraversamento di qualche capo di selvaggina di grossa taglia e calcolare il conto del carrozziere.

"Questo caso Lapietà non mi piace."

È vero.

La giudice Talvern e Lapietà...

Non mi piace la coppia mediatica formata da mia sorella Verdun e Georges Lapietà. Ogni loro incontro è come il nuovo episodio di una telenovela che non finisce mai.

Una mattina dello scorso anno io e Julie veniamo svegliati dalla radio... Risuona la voce beffarda di Georges Lapietà dopo che è stato sentito da Verdun. Hanno passato undici ore tête-à-tête. Canticchiava, Lapietà, scendendo gli scalini del Palazzo di giustizia verso il muro di giornalisti che gli salivano incontro. Appena è stato a portata di microfoni ha urlato:

"Piacevolissimo, il nostro puntello! Non si può dire che sia proprio chiacchierona chiacchierona, la nostra giudicessa, ma a suo modo è eloquente, questo sì. Una ragazza a posto! E ha un bello sguardo, dietro quei culi di bottiglia!".

# 7.

"Bene, cari colleghi, un attimo di attenzione, prego. Ci siete?"

Giusto il tempo di silenziare il cellulare e di alzare un occhio verso il cranio raggrinzito di Legendre, direttore dei servizi attivi della polizia, e il commissario di divisione Joseph Silistri c'è.

"Vi invito a seguire con la massima attenzione."

Caso Lapietà, dunque. Dopo trentasei ore di indugi, le alte gerarchie si svegliano. Legendre scende in campo. Il commissario Silistri e i suoi uomini hanno l'atteggiamento paziente e rassegnato degli sbirri a cui il capo sta per spiegare quel che loro stessi gli hanno spiegato. Identica musica per la brigata finanziaria. Aprite le orecchie, contabili, che il grande capo sta per ripropinarvi i vostri dossier.

"Per cominciare, cari colleghi, sono al corrente delle voci che girano riguardo al caso Georges Lapietà, anche fra le vostre fila, e non mi stancherò mai di ripetervi che urge attenersi rigorosamente ai fatti."

In soldoni: Lapietà è terreno minato, tenete il becco chiuso che nelle alte sfere ci ascoltano.

Gli occhi di Silistri indugiano sulla piccola pedana per i briefing presidenziali da cui Legendre fa calare il suo sermoncello. Ha un pensiero per il vecchio Rabdomant, suo ex capo da tempo in pensione, da cui ha appena passato qualche giorno di vacanza. Una volta lavoravamo all'ombra di un'aquila, riflette Joseph Silistri, oggi ci tocca scansare le cacche di un piccione.

Legendre continua, lanciato:

"Concetti astratti quali la *reputazione* della vittima (ex ministro, peraltro, tengo a ricordare) non devono interferire in alcun modo con le vostre indagini. Non siete giornalisti, a quanto mi consta".

Un piccione venuto dalla strada, pensa Silistri. Salito di grado a colpi di gozzo, perché quanto a gonfiarsi le penne il colombaccio non lo batte nessuno! Ha fatto bene Titus a non venire.

"Non vengo, Joseph," ha decretato il capitano Adrien Titus. "Vado da un'altra parte. La piccola Talvern vuole un'intuizione. Allora comincio a cercarla. Se il colombaccio chiede di me, inventati qualcosa."

Il colombaccio non mancherà di chiedere al commissario Silistri dove si trova il capitano Adrien Titus. "Dal dentista," risponderà Silistri. "Ha avuto un male cane tutta la notte: stamattina è andato dal dentista."

Silistri ha avvisato l'ex cognato, il dentista in questione:

"Armand, domattina tra le nove e le dieci ricevi uno sbirro e tre carie. Fai in modo che compaia sul tuo registro degli appuntamenti".

L'ex cognato sulle prime si è opposto:

"Dopo quello che hai fatto a mia sorella? Te lo puoi scordare, Joseph!".

Silistri ha contrattato:

"Ventidue anni di matrimonio, Armand, e per quel che riguarda te ventidue anni di multe che ti ho fatto togliere. Hai idea di cosa significano ventidue anni di multe, se metti caso risaltano fuori? Di' un po' una cifra".

Adesso Legendre prende la piega pedagogica:

"Come sapete Georges Lapietà è stato destituito dal suo

incarico all'interno di LAVA, gruppo detenuto da un fondo pensione di origine straniera".

"Di origine straniera," nota Silistri. Comincia l'opera di intortamento. Silistri si domanda se Legendre ha già investito parte della futura pensione nella calza magica di un fondo pensione straniero. Sarebbe proprio da lui, degno del colombaccio, passare il futuro che gli resta a contare i dividendi.

"A coloro di voi che fossero tentati di ironizzare sull'ammontare del 'paracadute d'oro' accordato a Lapietà (concetto peraltro puramente giornalistico, questo del paracadute d'oro), ne rammento il dettaglio: un'indennità legale di licenziamento, relativamente modesta, un'altra indennità che compensa la perdita della pensione integrativa, cui si aggiunge l'ammontare delle azioni da lui detenute nel gruppo, un'indennità di risoluzione di contratto per ciascuno dei mandati di amministratore e una buonuscita legata ai risultati di Lapietà all'interno del gruppo LAVA, i quali sono tutt'altro che trascurabili. Si tratta quindi di un'operazione assolutamente legale, negoziata tra le parti, calcolata fino all'ultimo euro, soggetta a imposte, e controllata dal ministero delle Finanze. Il commissario Klein vi illustrerà in dettaglio queste somme nel suo intervento."

Silistri lancia un'occhiata al commissario di divisione Benoît Klein che gli restituisce un mezzo sorriso: Che cosa ti dicevo?

E poi c'è chi parla di guerra delle polizie. Ma quando mai? Quei due hanno tenuto la loro personale riunione la sera prima, a quattrocchi e con due bottiglie che hanno impiegato a vuotarsi il tempo necessario alla buona assimilazione del caso. L'anticrimine e la brigata finanziaria questa volta procedevano mano nella mano.

"Dimmi esattamente cosa vuoi sapere, Joseph."

"Sono appena tornato dalle vacanze, voglio sapere tutto."

"Da dove cominciamo?"

"Ménestrier, Vercel, Ritzman e Gonzalès, per esempio."

"Tutti e quattro nel consiglio di amministrazione di LAVA, trattamento acque reflue e fornitura di acqua potabile; filiali in tutto il mondo, come ben sai."

"E cos'è che non so?"

"Tutti e quattro parecchio compromessi. Difficile essere esaustivi, sono tipi molto intraprendenti."

"Come li tiene in pugno, Lapietà?"

"Essenzialmente per aggiudicazione fraudolenta di appalti pubblici: stazioni di depurazione, canalizzazioni, chilometri di condotte europee, una diga nella Repubblica ceca, e molto altro... La giudice Talvern al riguardo ne sa parecchio."

Silenzio.

Sorsate.

Domanda di Benoît Klein:

"Secondo te, c'è una probabilità che Lapietà l'abbiano fatto sparire loro?".

Risposta di Joseph Silistri:

"Poco probabile. Se Lapietà sparisse, salterebbero subito fuori i dossier dei quattro".

Sorsata dell'uno.

"Lapietà e i suoi contatti..."

Sorsata dell'altro.

"Ecco a cosa serve un lungo soggiorno al ministero, caro il mio Joseph."

Silistri se la ricordava bene quella longevità ministeriale. Nessuno si immaginava che un temperamento sanguigno come Lapietà potesse avere vita lunga come ministro. Tre settimane di incarico e poi una rottura per un colpo di testa, questo prevedevano tutti. E invece, nemmeno per sogno... Stabile, il Lapietà. Un ministro assolutamente esemplare. Come da titoli in prima pagina: *Instancabile esploratore dei mer-*

*cati stranieri. Punta di diamante delle nostre aziende. Il ministro giramondo. Poliglotta e viaggiatore.* Foto in tema: Lapietà sull'aereo presidenziale, Lapietà sulla Muraglia cinese, Lapietà in Irlanda, Lapietà in Brasile, Lapietà e l'anello del papa...

"Ma allora, caro il mio Benoît, perché l'hanno scaricato da LAVA?"

"Non proprio scaricato. Ha finito quello che doveva fare, tutto qua."

"Che sarebbe?"

"Sarebbe che se il mio bicchiere rimane vuoto tu rimani scemo."

Joseph Silistri stappò la seconda bottiglia e il commissario di divisione Benoît Klein, uscito dalle più Alte Scuole, spiegò al commissario Silistri, salito dai più bassi quartieri, che Lapietà, incaricato di diversificare le attività del gruppo LAVA investendo nell'immobiliare, si era specializzato nell'acquisizione di società "strutturalmente deficitarie".

"Società in fallimento, insomma. Mi segui?"

"Fin qui, sì. Ma vacci piano. Non trasformarti in una rubrica di economia."

"Non è complicato, Joseph, si tratta semplicemente di delinquenti. Lapietà è in combutta con alcuni liquidatori giudiziali che propongono al tribunale di vendere quelle società in fallimento al gruppo LAVA anziché ad altri. Sulla base di dossier a prova di bomba, va da sé."

"In cambio di cosa?"

"Questo devi chiederlo alla giudice Talvern."

Silistri ebbe un brivido. Non ci si vedeva, seduto davanti alla giudice Talvern, a chiederle: Cara la mia Verdun, che razza di traffici hanno i tuoi colleghi? Eppure lei lo sapeva. Sapeva tutto. Cazzo, pensò Silistri, non sono superstizioso, com'è vero Iddio, ma quella tipa sa tutto di tutto, da sempre, e lo so da fonte certa perché quel che non sa, me lo chiede.

*Sia le mie orecchie, Joseph.* Appena aveva letto l'sms della giudice Talvern, Silistri aveva chiamato Klein.

Klein, che adesso gli riempiva il bicchiere.

"Joseph, a proposito della giudice Talvern, c'è una cosa che non mi torna."

"Dimmi."

"Come può una giovane donna essere tanto brutta?"

Silistri fu stupito dall'espressione "giovane donna". Klein non aveva detto una ragazza, una tipa, una femmina, né ovviamente "quella lì", ma neppure una donna...

Quella "giovane donna"... Era un'emozione quasi paterna.

"Minchia, Joseph, con quei baffi, i capelli unti, gli occhiali a culo di bottiglia, quel cazzo di kilt, la schiena curva, i calzini a cacaiola, i sandali da gesuita, e quell'odore, quella roba cipriata, quasi asfissiante, Dio santo...

Un'emozione quasi *nonnesca*, rettificò Silistri.

"Non ha nessuno? Che ne so, un padre, un fratello, una famiglia... Qualcuno che la *guardi* un po'..."

Non pensa nemmeno che possa essere sposata, si dice Silistri. Per un attimo vide la ragguardevole mole di Ludovic Talvern sedersi sul commissario di divisione Benoît Klein.

"Quanti anni ha?" chiedeva Klein. "È ancora giovane, no?"

Ventinove anni, calcolò Silistri. Dio santo, come passa il tempo! E decise di porre fine al supplizio del collega. In fondo anche lui, di fronte alla giudice Talvern, provava qualcosa di simile. E non da ieri.

"Benoît, te lo ricordi Thian?"

A Klein ci vollero tre secondi per risuscitare la figura dell'ispettore Van Thian.

"Thian? Mister grilletto? Il viet? L'amico di Pastor? Quello che han fatto fuori in ospedale? Certo."

"Ecco. Ti ricordi che negli ultimi tempi girava con un bebè sulla pancia, in un'imbragatura di cuoio? Un bebè che ci guardava negli occhi?"

"Non l'ho mai visto, quel bambino, ma ne ho sentito parlare."

"Be', era lei. Era la giudice Talvern. Ha visto com'è fatto il mondo dalla pancia di Thian, tutto qua. Ha sentito il sibilo dei suoi proiettili."

Klein stava aprendo di nuovo la bocca, ma Silistri gli riempì il bicchiere.

"Torniamo a bomba. Quindi, dicevi che Lapietà rilevava società immobiliari in fallimento, è così?"

Una lunga sorsata dileguò l'immagine della giudice Talvern.

"Esatto, Lapietà ha rilevato tutto quel che poteva rilevare, ha licenziato alla grande, messo in piedi strutture nuove rivendute a loro volta dopo drastica riduzione del personale, e così di seguito fino a stragonfiare le casse del gruppo LAVA. Finito il lavoro, se ne va e amen. Passa ad altro. Nella fattispecie al calcio, che anche quello dà risultati tutt'altro che trascurabili."

"È tutto?"

"È tutto. E domani sentirai Legendre spiegare il suo pseudolicenziamento parlando di una 'buonuscita legata ai risultati di Lapietà all'interno del gruppo LAVA, i quali sono tutt'altro che trascurabili'. Il suo pistolotto infatti gliel'ho scritto io."

Alla lettera, quindi, quello che ha appena sciorinato Legendre.

Adesso il colombaccio si avvia a concludere:

"Di conseguenza, cari colleghi, ci troviamo di fronte a un banale tentativo di intimidazione. Una banda di irresponsabili che si reputano defraudati ha rapito Georges Lapietà. La cifra simbolica del riscatto conferma la mia idea originaria che non si tratti di un rapimento serio. Quel che interessa è l'impatto, come si dice oggi! E se la richiesta corrisponde al paracadute d'oro è proprio perché stiamo parlando di gente interna a LAVA! Se aveste preso in considerazione questi elementi e se i vostri reparti fossero stati più efficienti, oggi ci avreste evitato l'imbarazzo di trovare l'ammontare del riscatto sulla prima pagina di tutti i giornali!".

Eccoci qua, pensa Silistri, l'imbarazzo...

E adesso vai con la raffica di ordini: ingabbiare tutta la marmaglia sindacalizzata di LAVA, metterli sotto torchio uno a uno, andare all'assalto delle filiali, perquisire qualche centinaio di stabilimenti... Insomma, ritrovare rapidissimamente Lapietà, che ne va del...

Ne va di cosa, in realtà?

Di cosa ne va?

Mentre Legendre lancia ordini e minacce, Silistri lascia vagare lo sguardo sui pezzi grossi della riunione, i suoi colleghi, i commissari di divisione Foucart, Allier, Goujon, Bertholet, Klein, Menotier, Carrega, e il colombaccio stesso: tutti alle soglie della pensione. Me compreso, conclude Silistri. Nemmeno un giovane. Tutti all'antiterrorismo, i giovani. Lo impone lo stato d'emergenza. Parigi salta in aria. Il terrore mitraglia alla grande. Roba per giovani, l'antiterrorismo. Per noialtri vecchi l'ordine è uno solo: ritrovare Lapietà e poi sbaraccare in gloria. Impresa mica da ridere. Andarsene come grandiosi fuorilegge dopo l'ultimo grosso colpo, uscire di scena a testa alta e con il culo impennacchiato. Un casting alla Sam Peckinpah, ecco cosa siamo diventati: *Voglio la testa di Lapietà!* Ma attaccata alle spalle, mi raccomando! Pensate alla mia pensione!

# 8.

Anche il capitano Adrien Titus era alle prese con i riferimenti cinematografici, Ariana Lapietà, moglie di Georges Lapietà, era la Claudia Cardinale di Sergio Leone. Con due o tre decenni in più, armoniosamente distribuiti. Come poteva una donna assomigliare a tal punto a un'immagine? Era la seconda volta che Titus la vedeva. Il giorno prima era venuto con Menotier. Legendre gli aveva appioppato il commissario di divisione Menotier. Il colombaccio non voleva più che Titus lavorasse da solo. E Titus aveva lasciato che fosse il suo chaperon a condurre l'interrogatorio. Menotier si impappinava con i signora, signora ministra, signora ministro, cara signora... Il problema era emerso in auto:

"Titus, come ci si rivolge alla moglie di un ex ministro?".

"Si lascia parlare il cuore, Menotier."

Così Menotier aveva fatto le sue domande, alquanto turbato dalla copia perfetta di Claudia Cardinale. L'indomani Titus aveva deciso di tornare da solo.

E adesso era lì, in piedi davanti alla porta di casa Lapietà che Ariana aveva appena aperto.

Ma Ariana aveva in serbo una sorpresa. Prima ancora che lui potesse dire buongiorno signora, aveva esclamato dolcemente:

"Tituuuuus! E così sei nella poliziiiiia? Mi ha fatto piacere vederti, ieri".

"Io *sono* la polizia," rispose lui. "Ci conosciamo?"

Con un gesto aereo, Ariana aveva congedato Ljuška, la cameriera con cuffietta bianca e collettino di pizzo, arrivata troppo tardi al campanello.

"Mi facevi i compiti quando ero piccola. Entra, dai."

Il capitano Adrien Titus non ricordava di aver aiutato Claudia Cardinale a fare i compiti.

"Da piccola non doveva assomigliare molto a quella che è adesso, perché me la ricorderei."

Anticamera, corridoio a gomito, soggiorno. Lo fece accomodare.

"Ero proprio bruttina. Tu invece non sei cambiato. Avevi già la tua faccia da tataro."

Diceva le cose in modo semplice. Parlava per piccole constatazioni languide. Ieri aveva riconosciuto Titus mentre l'altro sbirro la interrogava. L'aveva riconosciuto dalla faccia sempre liscia, dal lampo beffardo degli occhi a mandorla, dal suono metallico della voce e dal sorriso che mostrava la punta dei denti. E anche dalla sua aria di uno che pensa; le domande del collega sembravano divertirlo.

"Ieri sei stato gentile con me, Titus. Lo sarai ancora?"

"Dipenderà da come risponde alle mie domande."

Anche lui era rimasto semplice.

Dietro il capitano comparve Ljuška. Si offre sempre un caffè agli ospiti, anche se sono della polizia. Ariana fece un no impercettibile con la testa. Voleva un inizio senza fronzoli.

"Matassa," disse a Titus. "Sono Ariana Matassa, la sorella del Geco."

Ma dai! Il Geco! Vecchissimo ricordo! Liceo Pierre Arènes di Montrouge. Compagni di classe. Titus rivide il Geco, con i suoi polsi enormi e il corpo stretto. Il Geco faceva arrampicata. Aveva sempre aderito alle pareti. Una ventosa.

Durante le ultime vacanze da liceale, Titus l'aveva seguito su due o tre falesie. Gli si strizzavano le palle solo a ripensarci. Che gusto ci trovi? Poter vedere il mondo da vicinissimo, aveva detto il Geco. Il naso contro la parete! Tanto che alla fine ci si era infilato dentro, nel mondo. Topo d'appartamento. Aveva affrontato i palazzi. Quelli del centro. Finché una notte un cecchino anonimo non l'aveva fatto fuori. Il tipo l'aveva beccato da lontano, con il fucile a cannocchiale. Prima una mano. Il Geco aveva retto per un po', ma un secondo proiettile gli aveva spappolato l'altra mano. I tizi della balistica avevano misurato la distanza. Quattrocento metri, leggermente più in alto, la finestra di una camera ammobiliata affittata per la notte sotto falso nome. Avevano sparato da lì. Stessa arma dell'omicidio compiuto l'indomani, più o meno alla stessa ora ma non dallo stesso punto, vittima Rufus Argoussian, che invece lavorava su roba grossa. Nessun collegamento tra i due casi. Il Geco l'aveva fatto fuori un tecnico che provava la messa a fuoco del suo arnese. Niente di personale. Solo un tipo scrupoloso.

Claudia Cardinale, la sorellina del Geco, dunque.

"Mi chiamavi cugino."

È vero, non cugina ma cugino. Adesso Titus se lo ricordava. O *culicinus*. Perché a quattordici o quindici anni era una ragazzina tutta braccia e gambe, con un busto sottile sottile; una di quelle zanzare grandi e filiformi che non pungono. E quando andava a casa del Geco in effetti un paio di volte Titus l'aveva aiutata a fare i compiti.

"Senza chiedere nulla in cambio."

Allusione di Ariana a certa moneta di scambio richiesta dai brufolosi della sua classe. La libertà boccale di Ariane contrariava parecchio il fratello. La cosa peggiore, diceva il Geco, è che lei non ci trova niente di male. ("Ma è normaaaale, mi ha fatto i compiti di maaaaate!")

Non è possibile, pensava Titus. È vero che sui corpi ci

passa sopra la vita, ma una persona non può trasformarsi a tal punto! Bruscamente le chiese:

"Quando ti guardi allo specchio, cugino, ti riconosci? Voglio dire, la ritrovi la ragazzina che eri?".

"Mi guardo poco."

"Non è possibile. Quando uno vuole somigliare così tanto a un modello, lavora per forza di specchio."

"Titus, vedi qualche specchio intorno a te? Sull'anta di un armadio? Una psiche? Qualcosa del genere? Sul soffitto, magari?"

No. Tappezzerie, tende, cineserie, accumulo di anticaglie pseudo-orientali, finto disordine. Pochissima luce. Bagliori dorati, riflessi di seta, lacca porpora, un ambiente caldo più che luminoso, avvolgente, sontuoso-claustrofobico. Specchi, però, niente.

"Con quella faccia alla Christopher Walken e il cappotto di cachemire, sono sicura che allo specchio ti guardi più tu di me. Dimmi che non è vero."

Dovette ammettere che, prima di venire, si era dato una bella sistematina.

"Vedi? Io invece: sala trucco ogni mattina. Da quando ci siamo incontrati, ogni giorno Georges mi crea questa faccia. All'epoca in cui intorno al mio scheletro le cose hanno cominciato a prendere forma, in effetti assomigliavo un po' alla Claudia Cardinale di *C'era una volta il West*. Lui ha fatto il resto. Oggi mi ci vogliono minimo tre ore. Ogni anno è un po' più lunga. Ma Georges sostiene che ci riuscirà fino alla fine."

Ogni mattina piombava lì una schiera di truccatrici, parrucchiere, estetiste e massaggiatrici per restituire a Georges Lapietà l'immagine definitiva che si era fatto di Ariana Matassa a diciassette anni e che lei mostrava soltanto a lui, o quasi.

"Quante mie foto hai visto sui giornali di gossip?"

Nessuna, a pensarci bene. Quando compariva su carta patinata, Georges Lapietà era quasi sempre solo. Negli ultimi tempi in compagnia di calciatori.

"Vedi? Tutta quest'operazione di stucco e pittura è solo per Georges. Quando è in casa, assiste anche lui. Due delle truccatrici vengono dalla Comédie-Française e la terza lavora con Mnouchkine. Se un giorno ti chinerai sulla mia bara, Titus, vedrai la Cardinale di Sergio Leone. Vuoi un caffè?"

Riteneva che le presentazioni fossero fatte. Si alzò, scivolò nel corridoio. Titus sentì: "Ljuška, ci fai due caffè per favore?". Di ritorno, si sedette e domandò:

"Perché sei tornato? Credevo fosse perché mi avevi riconosciuta. Invece è per qualcos'altro".

"Sì."

"Non sei soddisfatto del primo interrogatorio?"

"No."

"Eppure non ho mentito."

"Non hai detto tutto."

"Mi sembrava di sì."

Ménestrier, Ritzman, Vercel e Gonzalès, di quei quattro lei aveva parlato con Menotier. Se li conosceva? Vagamente, frequentazioni di lavoro, gli amministratori del gruppo LAVA invitati a cena due o tre volte con le mogli. No, negli ultimi tempi, no, dopo questa storia del licenziamento Georges ha rotto i ponti, a lui in realtà non andava di essere scaricato, pensava che LAVA potesse essere resa ancor più competitiva. È un bravo consulente, Georges! E così, per ripicca, aveva fatto tardi apposta il giorno in cui doveva ritirare l'assegno. Ci era andato in bermuda e infradito, con una canna da pesca. Una canna da pesca? Sì, aveva chiesto a Iuc di trovargli una canna da pesca e un dopobarba molto... Iuc? Nostro figlio, Iuc. È il soprannome che gli ha dato Georges: IUC, Impiego di Utilità Collettiva. È un ragazzo d'oro. Perché una canna da pesca? Proprio per la sua assurditààààà! Georges va matto per gli scherzi, lui adora spiazzare la gente. Parlare con Iuc? Certo. Ljuška, potresti svegliare Iuc per favore?

Lo sbarbato era comparso e aveva aggiunto le sue risposte a quelle della madre, nello stesso tono strascicato. Il padre gli aveva chiesto in prestito la sua Clio scassata per andare a ritirare l'assegno. Anche questo faceva parte dello scherzo. Di cosa si occupava nella vita? Lui? Iuc? Di niente, signor commissario! Mantenuto da mio padre finché a mantenermi non saranno i miei figli. Risatine di Ariana. Faccia di Menotier. Correzione di Iuc: Ma no, scheeeeerzo. Con un padre come il mio cosa vuole che faccia? Studi di economia, per forza. E le piace? Mi piacerà quando comincerò a guadagnare qualcosa, per adesso non sono ancora indipendente.

"Non gli dia retta, signor commissario. Iuc ci tiene molto alla sua indipendenza," corresse Ariana. "Adesso è nell'età dei lavoretti. Quando non deve studiare, cucina qui ottimi piatti che consegna a domicilio a una clientela di raffinati buongustai. E così tira su un po' di spiccioletti."

("Spiccioletti", il capitano Adrien Titus notò quell'espressione...)

"A proposito, l'hanno ritrovata la mia macchina? Mi serve per le consegne."

Menotier sciorinava risposte preconfezionate.

"I nostri uffici se ne stanno occupando."

Si concesse però un tocco personale e disse che non gli sembravano particolarmente preoccupati, madre e figlio:

"Non siete preoccupati?".

Per vivere con Georges Lapietà era meglio non avere un'indole ansiosa, osservò la madre. Il figlio aggiunse una battuta che Menotier non capì del tutto:

"Altrimenti, s'immagini, mi sarei scelto un altro padre".

"Georges se la cava sempre. Sono preoccupata, ma solo moderatamente."

Sulla via del ritorno, Menotier era passato direttamente alle istruzioni: Titus, 'sta macchina me la dovete trovare subito, capito?, e fatela parlare, 'sta Clio, che non voglio arrivare alla riunione di domani senza niente in mano. Il capitano Adrien Titus aveva tirato fuori il tabacco, le cartine e un pezzetto di cioccolato nepalese. Nonostante i sobbalzi, sbriciolava il cioccolato su un letto di tabacco turco. Sapeva che alla riunione dell'indomani non ci sarebbe andato. Il dentista, tipo. Silistri lo avrebbe coperto. E lui sarebbe tornato a lavorarsi la Claudia Cardinale. Menotier aveva appena fatto una scoperta: Non trovi che la tipa del Lapietà assomigli un po' a quell'attrice, quell'attrice italiana degli anni... hai presente, quella bellissima, che recitava in *C'era una volta il West*? Troppo preso a sgranare deduzioni, Menotier non aspettava una risposta. Sciorinava evidenze: Manco un po' preoccupata, la mogliettina, eh... sai cosa ti dico, Titus, capace che Lapietà si è fatto sparire da solo, dammi retta! E niente niente, fra tre o quattro mesi sparisce pure la moglie. E ce li ritroviamo che se la spassano in uno di quei paesi, hai presente... Titus lasciava che Menotier si facesse tutto il suo film. Ci metto la firma che è tutta una truffa! Tipo il finto attentato a Mitterrand all'Observatoire! O quel demente che si era rapito da solo per attirare l'attenzione, il bretone guercio, lo scrittore, ti ricordi, come si chiamava? Jean-Edern Hallier, pensava Titus. L'attentato dell'Observatoire, Jean-Edern Hallier... All'anima, quanto tempo è passato, son ricordi da antiquario. Adesso Titus leccava la cartina del suo spinello. Menotier si interruppe.

"Minchia, ma che cazzo fai?"

"Mi faccio una cannetta."

"Ma sei rincoglionito?"

Lo scatto dello zippo rispose di no. Titus fece il primo tiro, poi porse la canna al superiore.

Che rifiutò.

"Ma quando la finirai con queste stronzate?"

"Quando smetteranno di vendere il cioccolato per strada, presumo."

Gli occhi dell'autista ridevano nello specchietto retrovisore.

"A te non te la propongo perché stai guidando."

L'autista aveva ancora le orecchie rosa della giovinezza. Titus gli domandò:

"Ti dice qualcosa a te, Claudia Cardinale?".

No, fece la testa dell'autista.

"E Visconti?" chiese Titus.

"Chi?" chiese l'autista.

"Tira giù i finestrini!" ordinò Menotier.

"E Sergio Leone? Ti ricorda qualcosa, Sergio Leone?"

No, all'autista non diceva niente. Gli occhi indicavano che gli dispiaceva, ma proprio no.

"Tira giù quei finestrini, porca merda!" berciò Menotier.

"E Mitterrand?" chiese Titus all'autista.

Stavolta l'autista ebbe il sorriso che sa:

"Era un presidente della Repubblica! Subito dopo la guerra". E poi aggiunse... "Dopo la Liberazione e tutte quelle cose lì."

"Cazzo, li vuoi tirar giù quei finestrini, sì o no?"

"Non t'agitare, dai, Menotier," concluse Titus indicando l'autista, "siamo finiti. Hai visto, non esistiamo più. L'unico vivo in questa macchina è lui!"

Chiese all'autista:

"Come ti chiami?".

"Manin."

"Da quanto tempo sei con noi?"

“È la mia prima settimana,” rispose Manin.
Semaforo rosso.
“Tira giù i finestrini, per favore, Manin.”
Un ragazzino sul marciapiede vide la nuvola che usciva da quell’auto della polizia, e non credette ai suoi occhi.

“Ariana, secondo me tu hai paura.”
Ariana Lapietà lo smentì.
“Titus, ti assicuro che con Georges ne vediamo di tutti i colori. Io e Iuc ci abbiamo fatto il callo.”
“Che genere di colori?”
Lei sorrise.
“Oh! Non è quello che pensi. Se c’è una donna al mondo che non sa cosa sono i maltrattamenti quella sono io. E se non fosse che non sono affari tuoi, ti direi anche che non c’è donna più...”
“Ariana, tu hai paura di qualcosa e non lo dici.”
La vide lanciare un’occhiata verso la cucina dov’era Ljuška.
Domandò:
“Pensi che il tuo uomo si sia rapito da solo? È la tesi del mio collega”.
“No.”
“Perché? Per via del travestimento? Perché se uno vuole sparire non si traveste da pescatore? È per questo?”
“No. Sì certo, ma no.”
“È qualcos’altro?”
La sensazione che aveva sempre, negli interrogatori, di infilare delle perle... Una a una.
“Non devi aver paura di me, cugino. Sono uno sbirro che se glielo chiedono sa tenere la bocca chiusa. So molte più cose di quante ne ho dette.”
Lei ebbe un soprassalto di allegria.

"Georges invece dice tutto, in continuazione!"
Sarà più lunga del previsto, valutò Titus.
"Potresti chiedere altri due caffè?"
Cosa che lei fece.
"È buono il caffè di Ljuška," disse tornando dalla cucina. "Giovedì, prima di uscire, Georges se n'è bevuti quattro."
Aveva bisogno di parlare di Georges.
"Era nervoso?"
"No, voleva solo far aspettare il consiglio di amministrazione. Se li immaginava lì che si giravano i pollici. La cosa lo divertiva e divertiva anche me. Lui si diverte a farmi divertire."
"E a te, ti diverte?"
La risposta fu fragorosa:
"Oh! Sìììì! Da matti!".
Titus lasciò all'incredibile sorriso il tempo di ricadere. Poi infilò la perla successiva.
"Li hai contati?"
"Cosa?"
"I caffè che ha bevuto prima di uscire."
"Come sarebbe, contati?"
"Mi hai detto che ne ha bevuti quattro. Non hai detto tre o quattro, hai detto quattro."
Lei aggrottava la fronte, non capiva. Lui insistette.
"Quanti caffè abbiamo bevuto ieri, io e il mio collega, durante l'interrogatorio?"
Lei provò a contare mentalmente. Titus aspettò, come se l'aiutasse ancora a fare i compiti. Ma lei non ci arrivava.
"Ariana, una donna che conta i caffè che il suo uomo prende prima di uscire è una donna che aspetta qualcosa."
Si astenne dall'aggiungere "o qualcuno".
"Avevi fretta che se ne andasse?"
"No, non è questo!"
L'esclamazione le era sfuggita.

"Cos'è, allora?"
Sguardo smarrito.
"Doveva tornare presto!"
"Avevate qualcosa di particolare da fare? Un'urgenza?"
"..."
"Non aver paura, santo Dio."
"Contava di tornare presto, *doveva* tornare, lui..."
Niente da fare, non ce la faceva.
"Non è una cosa che riguardi la polizia," disse all'improvviso, "non riguarda nessuno, non ha niente a che vedere con il rapimento, è una cosa vecchia, che riguarda solo Georges, non c'entra nulla con la sua vita professionale e lui non vuole assolutamente che si sappia."
"E tu?"
Era per darle il tempo di riprendere fiato.
"Io cosa?"
"Neanche tu vuoi che si sappia?"
"Non si *deve* sapere, Titus! Per Georges sarebbe..."
"C'è un nesso tra il fatto che abbia bevuto quei quattro caffè e la necessità di tornare presto?"
Ariana rimase senza fiato.
"Cosa?"
"Niente, è una banalità. Ti ho chiesto se..."
"So cosa mi hai chiesto! Ho sentito benissimo! Non sono..."
Si era alzata. Avrebbe voluto un salotto vuoto, poterne fare il giro, camminare su e giù.
Impossibile.
Accumulo.
Rimase in piedi davanti alla finestra. Guardava fuori. Fuori c'era il Parc Monceau.
Lui disse soltanto:
"Ariana, mi nascondi una cosa senza importanza".
Lei sbottò:

"Ho solo paura che sia morto! A parte questo, niente di importante!".

Lui minimizzò:

"Non si uccide la gallina dalle uova d'oro, cugino caro".

Lei si voltò:

"Titus, Georges non può fare pipì. E i cateteri sono qui. Non li ha presi, quella mattina. Contava di tornare subito. E l'hanno rapito. Preferirà morire piuttosto che confessare a quei bastardi che non può pisciare. Lo conosco. Gli scoppierà la vescica e morirà. Morirà, te lo dico io! Forse è pure già morto! E sai, il dolore... Quel dolore è... Oh! Titus, gli avevo detto di fare pipì prima di uscire, ma ha... rideva, quello stronzo, ha...".

Ecco. Aveva detto quello che non voleva dire. L'impensabile. Singhiozzava. Fiumi di lacrime scorrevano su quel viso ed era la valanga di tutti i decenni amorosamente trattenuti, lo sbriciolarsi di una statua nel torrente di un dolore indicibile.

"Gli serve un cateeeeetere. Hai capito? Gli serviva un cateeeeetere..."

Adesso Titus la stringeva fra le braccia. Le domandò, all'orecchio:

"Che marca?".

Lei si scostò per la sorpresa. E, guardandola fisso negli occhi, lui ripeté:

"Il catetere. Che marca? Speedy Bird? Péristime? Pioralem?".

# 3.

# La verità vera

“Di sacro in famiglia c’è solo la menzogna.”

Alceste

# 9.

Ho finito! Ah, il sollievo del punto finale! È come uscire da una campana di vetro, come ritrovare il cielo! È la luce! L'aria! Mi è anche venuta un'idea per il titolo: *La loro grandissima colpa*. Si intitolerà *La loro grandissima colpa*. Consegnare il manoscritto a Malaussène e andarsene da questa foresta. Via da questo silenzio. Quanto tempo ho perso a trovare lo stramaledetto inizio! Come cominciare? Il problema è tutto lì. Da dove agguantare il reale? Annosa questione. Gli incipit possibili sono infiniti! Incalcolabili, per dirla tutta. È ciò che distingue la realtà dalla finzione. Decidere di raccontare una storia significa sottomettersi a *un* inizio. Dire il reale significa prendere in considerazione *tutti* gli inizi possibili.

Alla fine ho deciso di aprire con il tentativo di omicidio al funerale di Tobias. Non senza qualche scrupolo. Per molto tempo mi è sembrata una trovata troppo furbetta. Eppure quella scena di omicidio è avvenuta davvero! Dopo la pubblicazione di *Mi hanno mentito*, i miei cari fratelli e sorelle hanno veramente cercato di uccidermi! E dovrei tacerlo? In nome di cosa? Della famiglia? Per proteggere i fratelli? Per solidarietà clanica? Per timore di un processo? Non mi capacito di aver esitato così a lungo. Su questo Malaussène aveva ragione, *Mi hanno mentito* li ha fatti ammattire. La semplice esposizione di una verità di famiglia ha trasformato i miei fratelli e le mie sorelle in potenziali assassini. Ma da qui a seppellirmi vivo! Perché Mathieu, comunque, mi ha buttato dentro la fossa! Intanto che Pascal, Baptiste e i cugini distraevano gli impiegati delle pompe funebri! Da questo dovevo cominciare. Mathieu che mi prende per il bavero dell'impermeabile, la sua craniata, la certezza che i miei fratelli e le mie sorelle volevano uccidermi. O meglio *giustiziarmi*. Se viene, lo giustiziamo. Il suo libro ha ucciso papà Tobias, noi uccidiamo l'autore. (Dopo la menzogna, l'omicidio!) Lo buttiamo nella tomba e poi la copriamo. Mentre Mathieu mi costringe a indietreggiare verso la fossa dove hanno calato la bara di Tobias, gli altri non soltanto non intervengono ma circondano i tizi delle pompe funebri che non si sono accorti di niente. A meno che non abbiano deciso di non immischiarsi in quella che all'inizio hanno preso per una banale lite di famiglia. Ne vedono di cotte e di crude, i becchini. La morte non aggiusta niente. La morte non ingentilisce i rapporti. La morte non riavvicina i vivi. La morte esaspera il risentimento. Non c'è niente di meno compassionevole del lutto. Il lutto arma il mondo. Lo sanno bene, i becchini. Quando Mathieu mi agguanta ringhiando – Sei stato tu a uccidere Tobias e hai il coraggio di venire al suo funerale? –, i becchini pensano a una lite. Lasciamo perdere, che tanto poi tutto si sistema. Forse il maestro di cerimonia sta per dire: Signori, vi prego, un po' di contegno, per riguardo verso il defunto. Le pompe funebri si esprimono così, in modo un po' cerimonioso, pomposamente, per l'appunto. Contano sul cerimoniale per tenere a bada le vampate d'odio fra parenti. Ma il maestro di cerimonia non fa in tempo a dire una parola che il resto della famiglia circonda lui e i quattro portatori. È ammutolito dallo stupore. Un becchino non lo tocca nessuno, mai. Un becchino è l'assistente dei fantasmi, non si tocca. Ebbene, stavolta invece li prendono per il braccio e li scostano dalla fossa, impedendogli però di allontanarsi per andare a chiamare qualcuno. I maschi della famiglia Fontana, i miei fratelli, i miei cugini... Rugbisti, tutti quanti. (Tranne Baptiste, ovvio. Baptiste gioca a calcio! Esclusivamente! Piccolo genio del pallone, ma quello tondo. Pregasi estasiarsi.) Cinque becchini, per quanto robusti, non possono competere con il pacchetto di mischia Fontana. Mathieu continua a spingermi verso la tomba. Visto che sei venuto, vai fino in fondo! Perché alla fine è questa la verità: Mathieu vuole spingermi nella tomba di Tobias! Mio fratello maggiore mi ha spinto nella tomba di nostro padre! Certo, non posso dire che mi spinga proprio *dentro* nel vero senso della parola. Non mi solleva da terra, però mi costringe a indietreggiare: calcetti nelle tibie – la punta metallica dei suoi stivaletti, quella sensazione di ossa sbriciolate –, accompagnati da tante rapide craniate, la mia testa che rimbalza sulla sua fronte come se fossimo uniti da un piccolo elastico. Di fatto mi sta conciando per le feste e quasi nemmeno si vede. Ho il naso rotto e le sopracciglia spaccate. C'è il mio sangue sulla sua fronte. Hai ucciso nostro padre con il tuo libro e te ne vieni al suo funerale? Ma bravo! E credi di passarla liscia? Te l'avevamo detto di non venire! È vero, l'avvertimento era chiarissimo. Peraltro, hanno proprio fatto di tutto perché non venissi. Hanno cambiato cimitero all'ultimo momento. Io sono andato a quello di Cagnes, come previsto, e invece erano a Villeneuve. Un'idea di Faustine e Mathieu, pare. Seppellire papà con i morti della mamma, il colmo, anche questo! Hanno passato la vita a massacrarsi, quelli, e loro gli regalano un rabbocco di massacro lungo quanto l'eternità! In fondo, l'unica cosa su cui sono sempre andati d'accordo è la menzogna. La necessità della menzogna. La menzogna come cemento della coesione familiare. Di sacro in famiglia c'è solo la menzogna, che è una specie di baluardo contro la vergogna. È il fondamento della narrazione mafiosa. Del resto la famiglia è il cuore della Famiglia. (Evitare la parola "narrazione", contrastare la mia tendenza al compiaciuto gergucciо intellettuale. Non cedere mai più al prurito salottiero. La verità è un bene comune, esige parole comprensibili da tutti.) Mathieu, dunque, mi concia per le feste. La sua violenza non mi stupisce. Mathieu resta Mathieu, quello che ci ha sempre riempiti di botte. È il protettore autoproclamato della famiglia, il braccio armato della menzogna. Per la menzogna potrebbe dare la vita. A maggior ragione la mia. Spingermi indietro, fin sull'orlo della fossa, precludermi il futuro e chiedermi: E adesso, eh? Adesso? Cosa dici adesso, caro il mio scrittore? Dico che sei il più forte, Mathieu. Lo sei sempre stato. Grazie a te il passato non cambia. Bravo, l'hai detto, e infatti io non voglio che cambi. E qui mi spinge un'ultima volta, ma lasciando andare il bavero dell'impermeabile. Inciampo sul cumulo di terra e cado all'indietro nella fossa. In questo senso, non si può dire che mi abbia spinto *dentro* la tomba. Ci sono caduto da solo. L'avvocato sosterrà che si è trattato di uno spiacevole incidente. La famiglia e i becchini testimonieranno, la famiglia per convinzione, i becchini per paura. E le palate di terra che mi piovono addosso? Mathieu, Pascal, Adrien e Baptiste che riempiono la fossa: un incidente anche questo? No, uno scherzo. Sarà questa la tesi della difesa. Una lezione simbolica. Non sarebbero arrivati fino in fondo. Non mi avrebbero coperto del tutto. E questo non lo sapremo mai perché proprio in quel momento sono arrivati i cinesi di Malaussène. Anche loro sono passati dal cimitero di Cagnes. Quando sono entrati in quello di Villeneuve, ero già nella fossa, una vertebra cervicale incrinata, una gamba rotta, terra negli occhi e il suo sapore in bocca. Le zolle colpivano la bara di Tobias. Tutte le bare fanno lo stesso suono, mi dicevo. Sì, ricordo di aver pensato questo, erano discorsi da sogno, una di quelle frasi vaghe che sembrano spiegare tutto. Non so nemmeno se lo sentivo, il male; le sensazioni, i sentimenti, gli abbozzi di ragionamenti, era tutto condensato in quella frase che sembrava occupare per intero il mio cervello: Tutte le bare risuonano allo stesso modo, quali che siano l'età, il sesso, la razza, l'importanza del morto per l'inconsolabile afflitto, padre, madre, figlio, amico, collega di ufficio, lontano conoscente... lo stesso suono. Dopo, io non... è tutto un po' confuso... Bo (che vedo per la prima volta) salta dentro la buca. Per un attimo penso che venga a darmi il colpo di grazia. La faccia ce l'ha. In realtà mi prende per le ascelle, poi per la vita, mi tende a Ju (prima volta che lo incontro, anche lui, faccia come sopra). A quanto pare Bo e Ju hanno neutralizzato da soli i fratelli e i cugini. Oppure c'erano altri cinesi ma non li ho visti. Mathieu si tiene la faccia. Sangue fra le dita. Il suo, questa volta. Una scena totalmente immobile. Con la coda dell'occhio vedo Loussa de Casamance, in disparte. Fatta eccezione per Baptiste, è l'unico nero fra i presenti. Nel mio ricordo la scena è assolutamente ferma e silenziosa. A questo punto Ju mi rimette in piedi. La gamba rotta fa un angolo laterale e svengo. Mi risveglio nella Mercedes, steso e flebizzato. Il vecchio Loussa, seduto accanto a me, mi fa la ramanzina.

"Inutile dirle, ovviamente, che a quel funerale non avrebbe dovuto andarci. Perlomeno non senza avvisarci."

A sentir Loussa, se Malaussène non avesse indovinato dov'ero, a quest'ora sarei sotto terra e la mia famiglia farebbe il picnic sulla mia tomba. Chiedo a Loussa se, in caso di processo, sarebbe disposto a testimoniarlo. Risponde:

"Non potrò testimoniare, perché non c'ero".

Messaggio ricevuto.

Gli chiedo come ha fatto Malaussène a indovinare dov'ero.

"Ha saputo della morte di suo padre. Quando non l'ha trovata a casa, ha capito subito che era andato al funerale. Malaussène sapeva che sarebbe stato inutile dissuaderla. Al massimo potevamo proteggerla. Con discrezione. Se ci avesse avvisato, Bo e Ju l'avrebbero preceduta, avrebbero calmato il gioco prima dell'inizio della partita, senza che lei nemmeno se ne accorgesse; i suoi fratelli sarebbero stati buoni come degli angioletti. Adesso che conosce Bo e Ju, la situazione diventa più complessa. E più costosa."

Seguì un breve dialogo fra Loussa e i cinesi.

"Za mao zhe xian, hai shi na yi yang de qian?" gli ha chiesto.

"Za zhen bu gai lu lian," ha risposto Ju.

"Suo yi ma, jiu dei duo dian qian," ha spiegato Bo.

"Shi duo hen duo,"* ha concluso Ju.

"Considerevolmente più alto," ha tradotto Loussa, non sapendo che con i miei cinque anni di Lingue orientali ho una padronanza del mandarino sufficiente per capire la loro conversazione.

Se tradurre "un po' molto" con "considerevolmente" è un errore dal punto di vista linguistico, è invece comprensibile da un punto di vista psicologico.

Povero Loussa, sempre attento a non intaccare il gruzzolo di Isabelle! *Mi hanno mentito* ha reso tantissimo alle Edizioni del Taglione... Non possono concepire che adesso lo stesso libro possa anche costargli un po'.

E povero Malaussène! Se la baracca avrà il coraggio di pubblicare il seguito, niente niente gli toccherà nascondermi sulla luna. *Mi hanno mentito* era solo la miccia. *La loro grandissima colpa* è ben altro! La verità è sempre esplosiva.

* "Questa piccola avventura cambia le nostre tariffe?"
"Avremmo preferito che non ci vedesse."
"Quindi, il prezzo è un po' più alto."
"Un po' molto."

# 10.

## *Mi hanno mentito*

La mattina in cui la Regina Zabo mi ha presentato Alceste (Si prenda cura di lui, Malaussène, è una miniera d'oro), non gli ho prestato tutta questa grande attenzione. Un tipo con il volto affilato e la voce da predicatore; così pieno di sé che salmodiava dal naso. Un vevé modello standard, mi dicevo, persuaso di essere l'unico detentore della verità vera.

"Questa convinzione è il punto in comune che li distingue radicalmente uno dall'altro, Malaussène."

Ho quindi aperto *Mi hanno mentito* senza grande curiosità.

Come tutti gli autori della baracca, Alceste se la prende con la famiglia. Ma mentre i suoi simili accusano i genitori di collaborazionismo, corna, alcolismo, torture morali, incesto più o meno aggravato, indifferenza assoluta, isteria vulcanica o nefandezze di ogni sorta, Alceste per parte sua si limita a rinfacciare ai genitori di essere stati dei pessimi narratori! Che una colpa tutto sommato minore come questa possa dar luogo, sin dalle prime pagine, a un attacco tanto violento mi ha strappato al mio torpore. C'è da dire che Alceste ci va giù pesante. Tobias e Mélimé, i genitori nonché pessimi narratori in questione, sono descritti come due idioti patentati "*Cre-*

*tina Mélimé quanto era cretino Tobias*", capaci soltanto di produrre frasi fatte, personaggi stereotipati, situazioni convenzionali, dialoghi edificanti e comportamenti assurdamente esemplari...

*Erano queste le storie che Tobias e Mélimé imponevano a noi otto figli, ogni sera delle nostre otto infanzie! Ogni sera, figuratevi un po', ogni sera, quella triste solfa di luoghi comuni! Tobias e Mélimé sperimentavano ogni sera su ciascuno di noi l'identica desolante ricetta narrativa, quasi volessero cuocere le nostre otto intelligenze a bagnomaria nella loro cretinaggine. Una schiera di piccoli rincoglioniti sotto vetro, ecco cos'hanno fatto di noi quei due cretini. E per giunta con la nostra complicità! Complici lo siamo stati – almeno i più grandi di noi – perché dovevamo dargli il cambio con i fratelli più piccoli, quando loro erano stanchi di rimbecillirli. E così raccontavamo le stesse storie, imitandoli! Mentre scrivo queste righe, il ricordo di quel mimetismo è proprio la cosa di cui più mi vergogno. Essermi sentito in dovere di raccontare ai miei fratelli minori le stesse idiozie, e con lo stesso tono! Ah, quel tono! Quella melassa! Quella pece! Quante pagine mi ci vorranno per descrivere quell'appiccicume! Non soltanto le storie piene di frottole che Tobias e Mélimé spacciavano per autentiche non potevano essere contestate dai piccoli (i bambini mandan giù le frottole come gli uccellini i vermetti), ma per giunta bisognava raccontargliele esattamente come le raccontavano Tobias e Mélimé! Mi sembra ancora di sentirti, Baptiste, quando mi chiedevi: No, non raccontare come fai tu, che non sembra vero, racconta come papà Tobias! E mi rivedo a prendere in prestito il vocabolario esangue di Tobias, adottando quella specie di manierismo tra il burocratico e il commerciale cui lui e Mélimé ci hanno abituati fin da piccolissimi (storie in cui la gente non "va" ma "si reca", non "fa" ma "svolge", dove non si "muore" ma si "perisce", dove i "problemi" sono "problemati-*

*che", dove le cose che succedono non ti "riguardano" ma ti "impattano", dove la "faccia" è sempre un "viso"). Adesso che hanno inventato il* GPS, *fratelli miei, posso dirvi che siamo stati tirati su da due versioni apparentemente sessuate dello stesso* GPS. *Ci sono le stesse probabilità di sentire Tobias o Mélimé cambiare tono con i nipoti (i quali, vi segnalo, sono i vostri figli) quante ce ne sono di sentire un* GPS *esclamare: Cazzo, raga, ho cannato, bisognava girare a sinistra!*

*Baptiste, mio caro Baptiste, tu che mi odi tanto, adesso che io ti voglio bene, dopo avermi tanto amato quando ti rincretinivo, la sola cosa di cui puoi seriamente rimproverarmi è di essermi seduto accanto al tuo letto di bambino per raccontarti le menzogne di Tobias e Mélimé. Sennonché questo non riuscirai proprio ad ammetterlo, perché la coglionaggine sedativa delle suddette menzogne ti ha mandato in pappa il cervello. Sei stato eviscerato di qualsiasi spirito critico. Una testa senza budella, questo sei! Papà Tobias e mamma Mélimé ti hanno svuotato come un mollusco, caro il mio Baptiste. Per questo suoni vuoto. E così i tuoi fratelli e le tue sorelle. Io per primo! E se scrivo questo libro è per far risuonare un po' di senso in quel vuoto abissale e madreperlaceo, per farvi finalmente sentire il suono della verità, per dirvi il Reale. È questo, Baptiste, il dono che ti faccio sedendomi ogni giorno alla scrivania, è come se mi sedessi accanto al tuo letto della tua vita di adulto. È sempre una storia, fratellino mio, ma a raccontarla sono io e questa volta è una storia vera.*

Sia detto fra parentesi, a questo punto del libro non si sa ancora cosa mai raccontassero Tobias e Mélimé ai bambini per suscitare in Alceste un tale furore. Quale fosse il contenuto delle famose storie serali non si sa. È una trovata che ovviamente stuzzica il lettore, che adesso gira le pagine in preda alla curiosità. (Alceste sì che è un bravo narratore, e il fatturato del Taglione ne è la riprova!) Per alcuni capitoli se la prende ancora con Tobias e Mélimé, elencando tutte le manifestazioni della loro idiozia: il modo affettato che hanno di camminare, di vestirsi, di mangiare, di pronunciare solo frasi prevedibili, di ostentare in ogni circostanza una bontà da catechismo fondata su una totale indifferenza del cuore, lui spara a zero su tutto, compreso il loro pseudo-senso dell'ospitalità:

*Ah! i compagnucci di classe che avevamo sempre per casa perché anche loro volevano sentire le storie di Tobias e Mélimé – come ne andavano fieri, quei due coglioni! – e che poi si fermavano a dormire, con il permesso dei genitori (Ma certo, telefono subito alla tua mamma), materassi di riserva tirati fuori da sotto i letti dei piccoli, gran casino al mattino che toccava ai grandi mettere a posto prima di andare a scuola... Tra parentesi, Baptiste, i tuoi compagni erano i più numerosi; chissà che pubblicità pazzesca gli facevi, a Tobias e Mélimé! Come ti organizzavi, fra l'altro? Stabilivi dei turni? Dai Baptiste, ammettilo! Adesso che sei grande puoi dirmelo, ai tuoi compagni facevi cacciare i soldi per sentire le cazzate di Tobias e Mélimé?*

Mi è venuto in mente proprio a questo punto della lettura, esattamente qui, nella pagina in cui Alceste ironizza sui piccoli ospiti di Baptiste!

Una decina di anni fa, quando tornava da scuola, Signor Malaussène (sarà stato in seconda elementare, all'epoca, o forse ancora in prima) chiedeva spesso a me e Julie se poteva andare a dormire da un certo Baptiste. Era ancora nell'età delle storie della buonanotte, e secondo lui i genitori del suddetto Baptiste in questo erano un portento. La cosa cascava proprio a fagiolo, poiché in fatto di storie dormitive i miei fratelli e le mie sorelle mi avevano ormai prosciugato. Per tutta l'infanzia, Louna, Clara, Thérèse, Jérémy e Il Piccolo hanno avuto diritto alla loro storia. Rituale che ho prolungato fino alla fine dell'adolescenza raccontandogli le mie avventure – un po' abbellite per le esigenze del sogno e che sono poi diventate i romanzi che sappiamo. Ma con l'arrivo dell'infornata successiva (Verdun, È Un Angelo, Signor Malaussène e Maracuja) la mia lanterna magica ha cominciato a vacillare un po'. Per l'uomo che invecchia, le generazioni sono come le onde per le scogliere: usuranti. Ci ho dato dentro ugualmente con i miei "c'era una volta", ma l'ispirazione era venuta meno e di lì a poco sono stato messo all'angolo dalla valanga dei giochi elettronici.

"Non ti offendere, zio," spiegava Mara digitando su certi tasti musicali, l'occhio incollato a uno schermo epilettico, "è che sono più divertenti!"

"Vieni a giocare con noi," proponeva Nange, "tu credi che sono per giocarci da soli ma invece no, si può giocare in squadra!"

In fondo Signor Malaussène era l'ultimo rimasto a volere ancora la sua storia della buonanotte. Fu quindi con un vile senso di sollievo che gli diedi il permesso di restare qualche volta a dormire a casa di Baptiste. Mi costava molto, però. Sigma tornava sempre da casa di Baptiste tutto entusiasta: Baptiste era strasimpatico, giocava a calcio che non hai idea, i suoi fratelli e le sue sorelle erano il massimo, i genitori troppo forti, la casa fighissima e la colazione pazzesca...

SIGNOR MALAUSSÈNE: Ma il massimissimo sono le storie! Cioè le storie veramente sono troppo!

IO: Troppo cosa, Sigma?

SIGNOR MALAUSSÈNE: Sono vere.

IO: Come sarebbe, vere?

SIGNOR MALAUSSÈNE: Vere verissime, vecchio padre, non sono storie per finta, sono storie megavere.

IO: Ah, davvero, e cos'hanno di così vero queste storie megavere?

SIGNOR MALAUSSÈNE: Sono vere, ti ho detto! Baptiste, capito, è un orfano. Un orfano dell'Africa, capito. I suoi genitori gli raccontano le storie dei suoi genitori, capito...

(Proprio in quegli anni tutti i bambini francesi hanno preso a infarcire le frasi di "capito", neanche si rivolgessero a un pubblico di dementi.)

IO: I suoi genitori gli raccontano le storie dei suoi genitori? Come sarebbe?

Ci volle l'intervento di Julie per farmi capire che i genitori *adottivi* di Baptiste gli raccontavano la vita dei genitori *biologici*.

IO: E cosa facevano, nella vita, i veri genitori di Baptiste?

SIGNOR MALAUSSÈNE: Cacciavano i cacciatori!

E Sigma attacca a raccontarci che, "capito", Yao e Rama Tassouit, i veri genitori di Baptiste, combattevano i trafficanti di avorio e gli sterminatori vari di zebre (il tutto avveniva in Costa d'Avorio). La loro fama si estendeva fino ad Abengourou, la "*sovrana città della pace*", dove gli dedicarono un monumento dopo che i due furono "*andati incontro a una morte eroica*" (metto fra virgolette le frasi di Tobias e Mélimé scrupolosamente riportate da Sigma) "*cadendo in una vile imboscata*".

Ogni sera Baptiste poneva ai genitori adottivi una nuova domanda sulle avventure dei veri genitori e ogni sera Tobias o Mélimé aggiungeva un capitolo a quella saga esemplare.

IO: Tobias? Mélimé?

SIGNOR MALAUSSÈNE: I genitori di Baptiste! Quelli che l'hanno adottato! È così che si chiamano! Tobias e Mélimé! Papà, ci sei? Un giorno Yao, capito..."

Tobias e Mélimé...
Tobias e Mélimé...
Baptiste, Tobias e Mélimé...

Una decina di anni dopo, quindi, leggendo *Mi hanno mentito* nel mio ufficio alle Edizioni del Taglione, mi rendo conto che tramite Sigma conosco parte della saga familiare di Alceste.

Tutti i figli di Tobias e Mélimé, "capito", come direbbe Sigma, erano stati adottati. Orfani, tutti e otto! E Tobias e Mélimé erano i genitori adottivi. Quel che incantava Sigma era che ogni sera i summenzionati genitori adottivi raccontavano ai suddetti adottati la vita dei loro genitori *reali* e ogni sera otto orfani si addormentavano accompagnati dalla rievocazione dei veri genitori, tutti grandiosi, tutti eroici, i quali "*adoravano i loro bambini come il tesoro più prezioso al mondo*", ma tutti, ahimè!, "*vittime della malvagità degli uomini o della crudeltà di un destino cieco*".

Quel che alimenta il furore di Alceste (e devo dire che in questo è abbastanza convincente) è il fatto di aver *creduto* a quelle boiate tanto da aver *visto*, certe sere, i veri genitori (una coppia di vulcanologi chiamati Arielle e Félix) uscire in punta di piedi dalla sua stanza:

*Perché io li desideravo, i miei genitori eroici! Li volevo veri! Con tutte le mie forze li volevo reali, quei genitori da sogno! E tutte le sere lo diventavano, malgrado la desolante modestia dei narratori. Tutte le sere Arielle e Félix – si chiamavano così, stando a Tobias e Mélimé – diventavano i miei veri genitori! Quale orfano può resistere a tanto? La loro storia me la raccontavano Tobias e Mélimé, però io mi addormentavo sotto lo sguardo di Arielle e Félix. Quando Tobias e Mélimé uscivano dalla stanza, erano Arielle e Félix che chiudevano delicatamente la porta, e io mi addormentavo con i vulcani negli occhi, che proiettavano in cielo i fuochi d'artificio più reali che mai mi sarebbe capitato di vedere! Il che fa di me, cari fratelli e sorelle, un cretino della vostra stessa risma, forse più rincoglionito di tutti quanti voi messi insieme.*

Secondo Tobias e Mélimé, Arielle e Félix Blinneboëke, vulcanologi di origine fiamminga, erano noti per aver salvato la popolazione di un'isola del Pacifico comunicando l'ora esatta dell'esplosione di un "*vulcano potente quanto tutte le bombe atomiche esistenti al mondo*". Svuotata l'isola dei suoi abitanti, la coppia eroica aveva scalato un'ultima volta "*le pendici palpitanti del mostro*" spinta dall'"*insopprimibile richiamo della scienza*", ma "*la piattaforma su cui eseguivano le ultime misurazioni crollò, facendo precipitare i nostri eroi nelle viscere incandescenti della Terra*".

Insomma, gli anni passano, Alceste cresce, non è più un bambino, collabora innocentemente con i genitori adottivi raccontando – con lo stesso tono – le stesse boiate ai più piccoli...

Fino al giorno in cui il suo universo va in pezzi.

Si cambia epoca.

Tempo di addormentarsi e risvegliarsi ed è arrivato Internet. Il pianeta intero è finito in un retino acchiappafarfalle. Tutto ciò che è nato e tutto ciò che è morto, tutto ciò che fu e ciò che è, in qualunque ambito, è catturato nella rete. E le sue maglie sono così strette che non le può scappare niente.

C'è tutto, proprio tutto.

A portata di curiosità.

"Clic," fa l'indice di Alceste dopo aver digitato i nomi di Arielle e Félix Blinneboëke.

"Niente," risponde la Rete.

Arielle e Félix Blinneboëke non sono mai esistiti. Parola di Google. Che lo dichiara in uno stile vagamente simile a quello di Tobias e Mélimé: "*La ricerca non ha prodotto risultati in nessun documento*".

# 11.

Il capitano Adrien Titus e il commissario di divisione Joseph Silistri erano in auto diretti verso il Bottegone. Diretti è una parola grossa... Più che altro si lasciavano portare, lungo quai de la Mégisserie, dal lento ghiacciaio del traffico. Silistri, al volante, sembrava altrove.

Titus, invece, era ben presente.

"Neanche domani vengo, Joseph, mi prendo il giovedì. Puoi sistemarmi tu la cosa?"

"Che devi fare, stavolta?"

"Ho reclutato il piccolo Manin, ci facciamo le farmacie."

"Il piccolo Manin?"

"È uno nuovo. Quello che ieri ha portato me e Menotier a casa di Lapietà. Ci ha fatto da autista. Mi è piaciuto. Gli faccio un piccolo corso accelerato."

"Che ci andate a fare nelle farmacie?"

Titus levò un occhio stupito.

"Oh, Joseph! Mi segui o no? Lapietà ha bisogno del catetere per pisciare, non ti ricordi? Te l'ho appena detto."

"Sì, hai pure citato la marca: Pioralem. E allora?" Silistri era veramente su un altro pianeta.

"E allora la moglie non ci prende proprio quando dice che è disposto a schiattare pur di non confessare il suo handicap ai rapitori. Un globo vescicale non è una roba che uno può nascondere per tanto tempo. Non ti puoi imboscare un vulcano nelle mutande, perché prima o poi esplodi. Anche uno come Lapietà. Quindi secondo me, Joseph, è andata così: dopo sei ore di detenzione Lapietà ha cominciato a rotolarsi per terra. I rapitori devono aver pensato che li pigliava per il culo, all'inizio l'avranno lasciato lì a contorcersi, ma quando è diventato color piombo si sono resi conto che quello ci restava secco. Lapietà ha sputato il rospo e loro hanno mandato subito qualcuno a comprare i cateteri. Se siamo fortunati, questo qualcuno sarà corso alla farmacia più vicina. È quello che io e Manin cerchiamo: un cliente che arriva senza ricetta e dice che è una super emergenza, convince il farmacista, mostra la sua bella faccia alla telecamera di sorveglianza e di stracorsa com'è entrato se ne va via con i cateteri. Interroghiamo i farmacisti, visioniamo i filmati, e una volta individuato il tizio setacciamo per bene la zona e lo becchiamo. Questione di ventiquattr'ore."

"Mentre il resto della truppa mette sotto torchio tutta la gente che Lapietà ha mandato a spasso... Ottima idea. Di farmacie però a Parigi ce n'è parecchie."

"È vero, almeno tante quanti sono i ristoranti. In compenso, da visionare non ci sarà molto. Calcolando la resistenza media di una vescica, deve essere successo l'altroieri fra le cinque e le sette di sera. Questo ci permette di restringere le ricerche."

Semaforo rosso.

"E se Lapietà l'hanno nascosto fuori Parigi?"

"Allargheremo il campo."

"La macchina del figlio l'hai ritrovata?"

Titus si fece evasivo.

"No, ma pazienza. Al massimo ne faccio incendiare una in una cava e la rifilo a Menotier, che così lo tiene occupato."

Silenzio.

Un po' lungo.

Semaforo verde.

Il traffico sempre immobile.

“Che cosa c’è, Joseph? Mediti?”

Leggero trasalimento di Silistri, come di qualcuno strappato ai suoi pensieri:

“Sono passato a trovare Rabdomant, alla fine delle vacanze”.

Il commissario di divisione Rabdomant, loro capo venerato... Con tutto che quei due non sono certo tipi portati per la venerazione.

“Sei andato a porgere gli omaggi all’antenato? Come sta? Sempre in gamba? Si è poi dato alla pesca del ghiozzo? Era il suo progetto, no, la pesca con la lenza?”

“Sta scrivendo un libro.”

“Uno sport da pensionati anche questo. Mai andarsene senza aver lasciato la propria impronta. Tipico da sbirro.”

“No, no, non sta scrivendo le sue memorie.”

Sirena o non sirena, l’ingorgo si annunciava lungo. Titus tirò fuori il tabacco e il suo tocco di cioccolato nepalese:

“Argomento del libro?”.

“L’errore giudiziario.”

Tra il pollice e l’indice del capitano Adrien Titus pioveva tabacco turco.

“Tesi?”

“La colpa è tutta del romanzo.”

Leccata.

Scatto dello zippo.

Nuvola nepalese.

“Cioè?”

“Secondo Rabdomant, qualunque agente investigativo lavora come un romanziere. Cerca la coerenza.”

“E cioè?”

Anche Silistri fa un giretto in Nepal. Espira a lungo.

“Rabdomant sostiene che gli errori giudiziari sono quasi sempre il frutto di un eccesso di coerenza narrativa. A ogni livello dell'inchiesta, *gendarmerie*, polizia giudiziaria, istruttoria, perizie psichiatriche, fin nell'aula di tribunale, il tentativo è sempre quello di costruire una storia *plausibile*, di creare una successione logica fra presunti moventi e azioni. Quando c'è qualcosa che non quadra, senza rendersene conto si forza un po' e si sbatte in galera il sospettato più compatibile dal punto di vista logico. Si cerca la coerenza, insomma. Secondo Rabdomant questo è il modo migliore per produrre un errore giudiziario."

Il cellulare di Titus prese a vibrargli contro il petto. Era la voce ancora nuova di Manin.

"Scusa, Joseph, è per la farmacia. Manin, ciao bello, dimmi?"

"Capitano, ne ho passate ventisette e ho fatto otto verifiche."

"Ventisette farmacie da solo? E otto verifiche? In tre ore? Di cosa ti fai?"

"Ho tirato in mezzo anche la mia ragazza. Abbiamo lavorato pure per telefono e via mail, prima di andarci."

Titus fece un gran respiro:

"Prima lezione, Manin: nelle indagini di polizia non si tira in mezzo la ragazza".

"È a posto, capitano! Si chiama Nadège. Non ci sono problemi."

Titus espirò:

"Manin, lascia stare la tua Nadège e caccia i risultati".

"I risultati?"

"A che punto sei, sì, cos'hai trovato."

"Zero. Qualche nonnetto, qualche nonnetta, infermiere, badanti, nient'altro."

Titus cercò la formulazione giusta:

"Seconda lezione, bello: chiamare i superiori solo per dare informazioni. O perlomeno un po' di speranza".

Silistri gli restituì il Nepal.

"Ecco, infatti," titubò la voce di Manin, "a proposito di speranza..."

Titus coprì il telefono con la mano.

"Scusami, Joseph, ha ancora da imparare. A proposito di speranza, Manin?"

"Vorrei chiederle una cosa. Ma non so se..."

"Se cosa?"

"Se posso, se non le..."

"Una domanda da sbirro o una domanda personale? Se è personale, lascia perdere."

"No, sarebbe più una domanda da sbirro, cioè, credo che..."

"Allora spara."

"Mi scusi se glielo chiedo, capitano, ma..."

"Terza lezione, Manin: se spari a questa velocità sei morto."

"Ha controllato se a casa di Lapietà i cateteri c'erano ancora?"

Titus fece una pausa. Si rivide mentre seguiva Ariana in bagno, apriva l'armadietto che lei gli aveva indicato e trovava due scatole di cateteri Pioralem, uno nuovo e un altro appena iniziato. Da questa mancavano i quattro dei due giorni prima, gettati in un bidoncino con coperchio che non era ancora stato vuotato. Ariana l'aveva aperto con la punta del piede.

Manin era agitatissimo:

"Mi scusi, eh, se glielo chiedo, capitano, non pensi mica che voglia insegnarle il mestiere, ci mancherebbe... Ho il massimo rispetto, sa, per carità... è che...".

"Hai fatto la domanda giusta, Manin. Il mio silenzio era per la sorpresa. Ho controllato, sì. Ci sono. Un punto per te."

Ci fu un'altra esitazione. Titus ne approfittò per passare la cannetta a Silistri. Prendendola, Silistri chiese:

“Non trovi che siamo un po’ démodé, alla nostra età, a fumare come dei ragazzini questi...?”.

“Tradizionali, semmai. Uomini amanti della tradizione, direi. Che cosa dicevi a proposito del libro di Rabdomant?”

“Rabdomant fa l’esempio di Malaussène. L’innocenza in persona, no? Eppure, *da un punto di vista logico*, il colpevole ideale, sempre. Se ci si attenesse alla coerenza, quello dovrebbe stare in galera a vita. Rabdomant ha formato generazioni di sbirri grazie a Malaussène. Dice...”

Ma Manin aveva ritrovato la parola:

“Mi scusi, capitano, sento che sta parlando con qualcuno, non vorrei disturbarla...”.

“No, no, dimmi.”

“Un’idea forse ce l’ho. Insomma, credo... Una probabilità su mille, ma...”

“Un sospetto di idea, quindi? Vai, che il sospetto è il mio pane quotidiano.”

“Non al telefono, capitano, insomma, se non le secca... Devo mostrarle una cosa. Un tizio, in realtà... un tale che...”

“Dove sei?”

Manin disse dov’era.

“Fra mezz’ora sono lì.”

Prima di richiudere la portiera dell’auto, Titus si protese verso Silistri:

“La coerenza, Joseph, è quando è tutto finito. Diglielo, al capo, che non scriva per niente”.

Si allontanò, poi tornò indietro.

“Ah! Casomai ti interessasse, la nostra piccola Talvern è al corrente dell’operazione farmacie. Con lei quindi sono coperto.”

Quante tonnellate di cemento e di vetro ci sono volute per produrre tutta questa fluidità? In materia di architettura, non c'è niente di più pesante della leggerezza. Questo pensava il capitano Adrien Titus sbucando sulla spianata della Défense. EDF, Technip, Égée, Mazars, Alstom, Ariane, Com'Square, Sofitel, Allianz, Opus 12, sbarcava in piena crème finanziaria e si domandava che ci stava a fare il piccolo Manin fra quei grattacieli. Intorno a lui era tutto un luccichio: congressi, seminari, uffici hi-tech, cocktail, ricevimenti, terrazze con piscine, viste mozzafiato sugli Champs-Élysées, tutto lo sfavillio di dove gira il soldo. Manin, bello mio, dove diavolo ti sei perso? Il cellulare vibrò nella tasca di Titus.

"La vedo, capitano, sono qui."

La spianata era vuota e linda. Titus ebbe l'impressione di essere solo nel bel mezzo del nulla, spiato da chissà quale entità.

"Dove qui? Non si fanno scherzi ai superiori, Manin, non sono un tuo amico."

"Dall'altro lato della spianata, la farmacia del centro commerciale."

Titus vide una croce verde che lampeggiava in lontananza. Sotto la croce, qualcuno che si sbracciava.

"Piantala che ti fai notare, arrivo."

Manin lo aspettava, infagottato in un Burberry del secolo scorso. Doveva ritenere che gli desse un'aria molto da detective; gli dava solo un'aria da disoccupato di lungo corso.

"Di qua," disse, "andiamo alla caffetteria."

"Non in farmacia?"

"No, capitano, mi scusi, ma il tipo non vuole dare nell'occhio. Lavora alla farmacia, ma preferisce parlare alla caffetteria. Oggi è di riposo."

"Dove te lo sei comprato, 'sto impermeabile?"

"Al mercato delle pulci di Montreuil. Figo, vero?"

"..."

Il tipo di Manin se ne stava con la testa fra le mani, il cappuccio della felpa tirato su. Sembrava che piangesse nella birra. Quando sollevò la testa per guardare Titus, il capitano gli tolse delicatamente il cappuccio e capì che il tipo aveva avuto a che fare con uno specialista.

"Chi è stato?"

Le palpebre si congiungevano in un rigonfiamento viola e il labbro superiore ostruiva le narici.

"Si vergogna a dirlo," intervenne Manin.

"Insisto."

"Esdadanadiba," pronunciò il tumefatto.

"È stata una tipa," tradusse Manin.

"Deladidrovodesbaggolgulo."

"Se la ritrova le spacca il culo," tradusse Manin.

"L'ambizione non gli manca, bene. E perché la ragazza ti ha ridotto così?"

"Beggchedasdronsa."

"Perché è una stronza," tradusse Manin. "Ma se vuole far prima, posso raccontarle io, mi ha già detto tutto."

La ragazza era venuta alla farmacia, una tipina tutta precisa, con le trecce, il montgomery e un delizioso accento britannico. Era venuta a comprare dei cateteri per il nonno. Marca Pioralem. Non aveva la ricetta.

"L'ha servita lui. Della ricetta gliene fregava zero. Quando la ragazza è uscita, ha detto che aveva un appuntamento e le è andato dietro."

"Ah!" si stupì Titus. "E perché?"

"Biaddissababolebovarbela."

"Lo attizzava, voleva farsela."

"Oh bella. E lei non ha gradito, giusto? Fin dove l'hai seguita?"

"Me l'ha fatto vedere," intervenne Manin. "Dopo lo faccio vedere anche a lei."

"E com'è che ti ha ridotto così?"

"I piedi in faccia," spiegò Manin. "Due volte in tre secondi."

Karate, concluse Titus. Nidan geri, se ricordo bene. Nihon geri, forse. Una carezza del genere.

"Cos'aveva come scarpe, dei ferri da stiro?"

"Belabaderaguelladroia."

"Okay, te la pagherà quella troia."

Manin sollevò le sopracciglia:

"Cazzo, capitano, impara in fretta!".

"Più in fretta di lui, a quanto pare. La ragazza è stata filmata?"

Manin tirò fuori il cellulare.

"Eccerto, dalle telecamere della farmacia! Ho fotografato la sua immagine. Vuole vederla?"

"Dopo," disse Titus.

Quindi, chinandosi sul tumefatto:

"Tu, molla pure lì quella birra. Levati dai piedi prima che ti riduco ancora peggio e occhio alle ragazze. Soprattutto alle inglesi."

Titus e Manin lo guardarono allontanarsi.

"Diagnosi, piccolo?"

Manin seguì con gli occhi il cappuccio sollevato sopra le spalle ondeggianti.

"Un povero pirla."

"Insufficiente."

Manin aggrottò la fronte.

"Crede di potersi prendere quello che gli pare."

Titus fece no con la testa e spiegò senza gioia:

"No. Totale assenza di immaginazione, questa la tragedia. Frustrazione. Futuro morto. A breve termine. Gli mettono in testa quattro cazzate e quello si fa saltare in aria uso bomba umana. Mi fa uscire pazzo pensare che non arriverà ai trent'anni".

Poi chiese:

"Come l'hai beccato?".

Manin spiegò che dopo aver visionato la telecamera di

sorveglianza e fotografato la ragazza sullo schermo, aveva chiesto al farmacista se si ricordava di quell'inglesina con le trecce e il montgomery. Vagamente, non l'ho servita io. E chi l'ha servita, allora? Youssef. Youssef? Uno stagista, neanche dei migliori. Fra l'altro, guardi, mi viene in mente che subito dopo lui è uscito. Youssef come? Youssef Delage. Posso vederlo? È in malattia. Dove? A casa. Indirizzo? Eccolo.

"Perché ti è venuta l'idea di andare a interrogarlo?"

Manin ebbe un'espressione dubbiosa.

"Non lo so, capitano. La routine."

"Piantala, Manin, non hai ancora l'età per la routine."

"Allora non lo so."

"L'istinto, ragazzo mio. Con rispetto parlando, sei un buon segugio. E per convincerlo a cantare, come hai fatto?"

"L'ho fotografato con il cellulare, gli ho fatto vedere la foto della sua faccia e quella della ragazza e gli ho detto che se mi pigliava per il culo mettevo tutte e due le facce su Facebook, pure con il suo nome, dicendo chi era il vincitore."

Lungo silenzio. Titus bevve metà della birra rimasta vacante. Poi tese il bicchiere a Manin.

"L'avresti fatto?"

Manin bevve il resto e fece no con la testa.

"Perché no?"

"Perché se posto una roba del genere e la tipa abita in zona, domani quella si trova addosso tutta la peggio fauna del quartiere. È uno scherzo troppo di merda."

In fondo, pensò Titus, non ho granché da insegnargli. Un po' di storia, forse un po' di cinema...

Levò l'indice:

"Manin, ascolta un po'. Mitterrand non è stato subito dopo la guerra, è stato nell'81. Millenovecentottantuno, trentasei anni dopo l'armistizio," precisò. "Ha fatto due mandati. È morto nel novantasei. Per la prostata".

Manin lo guardava come se registrasse.

“La prostata?” domandò.

“Questa te la spiegherò più avanti, è un’altra materia. Tu quando sei nato?”

“Novantanove.”

“*C’era una volta il West* lo conosci?”

“Eccerto, è un western! Quand’ero piccolo i miei me lo facevano vedere per addormentarmi.”

“Ecco, è un film di Sergio Leone. Che l’ha girato nel ’68. E l’attrice principale era Claudia Cardinale. È ancora viva. La moglie di Lapietà le assomiglia molto. Te la ricordi la musica?”

“L’armonica? Sì, come no!”

“L’armonica e il resto. Ennio Morricone. Un italiano pure lui.”

Manin annuiva lentamente.

Poi domandò:

“Vuole vedere la foto della ragazza?”.

“Caccia.”

Manin tese lo schermo del cellulare.

“Guardi. Niente da dire, eh? Sinceramente, se non ci fosse stata la storia del tipo non l’avrei disturbata.”

Titus si immerse nella contemplazione della giovane inglese con il montgomery. Il ritratto della brava ragazza. Il paparino doveva lavorare in uno dei grattacieli lì intorno. E non nei sotterranei, ma ai piani nobili, nei dividendi. La foto era po’ sfocata, come succede spesso nei filmati della videosorveglianza. Titus fece mentalmente il punto. Sciolse le trecce della ragazza, diede volume ai capelli, poi le tolse il montgomery... E si disse qualcosa tipo santo Dio... Santo Dio benedetto! E ci aggiunse probabilmente porca troia! Nonché un non ci credo! E forse pure ma non è possibile! E di sicuro cazzo che casino salterà fuori! Prima di chiedere a Manin, senza aver battuto ciglio:

“Puoi farmi vedere fin dove l’ha seguita Delage?”.

Dovettero attraversare la spianata che adesso brulicava di gente: uffici che si svuotano, RER che inghiotte. Poi si infilarono nella metropolitana (venditori ambulanti di frutta, edicola, lamento lontano di un dan co vietnamita). Manin girò a sinistra prima dei tornelli e scesero una scala a chiocciola verso il centro della Terra: un pozzo di cemento grigio. Luminosità in calo, odore di piscio in aumento.

"È là sotto che lei l'ha menato, arrivando all'A14," indicò Manin.

"Le era saltato addosso?"

"Non ha fatto in tempo. Lei stava in agguato."

"L'ha aggredito così? Di punto in bianco?"

"Sì, così. Dritto sparato."

"Povero Delage."

Erano arrivati a una specie di anticamera dell'autostrada. Si sentiva il traffico senza ancora vederlo.

"Ecco, è successo qui."

"La ragazza era sola, sicuro? Niente rinforzi?"

"Solissima, capitano. È questo che gli fa girare il cazzo, a Youssef! All'inizio mi ha tirato fuori che erano tipo in dieci, ma ci ho dato un po' dentro con l'interrogatorio e alla fine ha ammesso che no, era da sola."

"Nessuno spettatore?"

"Se ce ne fossero stati, ci sarebbero le immagini in rete."

Una specie di parcheggio – puzza di benzina bruciata mista a una buona dose di ammoniaca –, un luogo propizio allo stupro mordi e fuggi, pensò Titus. Mi ero dimenticato che tutto quel parco giochi finanziario era costruito su pali di fondazione. E che là sotto c'era una puzza da far paura.

"Grazie, piccolo, hai speso bene la giornata, la mia, intendo."

"Di niente, capitano."

"Ah, un'ultima cosa."

Titus si levò il cappotto di puro cachemire.

"Dammi il tuo impermeabile e prendi il mio cappotto."
Manin obbedì senza fare domande. Trasferirono documenti, soldi e cellulari.
"Sei tu che ci guadagni, Manin. Ma solo per una notte. Domani rifacciamo cambio. Dai, tornatene a casa, spupazzati la tua Nadège e non chiamarmi finché non ti chiamo io."
Gli dispiaceva, a Manin, ma non riuscì a trattenere la domanda che lo tormentava.
"Capitano..."
"Domanda da sbirro o domanda personale?"
"..."
"..."
"L'inglesina, la conosce?"
Titus esitò un secondo. Ma su Manin ci aveva puntato.
"Ho messo in galera sua madre quando tu eri piccolo."
"Che cosa aveva fatto?"
"Niente. Avevo preso una cantonata. Un eccesso di coerenza..."
"Un che?"
"Lascia perdere. Vai a dormire. Ultima lezione della giornata: un bravo sbirro va a letto presto."

# 12.

Fine dell'estate nel mio Vercors. Robert e io abbiamo passato la giornata a far covoni sotto il sole di settembre. Ce lo possiamo ancora permettere, alla nostra età? Il mondo agricolo si sarà pure automatizzato, ma i lavori nei campi sono sempre i lavori nei campi, niente affatto riposanti. E la polvere della paglia fa pure starnutire, e di brutto. Non ero quindi in vena di sorbirmi i capricci di Alceste quando, a fine pomeriggio, Mick e Dédé ce l'hanno portato al limitare del bosco.

"A lei la libertà, Alceste," ho detto indicandogli il mucchio di covoni sul rimorchio di Robert. "Può nascondersi lì dentro, è assolutamente sicuro. Robert la porta giù in trattore, prendendo la provinciale 76. Fra tre quarti d'ora Bo e Ju la caricano in località Chamaloc e per le due del mattino lei è a Parigi a finire la nottata nel letto di casa."

Alceste ha guardato con aria contrariata quell'edificio di paglia:

"Lei, Malaussène, ha sempre delle soluzioni romanzesche, ovverosia totalmente idiote. Io là dentro non ci salgo".

Ho provato con la pazienza:

"Nell'estate del '44 questo tipo di soluzioni romanzesche ha salvato un bel po' di persone che non facevano le difficili come lei".

"Un'intera famiglia in un viaggio solo, per dirla tutta," ha precisato Mick. "I crucchi non si sono accorti di niente."

Alceste non si è lasciato commuovere dalla Storia.

"Io in mezzo al fieno non ci vado. Sono pure allergico."

"È questione di poco," ho detto, "poi vedrà che la Mercedes dei cinesi sarà più comoda."

Robert, Mick e Dédé aspettavano il seguito. Come litigano due parigini in caso di controversia? Eccoci assurti a oggetto di studio.

"Quanto pesano quei covoni?" ha chiesto Alceste.

Ho alzato la testa verso Robert, rimasto nella cabina.

"Duecento chili l'uno. Prima, con le macchine di una volta, eravamo sui quaranta, ed erano dei cubi."

"Parallelepipedi," ha corretto Mick.

"Nella mia famiglia erano cubi," ha insistito Robert.

"Ognuno ha la sua tradizione," ha convenuto Dédé.

"In altri termini," fece osservare Alceste, "al primo scossone finisco schiacciato come una frittata. No, io lì dentro non ci salgo."

Intanto il tempo passava. E non si poteva certo far saltare l'appuntamento con Bo e Ju. Bisognava concludere. Robert deve aver capito che ero stanco perché è sceso dal suo trespolo, si è piazzato davanti ad Alceste, e ha rotto la consegna rivolgendogli la parola:

"Senti un po', Montecristo, adesso ti dai una mossa e sali lì dentro se non vuoi che ti ci ficchiamo noi come un termometro nel culo di uno spaventapasseri".

Ecco. Missione compiuta. Alceste affidato ai cinesi e la sua chiavetta USB spedita alla Regina Zabo, fermoposta, per maggior sicurezza. Non fidarsi delle mail, non fidarsi della carta, non fidarsi delle cybernuvole. Non sia mai che un concorrente ci freghi il nostro gioiellino! Non sia mai che ci ritroviamo un estratto di *La loro grandissima colpa* (è il titolo, lui ci tiene molto) sulle pagine culturali di qualche quotidiano con troppo anticipo rispetto all'uscita del libro. La buona vecchia chiavetta USB spedita alla Regina e il file di Alceste cancellato appena lei avrà recuperato il testo sono ancora la soluzione più sicura. Pensare a queste cose fa parte del mio lavoro.

Fine dell'estate, dunque.

Fra due giorni anch'io torno su.

A esercitare il suddetto mestiere.

Proteggere i vevé, smazzarmi l'ennesima *rentrée* letteraria, seguire la corsa ai premi...

Perché?

Perché?

È la fine della giornata. Julie e io siamo seduti sulla nostra panchina davanti a les Rochas con Julius il Cane steso ai nostri piedi, la labbra che gli penzolano intorno. Julie sta finendo di leggere *Mi hanno mentito*, che si è tenuta per l'estate... Silenzio.

Restare qui.

Basta Parigi. Dove oltretutto esplodono le bombe e i mitra ormai sparano da soli.

Guardare tutte le sere il sole che tramonta sul Grand Veymont.

Sì... Il resto dei miei giorni qui, a seguire con gli occhi il drappo di notte che ogni sera si arrampica verso la cima di questa montagna.

"Julie, ma perché le menti raffinate ce l'hanno tanto con le cartoline dei tramonti? Lo sai tu?"

Silenzio.

"Guarda un po' che roba: l'addormentarsi del mondo, sempre uguale e sempre diverso!"

"Ah be'!"

Julie acconsente a levare un occhio verso il Grand Veymont

che si addormenta, milletrecento metri sopra le nostre teste. È un elefante steso sul fianco. Gli ultimi raggi di sole gli creano intorno un crepuscolo da savana.

"Vuoi sapere che cos'hanno le menti raffinate contro le vecchie cartolinacce a colori, Benjamin? Senti la risposta del tuo amico Alceste."

Sfoglia *Mi hanno mentito*, trova il brano ad hoc e me lo legge ad alta voce:

*I genitori ideali secondo Tobias e Mélimé: medici senza frontiere, violoncellisti, piloti di Formula 1, ricercatori di fisica nucleare, giustizieri ambientalisti, vulcanologi... Esercitavano tutti professioni "di prestigio", come si dice degli hotel dove fra mezzogiorno e le due vanno le segretarie degli studi medici a illudersi dell'amore del dottore. Nessuno di loro faceva il postino, il maestro, il farmacista, il saldatore, il meccanico o per l'appunto il segretario di uno studio medico...*

*Fratelli e sorelle, non vi ha colpiti questa collezione di genitori eccezionali? Com'è possibile che a nessuno di noi sia venuto in mente che magari era figlio di una che faceva la zoccola, o tutt'al più un rampollo di buona famiglia abbandonato dopo un parto in anonimato? Non è forse questo il modello di orfano più diffuso alle nostre latitudini? E invece no! Abbiamo creduto tutti di essere discendenti di semidei! Caduti dall'olimpo sociale nel nido di Tobias e Mélimé! Quei due coglioni ci hanno appioppato genitori in technicolor, esagerati come cartolinacce di tramonti! Ma badate bene, su questo punto non li condanno, fanno parte della vasta schiera di idioti convinti che il sole tramonti soltanto per il piacere degli occhi.*

Julie richiude il libro, lo sguardo al Grand Veymont che si imporpora:

"Benvenuto nel club, Benjamin".

Me l'ero scordato, questo pezzo.

Ma il resto ce l'ho ben presente; la vana lotta di Alceste per convertire fratelli e sorelle alla tesi della verità vera.

*I nostri mitici genitori non sono mai esistiti, è questa la verità! Se non mi credete, andate su un qualsiasi motore di ricerca. L'ho fatto io per voi. "La ricerca non ha prodotto risultati in nessun documento." Il nulla, come volevasi dimostrare! I nostri genitori non erano quelle stelle morte la cui luce continuava a illuminarci attraverso le storie di Tobias e Mélimé. Non erano mai nati! Punto e basta. Di conseguenza, niente ascendenti né discendenti né collaterali! Né tantomeno un cognome! E forse è questa la cosa più dolorosa da ammettere. Quanto ci piacevano i nostri "veri" cognomi, vi ricordate, fratelli? Con che gusto li pronunciavamo! Così pieni di significato! Così pieni di essere! Così pieni di carne! Così pieni di noi! Ah, la gioia di chiamarci con i nostri veri cognomi! Di proclamare la nostra identità! Di veder risuscitare i nostri genitori solo sentendoci chiamare! "Vieni qui, mio piccolo Tassouit! Eh, mio Blinneboëke? Cosa ne dici, Gorbelius? Guarda che ti prendo, Tsirouet! Gabelin, sprecone che non sei altro, finisci il piatto che dobbiamo sparecchiare!"*

*E invece non c'è mai stato sulla faccia della Terra qualcuno che si chiamasse Blinneboëke, Tassouit, Gabelin, Tsirouet o Gorbelius.*

*Non vi dà un sussulto di inesistenza, questa scoperta? Nessuna delle caratteristiche collegate a questi cognomi ha mai avuto la benché minima realtà! Né i corpi, né le età, né i tratti di carattere, né i mestieri. Professione dei genitori: Violoncellisti, rispondevi tutta fiera, Faustine, ti ricordi? sui fogli che i professori facevano compilare all'inizio dell'anno. Vulcanologi, scrivevo invece io. Pilota automobilistico, rispondeva Mathieu. E quando alcuni professori si stupivano con Tobias e*

*Mélimé di certe risposte, "Cacciatori di cacciatori? Cosa sarebbe?", arrivava del tutto naturale la spiegazione:*

*"Baptiste è stato adottato, professoressa, i genitori erano guardacaccia in Costa d'Avorio, nella riserva di Abengourou, e ci teniamo molto a preservarne il ricordo nel cuore del bambino".*

*Che cosa rispondere? A nessun insegnante, è ovvio, veniva in mente di andare a verificare, frasi del genere sono a prova di dubbio. Tobias e Mélimé uscivano dalla scuola santificati. Poco ci mancava che i prof gli facessero il picchetto d'onore. Le vedo ancora, le loro aureole! Nitide. Splendenti sopra le loro due facce da cretini. A chi mai poteva venire in mente che quei due santini passavano la vita a nientificare i bambini che avevano adottato? Non ad annientarli (eravamo ben nutriti, cibo insapore, come tutto il resto, ma abbondante) a* nientificarli, *a riempirli di niente! Involucri di niente, ecco cos'hanno fatto di noi Tobias e Mélimé! Intenzionalmente! Poiché per creare quei nomi di famiglia senza una famiglia dovevano essere ben sicuri della loro inesistenza! Non doveva esserci mai stato nessuno con quei cognomi! Mai! Nessun omonimo! In nessun luogo! E una verifica del genere non era mica uno scherzo, prima dell'era Internet. Tobias e Mélimé hanno fatto su di noi della genealogia a ritroso. Hanno assicurato il nostro vuoto ontologico. Tanto che se a uno di noi piglia la fantasia di andare a cercare da dove viene, l'unica risposta che i nostri genitori adottivi ci abbiano messo a disposizione è questa:* da nessun luogo.

E allora?

Rispose il coro dei fratelli e delle sorelle di Alceste.

E allora?

MARGUERITE: Che male c'è a inventare delle storie e dei nomi?

FAUSTINE: I nostri veri nientif... nientificatori, come li chiami tu, sono le stronze che ci hanno partorito in anonimato.

MATHIEU: Tobias e Mélimé ci hanno regalato un'infanzia meravigliosa che tu descrivi come un'infanzia di merda.

ADRIEN: L'unica cosa che vuoi è distruggere l'armonia familiare.

PASCAL: Sei uno scrittore privo di fantasia, e ci usi solo come materia prima per i tuoi deliri megalomani.

FAUSTINE: E paranoici.

GENEVIÈVE: Sei diventato indegno dell'amore che provavamo per te.

FAUSTINE: Una delle grandi gioie della mia vita sarà non sentire più i tuoi eterni predicozzi.

BAPTISTE: L'unico figlio di puttana sei tu. Vaffanculo, va'.

Frasi, va da sé, puntualmente citate da Alceste nelle sue interviste.

DOMANDA: Questi anatemi la feriscono?

ALCESTE: È il prezzo da pagare. Ne sono consapevole.

DOMANDA: Il prezzo di cosa?

ALCESTE: Il prezzo di una letteratura degna di questo nome. Con i loro insulti vorrebbero impedirmi di scrivere. Ma nessuno può impedirmi di render conto di ciò che è. Scrivere è questo. Dev'essere soltanto questo. A qualunque prezzo! Compreso quello dell'isolamento.

DOMANDA: Come hanno reagito i suoi genitori all'uscita del libro?

ALCESTE: Per quel che mi concerne, di genitori io non ne ho.

"I suoi genitori adottivi."

"La coppia di bugiardi che mi ha rincretinito? Al solito modo, con la politica del niente. Facendo come se il libro non esistesse."

"Non l'hanno letto?"

"Non si sono degnati di dirmelo. Si considerano delle vittime, capisce? Si sentono attaccati. Lasciano che siano i miei fratelli e le mie sorelle a esporsi al posto loro."

"Almeno i suoi fratelli, però, l'hanno letto."

"Sì... cioè... devono aver cercato i loro nomi nel libro e i brani che li riguardavano personalmente. Non sono dei gran lettori, sa. È una conseguenza della cecità in cui li ha fatti piombare la menzogna: non leggono. Non hanno bisogno di luce."

"Non è un po' troppo facile usare il romanzo per stabilire la verità dell'uno e dell'altro?"

"La cosa più facile, caro signore, è tacere! La cosa più facile è non scrivere! La facilità è fare come se non avessimo vissuto quello che abbiamo vissuto! La cosa più facile è lasciare che i ciechi non vedano anche quando abbiamo il modo di restituire loro la vista! Nel mio caso, non scrivere equivarrebbe a un'omissione di soccorso a fratelli in pericolo!"

E così di seguito, da un giornale all'altro, da una radio a una tivù, da un blog a un sito web, durante tutta la promozione di *Mi hanno mentito*.

Fino al giorno in cui i "fratelli in pericolo" hanno deciso di reagire. Quando i ciechi hanno accettato il confronto con Alceste in un dibattito televisivo. La famiglia manda tre rappresentanti: Adrien il maggiore, Faustine la più intraprendente e Baptiste il più giovane, astro nascente del calcio. La Regina Zabo e io sconsigliamo ad Alceste un'esibizione del genere. *Mi hanno mentito* sta andando benissimo, non c'è bisogno di altra pubblicità. Alceste ci manda al diavolo. Siamo solo dei bottegai, ma lui ha una causa da difendere.

Titolo della trasmissione: *Non facciamone un dramma.* L'idea è quella di riconciliare due parti inconciliabili.

Pubblico automatico, preriscaldato come il forno prima della cottura:

“Luce rossa, applaudite, okay?”.

“Oooookkkkkeeyy!”

“Luce gialla, protestate, okay?”

“Oooookkkkkeeyy!”

“Luce verde ridete, okay?”

“Oooookkkkkeeyy!”

Prova fatta, tutto a posto.

In prima fila tra il pubblico, la Regina Zabo e Loussa de Casamance che ci hanno tenuto ad accompagnare il loro autore. Gli fanno da scorta Simon il Cabila e Mo il Mossi, prestati da Hadouch, dovesse mai scoppiare una rissa. La scorta, che per l’occasione si è messa in gran tiro, tiene un profilo basso. Vorrebbero tutti essere altrove. Hadouch e io restiamo in piedi in fondo allo studio, dietro le telecamere. Dialogo ravvicinato e bisbigliante:

“Che palle, Ben, lo sai che la tivù non è roba per noi!”.

“È l’ultima volta, Hadouch, promesso.”

“Non è che, siccome ho preso una laurea in Lettere all’epoca in cui leggevamo, adesso devi tirarci in mezzo in queste risse pseudo-letterarie...”

“Dai, Hadouch, è l’ultima volta, te l’ho detto! Per la protezione di Alceste siamo in trattativa con i cinesi.”

“I cinesi? I cinesi di Belleville? Bo e Ju?”

“Sì, Bo, Ju e la loro banda.”

“Cazzo, si tratta bene la tua capa!”

Fine del dialogo.

Inizio del programma.

Ingresso degli ospiti.

Il conduttore, tutto carico e sorridente, grida allegro i nomi dei partecipanti che vanno a sedersi di fronte a una poltrona vuota, accolti dagli applausi della claque automatica.

Dopodiché compare Alceste, che viene fatto accomodare nella suddetta poltrona (applausi più forti).

Il conduttore fa un’apertura tonica e festosa del genere

"Dai, vedrete che non c'è da farne un dramma!", e passa poi alle prime domande.

Dovrebbero servire a tracciare il confine tra letteratura e vita privata. Non se ne cava granché: per la famiglia tutto è intimità, per Alceste tutto è letteratura.

Uno pari.

Ne approfitto per fare la conoscenza della suddetta famiglia. Dei "culi lindi", avrebbe detto Jérémy da adolescente. (Il concetto inglobava un abbigliamento impeccabile, una certa ostentazione grammaticale e una forte propensione al benpensantismo maggioritario.) Impossibile immaginare che, tre mesi dopo, quelle coscienze cristalline avrebbero spinto Alceste nella tomba del padre con l'idea di seppellirlo vivo.

Il conduttore cambia argomento. Domanda allegramente ad Alceste perché ce l'ha tanto con le favole.

ALCESTE: Non ce l'ho con le favole.

CONDUTTORE: Non si direbbe, leggendo il suo romanzo!

ALCESTE: Non ricordo che da piccoli ci abbiano raccontato delle favole.

CONDUTTORE (*bocca aperta, occhi sgranati*): Be', cioè, voglio dire, le storie che le raccontavano i suoi genitori erano delle favole, no?

ALCESTE: Non erano i miei genitori e non erano delle favole. Erano menzogne per farci credere che la nostra vita familiare fosse quello che in realtà non era.

Prima reazione di Faustine:

"Assolutamente no! Era il loro modo di farci sognare!".

ALCESTE: Le menzogne non mi fanno sognare.

Applausi del pubblico.

Intervento di Adrien, quarantenne dalla voce pacata, i lineamenti fini, le dita lunghe e diafane:

"Se Tobias e Mélimé avessero voluto mentirci, ci avrebbero detto che eravamo figli loro. Non si sarebbero presi la briga di immaginare per noi dei genitori meravigliosi".

CONDUTTORE (*improvvisamente ilare, gli occhi sgranati che ammiccano al pubblico*): D'altra parte, però, sarebbe stato difficile per vostra madre nascondere tutte quelle gravidanze ai figli maggiori!

Il pubblico scoppia a ridere.

Faustine va fuori dai gangheri:

"Non c'è proprio niente da ridere! Non siamo venuti qui per dare spettacolo! Siamo qui per difendere l'onorabilità di una coppia che ha dedicato la vita a far crescere nella gioia e nell'abnegazione figli non suoi!".

Fine delle risate.

ALCESTE (*al fratello Adrien*): Se Tobias e Mélimé avessero voluto dirci la verità, ci avrebbero rivelato semplicemente chi erano i nostri veri genitori. (*Una pausa*). Cosa che io farò, ve lo assicuro, la mia opera è lungi dall'essere conclusa.

ADRIEN (*calmo*): Chi te l'ha chiesto? Quelli che ci hanno abbandonato alla nascita e che non hanno fatto il minimo tentativo di ritrovarci? O invece noi, che di loro non vogliamo neppure sentir parlare?

ALCESTE: Né voi, né loro, né io, né tantomeno la legge: me lo chiede la verità. O la realtà, se preferisci. La mia opera è al servizio della vita quale essa è. E di questo dovreste ringraziarmi.

BAPTISTE (*ironico*): La tua opera... Ringraziarti... No, ma cosa mi tocca sentire!

ALCESTE (*quasi teneramente*): La mia opera che fa di voi personaggi di romanzo, Baptiste, che però sono personaggi *reali*, mentre nella vita continuate a comportarvi come le creature di finzione immaginate da Tobias e Mélimé.

ADRIEN: Certo, certo, però creature di finzione che si sono sposate, che hanno messo al mondo dei figli, che esercitano una professione, che pagano le tasse...

ALCESTE: E che raccontano alla prole le stesse menzogne sui nonni, e che esercitano mestieri che hanno tutti a che fare con la menzogna o con il nulla.

Interruzione sdegnata di Faustine:

"Con la menzogna?".

Il conduttore coglie la palla al balzo, rilancia, come a poker vuole vedere:

"Con il nulla?".

ALCESTE: Puoi dirci cosa fai nella vita, Faustine?

FAUSTINE: Direttrice di casting, perché?

ALCESTE: Per che genere di film?

FAUSTINE: Non lavoro per il cinema, lavoro per la televisione.

ALCESTE: È vero. Allora direttrice di casting per che genere di programmi?

Qui, lieve titubanza, poi Faustine – bionda palestrata, bel viso squadrato, sguardo diretto, giovane donna decisa, voce nitida e determinata:

"Per dei reality".

E qui, sobbalzo del presentatore (peraltro perfettamente al corrente del mestiere di Faustine). Si rivolge al pubblico.

CONDUTTORE: Reality? Ah, ma allora stiamo parlando di qualcosa che al nostro pubblico interesserà parecchio, giustooooo?

Risposta unanime:

"Sìììììì!".

CONDUTTORE: Dai, magari alla fine della trasmissione vi facciamo fare un piccolo casting, okay?

"Oooookkkkkeeyy."

Diniego sorridente di Faustine:

"Stasera no, è troppo tardi. Domani, cortesemente, e su appuntamento".

Il suo tono fermo mette soggezione. Nessuno protesta.

ALCESTE: E puoi spiegare al pubblico in cosa consiste la preparazione dei candidati selezionati per i tuoi programmi?

FAUSTINE: Si tratta di qualcosa di molto tecnico, è...

ALCESTE: No, non c'è proprio un bel niente di tecnico. Si

tratta semplicemente di svuotare il candidato di se stesso per appioppargli una personalità fittizia che lui dovrà incarnare nel reality show come se fosse la sua. Si tratta di sopprimere la realtà a favore di una finzione che si spaccia per reale! Nel far passare quello che non esiste per quello che esiste! Esattamente ciò che Tobias e Mélimé hanno fatto con noi.

ADRIEN (*correndo in aiuto alla sorella*): Ma è uno spettacolo! Lo sanno tutti che è uno spettacolo! Come il catch! Il catch non è uno sport, è uno spettacolo sportivo. Non c'è nessun inganno. La realtà produce *anche* spettacolo! Lo spettacolo è *reale*! E sul mio mestiere di medico, hai qualcosa da dire anche su quello?

ALCESTE: Medico legale? Occuparsi dell'altro quando non c'è più? Piacerebbe tantissimo a Tobias e Mélimé! Nessun rischio di imbattersi in qualcosa di vivo!

ADRIEN (*conciliante*): Più che altro aiuta la medicina a fare passi avanti, perché si possano preservare i vivi da quel che ha ucciso i morti.

ALCESTE: L'hai fatta tu l'autopsia a Françoise Delbac dopo che si è suicidata? Hai scoperto di cosa era morta? (*Indica il pubblico*) Potrebbe essere d'aiuto per proteggere i vivi qui presenti.

Faustine scatta, ma rimane seduta:

"Sei ignobile! Ti proibisco di...".

ALCESTE: Cosa mi proibisci? Di dire che quella ragazza si è uccisa dopo uno dei tuoi programmi? Che è morta per essere stata svuotata di se stessa e ingozzata come un'oca di una personalità inconsistente e ridicola? Che tutto quel che c'era da trovare nel suo cadavere era il niente di cui l'hai riempita e la vergogna che alla fine ha provato? Che non è la prima a essersi uccisa in quelle circostanze? Che per evitare i processi la tua rete televisiva cerca di cavarsela con dei risarcimenti? Che il tuo ufficio legale si compra la sofferenza a suon di quattrini? Cosa che a te non frega niente perché Tobias e Mélimé non ti hanno insegnato la differenza tra persona e personaggio, tra prodotto industriale e unicità umana! E perché tu scambi la tua indifferenza per forza di carattere, come se fosse una specie di virilità sociale!

Silenzio funebre del pubblico. Dagli occhi di Faustine spuntano lacrime di rabbia. Il conduttore pensa che stavolta potrebbe sì farne un dramma, eccome se potrebbe. Quindi rilancia alla grande:

CONDUTTORE: E il gioco del calcio che suo fratello Baptiste pratica con successo? Qui non siamo nella finzione, no! È qualcosa di reale, di solido.

ALCESTE (*evasivo*): Oh, il calcio... Teste vuote che corrono dietro a palloni pieni d'aria affinché le loro maglie, fatte di tessuto 100% pubblicitario, finiscano appese nelle stanze degli adolescenti... In tutto questo vedo ben poca realtà... Molta isteria... Quindi molto denaro... Immagino sia ciò che lei intende per "solido"... No, la cosa che mi rattrista è che alla sua età Baptiste sia ancora lì a giocare a palla... Sa, in questa famiglia fasulla siamo maturati ben poco. Il mio libro, in fondo, è solo un tentativo di maturazione e io...

Ma Faustine contrattacca:

"Il tuo libro è pura sevizia mentale, pratica in cui eccelli, come hai appena dimostrato! La tua 'opera', come modestamente la chiami, non è letteratura ma stalking. Noi però non ci lasceremo svilire, reagiremo e se occorre andremo anche in tribunale, noi...".

Che sia stato il riferimento alla legge con quell'allusione al tribunale? Un'ondata di disapprovazione percorre il pubblico, che protesta coprendo la collera di Faustine, ma Alceste solleva una mano e l'ondata si placa all'istante.

ALCESTE (*calmissimo*): Non ho mai avuto dubbi sulla vostra intenzione di arrivare fino in tribunale. Tobias e Mélimé ve lo chiederanno – forse l'hanno già fatto – e voi da bravi soldatini gli andrete dietro. E cosa sosterrò invece io, a mia difesa? Quel che ora vi dico.

Segue un lungo monologo in lode alla verità vera durante il quale Faustine si strappa il microfono e abbandona teatralmente lo studio, seguita da Adrien, nonché da Baptiste che mostra il dito medio agli spettatori scatenati e brandisce il pugno chiuso in direzione di Alceste.

Il conduttore tenta mollemente di fermare la fuga degli ospiti, si rammarica che "vada a finire così", dichiara che "non sempre ce la si fa" e con un gran sorriso, raccogliendo i suoi fogli, annuncia l'argomento del programma successivo.

Hadouch e io tiriamo un sospiro di sollievo, la rissa l'abbiamo evitata. La Regina Zabo e Loussa de Casamance si alzano per andare via, lui sorregge lei. Per un attimo mi colpisce quanto sono ormai in là con gli anni, cosa di cui non mi ero mai accorto fra le mura del Taglione dove, da quando li conosco, la loro funzione me li rende immutabili.

Mentre il conduttore sistema con piccoli colpetti il fascio di fogli, Alceste chiede un'ultima volta la parola.

"Prego," dice spiritosamente il conduttore, "mi sembra di capire che negare la parola a lei sia davvero difficile!"

Alceste allora si rivolge direttamente al pubblico. Gli chiede se non si vergogna ad applaudire o a protestare a comando.

ALCESTE: Dov'è nascosto l'ammaestratore che vi ha trasformati in cani di Pavlov? (*Indica il conduttore sempre intento a pareggiare i suoi fogli*) È lui? Schiaccia un bottone, si accende una luce e voi ridete! È così? Oppure protestate? È così? Tutti insieme? Come un sol uomo? Non vi fa paura essere così tanti e non essere nessuno? Lo sapete che cosa possono far fare, a folle come la vostra? Siete pronti per il linciaggio? E venite qui tutte le settimane? Fate ore di coda per essere selezionati? Per partecipare a queste adunate di pubblica tortura?

La prima scarpa manca Alceste per un pelo. La seconda lo colpisce alla tempia. La terza è intercettata da Mo il Mossi che si è precipitato sul set. Simon il Cabila l'ha seguito e tenta di evitare l'invasione del pubblico mentre Mo spinge dietro le quinte un Alceste urlante:

ALCESTE: Ah! Era ora! Finalmente un po' di spontaneità!

Tornare su a Parigi per ritrovare questo baraccone...

Perché?

Perché non me ne vado in pensione, bello tranquillo.

Eh?

Zabo me ne deve almeno due: la pensione da dipendente e la pensione da personaggio. Dovrebbe venir fuori una bella sommetta.

Dai, restiamocene qui. Lasciamo la Regina a sbrigarsela da sola con le sue penne suicide.

Adesso il sole è completamente tramontato. Del Grand Veymont resta ormai solo la massa notturna, e nell'autunno appena iniziato già si insinua, pungente, l'inverno alpino.

Bello freschetto.

"Entriamo, Julie?"

Julius il Cane ovviamente ci precede.

# 4.

# La piccola

“In realtà in questa storia mi ci sono fiondato come un cane da tartufo; e alla prima annusata ho fatto centro. Un istinto, proprio? Ma è possibile essere così irrimediabilmente sbirri?”

Adrien Titus

## 13.

Il sole tramonta sul Vercors e Parigi si accende. Musica a ogni angolo di strada. Dall'asfalto spuntano le orchestre. La sfida dei decibel disturba le comunicazioni telefoniche. Il capitano Adrien Titus urla nel cellulare incollato all'orecchio:

"È la piccola, no? Non è la piccola?".

Ha mandato a Silistri la foto della ragazza della farmacia.

"Come faccio a dirlo? L'ultima volta che l'ho vista avrà avuto dodici anni. E poi il padrino sei tu, mica io."

"Chiedilo a Hélène!" urla Titus. "Ci metto la mano sul fuoco che è la piccola!"

"Hélène non risponde più quando la chiamo. Fai prima a chiederlo a loro!"

"Voglio esser sicuro! Che con loro, ti segnalo, abbiamo già cannato una volta."

Tutt'intorno a Titus l'incendio musicale fa sfracelli. Il megashow degli sbarbati con la cresta: tecktonik, hip-hop, break dance e vai che mi filmo la prodezza, e vai di selfie! E vai che ti posto tutto in rete!

"E tu dove sei adesso?"

Domanda che il capitano Adrien Titus pone al commissario di divisione Joseph Silistri.

"A Créteil. Alla sede di LAVA. Una banda di tarati ha avuto la brillante idea di sequestrare Ménestrier, Ritzman, Vercel e

Gonzalès nella sala riunioni. Sospettano che siano stati loro a esfiltrare Lapietà, t'immagini! Adesso bisogna che io e i miei ragazzi tiriamo fuori quei quattro stronzi da lì. Intanto il colombaccio sta facendo perquisire tutti i magazzini e svuotare tutti i container. È isterico. Abbiamo arrestato tanti di quei delegati del personale da intasare i corridoi della polizia giudiziaria fino al weekend. E ovviamente nessuna traccia di Lapietà."

"Come farai a liberare quei pezzi da novanta?"

"Aspetto rinforzi. Dalla CRS.* Saranno cazzi, mi sa. Senti qua!"

Il commissario di divisione Silistri deve avere sporto il cellulare fuori da una finestra, perché il capitano Adrien Titus sente distintamente le classi lavoratrici augurarsi la morte dei finanzieri, lo sterminio degli azionisti e la sodomizzazione della polizia di Stato. Per un attimo, la rabbia di Créteil copre la musica di Parigi.

"Vabbè, e tu cosa hai intenzione di fare con quella foto?"

"Seguirò il mio presentimento, sperando di aver cannato."

Dopo che Manin se n'era andato, il presentimento del capitano Adrien Titus l'ha portato alla farmacia di Youssef Delage. Titus ha bloccato la saracinesca con la punta del piede nell'istante esatto della chiusura. Proteste del farmacista. Tesserino della polizia. Il farmacista riapre. I filmati della telecamera di sorveglianza, veloce, per favore! Il capitano Adrien Titus si è fatto una proiezione privata. Ha voluto vedere la ragazza con il montgomery in movimento. L'ha vista. Quel modo di muoversi... cazzo. Ha voluto sentire la voce. L'accento britannico è farlocco, finto-shakespeariano. Puzza di teatro della domenica. Cazzo cazzo cazzo, quella è

* Compagnie Républicaine de Sécurité: Compagnia Repubblicana di Sicurezza, corpo speciale della polizia francese con funzioni antisommossa. [*N.d.T.*]

inglese come io sono somalo! Eppure non la riconosce più. Proprio più. Proprio per niente. Meno. Un po' sì, però. È lei? Non è lei? C'è da dire che con quelle trecce e quel montgomery... Quanto di più lontano dal suo look abituale. Ha filmato sul cellulare l'intera sequenza. Sulla metropolitana se la rivede in loop. La ragazza entra nella farmacia, fa la gatta morta con Youssef recitando la parte dell'Ofelia lì lì per annegare. Youssef se la mangia con gli occhi. Farsi Ofelia per merenda diventa lo scopo della sua vita. La ragazza esce con i cateteri. Passati dieci secondi, Youssef la segue. E di colpo Titus pensa ad altro: E dire che le ho pure sganciato un extra per le vacanze! No, non è lei, non può essere lei! La riconoscerei, insomma! L'ultima immagine che ha della piccola risale alla fine di giugno. È lontana anni luce dalla ragazza filmata dalla telecamera di sorveglianza. La rivede con i suoi capelli che sembrano pettinati coi mortaretti. Come gli salta al collo!

"Oh, grazie padrino! Ma non credere di farmi la carità, eh. Consideralo un investimento! Te li restituirò moltiplicati per cento!"

Com'è allegra mentre intasca i soldi! E lui, estasiato come sempre, che fa il possibile per non guardarle le tette. E si cazzia: Piantala! Non si sbirciano le tette di una bambina che si è vista nascere!

Già, a proposito, che fine hanno fatto le tette? Sul bianco e nero del video la ragazza è senza forme. Cilindrica. Ma quali tette sopravvivrebbero a un montgomery? No, non è lei, no. E quelle trecce... no, *non può* essere lei.

Ariana Lapietà gli apre la porta per la seconda volta in due giorni.

"Tituuuuus! Senza cappotto? Con questo freddo? Entra, entra."

(Per un riflesso di civetteria, prima di suonare ha nascosto il Burberry di Manin in un cestino dei rifiuti.)

Chiede con urgenza dov'è il bagno, si chiude dentro a chiave, apre l'armadietto, constata che i cateteri sono ancora lì, ne è sollevato, tira ostentatamente lo sciacquone ed esce.

"Non ci vediamo da trentaquattro anni e tu passi di qui per pisciare?"

Ariana è colta un po' alla sprovvista, ma non è stupita. Titus ricorda che era tipico di lei. Già da adolescente non si stupiva di niente, cosa che metteva una paura boia al fratello. Ha tutto da imparare, spiegava il Geco, e non c'è niente che la stupisca. Ti assicuro, Titus, temo che alla lunga finirà per prendersi qualche mazzata.

"È in casa tuo figlio?"

"Iuc? Sta cucinando."

Vai a sapere perché, anche questa notizia lo tranquillizza.

"Posso parlargli?"

Titus schiaffa il video sotto gli occhi di Iuc:

"La conosci questa ragazza?".

Iuc si asciuga le mani, si getta lo strofinaccio sulla spalla, abbassa il fuoco sotto qualcosa che sobbolle, prende il cellulare, guarda attentamente, aggrotta la fronte, scuote la testa.

"No."

"Guarda di nuovo."

Fa ripartire il filmato. Iuc riguarda il video, poi avvicina il telefono all'orecchio. E ascolta attentamente.

Lepre alla royale... Inconfondibile, il profumino che esce dalla pentola... La lepre lasciata rosolare, il sangue che il ragazzo ha versato nel vino, non ci si può sbagliare. Iuc è un vero cordon bleu, mica uno che cucina un tanto al chilo. I suoi spiccioletti se li guadagna bene.

Iuc annuisce restituendo il cellulare a Titus.

"Non è una vera inglese."

Titus lo guarda senza dire una parola, si mette in tasca il telefono e si congeda.

Si scusa con Ariana che lo accompagna alla porta.

"Scusami, cugino, era solo per una verifica."

"Ci mancherebbe."

Sulla porta, la guarda davvero. Si rende conto che alle dieci di sera è la stessa Claudia Cardinale, esattamente la stessa, del giorno prima alle dieci del mattino.

In seguito racconterà che quella notte si è limitato a seguire il suo istinto "o qualcosa del genere". Che non si rendeva assolutamente conto di quello che faceva. No, non si può parlare di intuizione... Un presentimento, forse, ma vai a sapere poi cosa significa. La verità è che faceva le cose meccanicamente, mosso da... Lottava contro un'evidenza! Proprio così, litigavo con una certezza. Non *volevo* crederci, semplicemente, e meno volevo e più ci credevo, e intanto mi dicevo che no, dai, non era credibile. In realtà in questa storia mi ci sono fiondato come un cane da tartufo; e alla prima annusata ho fatto centro. Un istinto, proprio? Ma è possibile essere così irrimediabilmente sbirri?

Lasciati Ariana e Iuc, aveva recuperato l'impermeabile di Manin dal cestino dei rifiuti e si era infilato di nuovo nel metrò, direzione la Défense. Perché la Défense? Perché lì era saltata fuori la ragazza con il montgomery. Non riusciva a levarsela dalla testa. Tanto che aveva mandato il video a Tanita. Sì, era arrivato fino a questo punto.

"Guarda, è la piccola, no?"

Com'era prevedibile, lei aveva risposto in maniera evasiva: "Non so. Non sono io che l'ho vista nascere".

A Tanita questa storia della bimba non era mai piaciuta. Né la storia né la bimba. Trovava che Titus prendesse troppo a cuore il suo ruolo di padrino. Non voleva proprio sentirne parlare. Non poteva. Titus si era accorto in seguito che, in tema d'amore, al minimo sguardo di lato – fosse anche a un neonato in fasce – lei si sentiva defraudata.

Poi Titus aveva dato il numero della figlioccia a Manin.

"Chiama questo numero e dimmi cosa succede."

Manin aveva richiamato:

"Non succede niente, capitano. Numero non più attivo".

Okay, non è tornata, pensò Titus. Non ha ancora rinnovato l'abbonamento. Niente panico, tornerà in settimana. Non è qui, sono proprio fuori, non è lei.

Quando sbucò dalla metropolitana, tutta la Défense ballava. Quanti gruppi potevano esserci che suonavano? Gruppi, ma moltissimi anche da soli con un amplificatore ai piedi e il cerchio dei curiosi intorno. Pazzesco però cosa sanno fare 'sti sbarbati con il corpo! Titus si scoprì a invidiarli. Si immaginò di avere la loro età e, con un qualche arnese che trasmette musica sul marciapiede, di lasciare scorrere l'onda ritmica dall'indice della mano all'alluce, andata e ritorno, il corpo diventato di gomma che dispiega le proprie volute dentro un cerchio tracciato con il gesso. Si dà il caso però che alla loro età lui girava per il Nepal, e in un certo senso da lì non era mai sceso. E poi c'era Tanita. Avevano avuto – avevano ancora – la loro danza personale, praticata con troppo ardore perché ci fosse spazio per altre coreografie. Adesso gironzolava fra i ragazzi. Ognuno ballava dentro la sua bolla, eppure non era una cacofonia. La musica ci dava dentro ovunque, ma tutti facevano in modo di ritagliarsi un angolo per sé. Pensava forse di imbattersi nella piccola fra quei ballerini o quei curiosi? Si diceva confusamente che aveva molte più probabilità di trovarla lì che in qualsiasi altro punto di Parigi. Dunque, lei aveva attirato Youssef nel buco di cemento, gli aveva gonfiato la faccia e poi, ovviamente, era tornata su. Con i suoi cateteri Pioralem. Per andare a sgorgare il nonnino. A questo servono i cateteri, no? Ergo, chi era il nonnino? Dove stava di casa? E chi lo dice che, una volta sgorgato, il nonnino non si sarebbe fatto un bel giretto sulla spianata in festa? Controindicazioni non ce n'erano. Anzi. Dopo che si è svuotato la vescica, trascinato fuori a spasso dalla nipotina: Dai che ti fa bene. Una cena in un ristorantino, magari? Why not? Titus scrutava attraverso le vetrate dei ristoranti che davano sulla spianata. Nessuna delle persone che mangiavano aveva il naso nel piatto. Tutti guardavano fuori i movimenti della bella gioventù. Quello che fa i salti mortali, quello che fa la break dance, quello che fa il mangiatore di fuoco a ritmo di samba. Titus pensava solo alla piccola. Lei era più tipo da balli per strada che da trecce e montgomery. Poi pensò che invece no, perdeva tempo, la ragazza della farmacia non era la piccola, il nonnino era un vecchietto qualsiasi e la ragazza con le trecce un'assistente domiciliare qualunque, pensò che era ora di tornare a casa dove lo aspettava un calore di cui non si stancava mai. Per un attimo l'immagine di Tanita verso i sedici o diciassette anni si sovrappose a quella della piccola. Fra le due c'era più che della somiglianza. La figlia che avrebbero potuto avere, o quel genere di probabilità. Questo spiegava il rifiuto di Tanita di sentirne parlare. Siccome la bambina non esisteva grazie a loro, era ingiusto che esistesse. Di fatto, si domandò se in quella storia non si stesse comportando un po' troppo da padre. Più che da sbirro, in ogni caso. Sul piano deontologico, forse, ci sarebbe stato qualcosa da ridire...

Decise di tornare a casa. Dai, metropolitana. Mentre si incamminava verso la fermata, fu beccato da due neri. Il più alto gli chiese se non era un impresario, tipo. Che cosa te lo fa pensare? Il suo impermeabile! Il Burberry è stiloso di brutto, roba che ha solo chi gli gira la grana! Era stata una buona idea, allora, fare cambio con Manin. Aveva pensato che nel caso il Burberry gli avrebbe facilitato il dialogo intergenerazionale. E infatti. Vuole vedere cosa sappiamo fare io e mio cugino? Io mi chiamo Willy e mio cugino Habib. Possiamo mostrarglielo? Dai, sì, glielo mostriamo! E i due sbarbati cominciano a tirare di boxe in mezzo alla coppia di amplificatori da cui esce una musica scatenatissima. Boxe inglese. Niente piedi, solo pugni, con la musica che chiama i colpi e guida le schivate su un ritmo forsennato. La boxe, che per Titus qualcosa della danza aveva sempre avuto, qui una danza lo diventava davvero. Per quanto rapidi e violenti, i colpi non toccavano mai l'avversario. Per una frazione di secondo musica e pugili si fermavano, il pugno dell'uno a mezzo millimetro dalla faccia dell'altro, e poi la musica riprendeva, come esasperata da quelle pause, sempre più indiavolata. Quei pischelli sognavano la boxe come nessun pugile l'aveva mai sognata. Poi la musica accelerò ancora e i ballerini sfiorarono i diecimila giri al minuto. Quasi non li vedevi. Continuavano a dar di pugni senza mai toccarsi. Un sortilegio aveva colpito la boxe inglese. Titus rimpianse segretamente di non essere l'impresario che quei pugili celesti si erano immaginati. Li avrebbe ingaggiati, li avrebbe fatti esibire nei pre-match su tutti i ring e li avrebbe portati in tournée in giro per il mondo. Non potendolo fare, si aprì un varco nel cerchio degli ammiratori che si era formato intorno a loro e si diresse verso il metrò.

Stava per timbrare il biglietto, quando dal pozzo di cemento dove la ragazza della farmacia aveva rifatto i connotati a Youssef Delage venne su un'esplosione di musica. Titus si rimise in tasca il biglietto e scese le scale. Man mano che andava giù, le note gli venivano incontro. Una musica totale, affiorata dalle viscere della città. Note che giungevano in grappoli multisonori. Era una melodia composita, che non gli ricordava niente in particolare ma che evocava tutto quello che aveva sentito nella vita. Una sensazione di totale familiarità e tuttavia di novità assoluta. Quando raggiunse la spianata sotto l'autostrada A14, vide che c'era un sacco di gente. Al centro della piccola folla, una ragazza lunga lunga con i capelli sciolti e le braccia nude sfiorava con la punta delle dita una specie di disco volante su cui erano disposte a corolla le caselle di una scacchiera multicolore. Ogni volta che un dito della suonatrice sfiorava una casella, si levava un grappolo di suoni che andava a fondersi alle altre note che fluttuavano ancora sopra le teste. Titus non poté fare a meno di chiedere al vicino come si chiamava quello strumento.

"È l'OMNI di Moullet, un oggetto musicale non identificato."

Ormai Titus aveva occhi solo per la figura della ragazza lunga lunga. La suonatrice non distoglieva lo sguardo dal disco volante multicolore. Ogni sfioramento delle dita su una casella produceva uno sciame di suoni nuovi, e la danza delle mani su quella tavolozza risvegliava tutto quel che alle orecchie del capitano Titus era risuonato dal giorno della sua nascita. Il tam-tam delle foreste vergini faceva a gara con il crepitio del temporale, con il sibilo degli pneumatici sull'asfalto bagnato, con i carillon delle piazze fiamminghe e i pizzicati di un violino impazzito.

"E la ragazza," domandò Titus al vicino, "la conosce?"

"È Alice! La conoscono tutti nel buco della Défense."

Un ragazzo che consegnava le pizze si fece largo tra la folla con gran sorrisi di scuse. Titus lo vide sparire giù oltre una ringhiera di ferro.

Adesso l'OMNI lo trascinava in una baraonda di sottofondi sonori dove discutevano, fra gli altri, un trombone e un clarinetto. Titus fissava le lunghe braccia della musicista, la concentrazione del viso nella danza dei capelli, la grazia incredibile delle dita che volavano sui tasti colorati...

Fu solo con il terzo ragazzo delle consegne che lo sbirro

dentro di lui si risvegliò. Anche perché il profumino emanato dalla terza consegna gli ricordava qualcosa.

Molto più tardi avrebbe concluso:

"Mi sarò pure preso un colpo di fulmine per quell'Alice e il suo disco volante musicale, ma mi è sembrato comunque strano vedere consegnare a mezzanotte passata una lepre alla royale in quel buco di cemento".

"Entro con te, ti dispiace?"

Questo mormora il capitano Adrien Titus all'orecchio di Iuc dopo averlo raggiunto sulla scala di metallo che scende fino alla porta.

Iuc suona.

La porta si apre.

E quella che Titus si ritrova davanti è proprio la piccola.

Ed è proprio la piccola a esclamare:

"Padrino! Ce ne hai messo di tempo a trovarci!".

Per poi aggiungere:

"Capiti al momento giusto, abbiamo appena mandato il nostro manifesto! Bisogna brindare! Dai, entra".

# 14.

Il manifesto dei rapitori comparve sullo schermo della giudice Talvern mentre l'avvocato Soares ricapitolava la giornata di interrogatorio. Era tardi per tutti. Mezzanotte passata da un pezzo. L'avvocato Soares confidava che il suo assistito, il qui presente procuratore sportivo Balestro, sarebbe stato scagionato dai sospetti che gli piovevano addosso da (occhiata all'orologio) ormai più di nove ore di interrogatorio. L'avvocato sosteneva che, eccezion fatta per l'incresciosa vicenda del giocatore Olvido, "che possiamo considerare un peccato di gioventù", il suo cliente non aveva mai più contravvenuto alla legge che stabilisce l'età legale per l'acquisto o il trasferimento dei calciatori in territorio europeo. Con un sorriso privo di qualsivoglia aggressività, l'avvocato Soares intendeva dimostrare una volta per tutte alla giudice l'innocenza del signor Balestro.

Il manifesto dei rapitori spuntò sullo schermo della giudice nell'istante in cui l'avvocato pronunciava le parole "peccato di gioventù". La giudice Talvern aspettò la fine della frase e pregò l'avvocato di esporre la propria argomentazione.

"Prego, avvocato, non la interrompo."

Forte di questa promessa, Soares si lanciò in un monologo che consentì alla giudice di leggere con tutta calma il manifesto.

Redatto nel puro stile delle sentenze, il manifesto dei rapitori recitava:

*Considerato che il preambolo della Costituzione del 1946 garantisce a tutti adeguati mezzi di sussistenza,*

*Considerato che tale principio è ripreso a pieno titolo dall'attuale Costituzione,*

*Considerato che negli ultimi tre decenni esso è stato tuttavia disatteso dai governi che si sono succeduti, tanto di destra quanto di sinistra,*

*Considerato che da ciò è conseguita la subordinazione delle forze dell'ordine alla sola minoranza dei più abbienti,*

*Considerato che negli ultimi trent'anni la ricchezza della suddetta minoranza ha registrato un incremento pari al vertiginoso innalzarsi della soglia di povertà,*

*Considerato che, conseguentemente, i nostri governanti conducono una guerra dichiarata ai poveri (definiti "assistiti") anziché alla povertà (definita "congiunturale"),*

*Considerato che le attività di volontariato svolgono ormai ovunque il ruolo di protezione che costituzionalmente spetta allo Stato,*

*Considerato che, pertanto, al principio universale di* SOLIDARIETÀ *si è sostituita la cristianissima, dunque soggettiva, dunque individuale, dunque aleatoria nozione di* CARITÀ,

*Per i suddetti motivi,*
*Noi,*
*Magistrati volontari,*
*Costituiti in tribunale provvisorio,*
*Abbiamo proceduto all'arresto del denominato Lapietà Georges, predatore insigne delle categorie più disagiate,*

*E noi,*
*Magistrati volontari,*
*Costituiti in tribunale provvisorio,*

*Rendiamo noto che il summenzionato Lapietà Georges sarà rimesso in libertà solo a fronte del versamento di un riscatto di 22.807.204 euro,*

*Somma corrispondente al paracadute d'oro ricevuto dal summenzionato Lapietà Georges per il licenziamento di 8302 dipendenti del gruppo* LAVA.

*Tale riscatto sarà consegnato al reverendo Courson de Loir, di seguito denominato il Reverendo,*

*Il quale Reverendo ne disporrà a uso degli orfanotrofi, dei laboratori, dei centri di accoglienza, di ambulatori, ristoranti e di qualsivoglia opera o associazione attualmente sotto la sua responsabilità.*

*Il riscatto sarà consegnato pubblicamente, brevi manu, dai signori Paul Ménestrier, Valentin Ritzman, André Vercel e William J. Gonzalès, tutti e quattro amministratori del gruppo* LAVA.

*La cerimonia dovrà tenersi sul sagrato della cattedrale di Notre-Dame di Parigi, domenica prossima, alla fine della prima messa del mattino.*

*Noi,*
*Magistrati volontari,*
*Costituiti in tribunale provvisorio,*
*Condanniamo inoltre l'attuale governo, sedicente socialista, ad accollarsi per intero lo scorno del primo* rapimento caritativo *della storia della giustizia.*
*Carità che dichiariamo forte e chiaro di spregiare*
*In memoria*
*Della Solidarietà assassinata*
*E del Diritto negato.*

Negli istanti che seguirono la lettura, la giudice Talvern ebbe un'autentica visione. Vide il reverendo Courson de Loir – chiamato sempre, era vero, solo il Reverendo – piantato dritto come uno stendardo sul sagrato di Notre-Dame davanti ai quattro amministratori del gruppo LAVA che, in ginocchio, a capo chino e con le braccia tese, gli porgevano l'assegno del riscatto appuntato su un cuscino rosso con le nappine dorate. Che mi salta in testa?, si domandò la giudice. La visione era nitida come se avesse preso il posto del manifesto sullo schermo.

L'avvocato Soares interruppe il proprio monologo.

"Giudice? Mi ascolta?"

La giudice Talvern aggrottò la fronte e guardò l'avvocato con aria circospetta.

TALVERN: Lei è credente, avvocato?

SOARES: Mi scusi?

TALVERN: Crede in Dio?

SOARES: Non vedo cosa c'entri la religione con il nostro caso, io...

TALVERN: L'ha introdotta lei, un secondo fa.

SOARES: Io?

TALVERN: Pregandomi di considerare il traffico di adolescenti praticato dal suo cliente sulla persona di Nessim Olvido come un "peccato di gioventù". Un peccato, giusto?

SOARES: Era un modo di dire.

TALVERN: Un modo religioso. Per chiedere l'assoluzione.

SOARES: Un'espressione come un'altra...

Di nuovo trasportata sul sagrato di Notre-Dame, la giudice ora udiva il Reverendo dichiarare a una folla medievale in tunica e sopravveste (fra cui riconobbe le autorità cittadine e i membri del governo) che mai e poi mai la Carità si sarebbe nutrita del denaro del crimine. Il Reverendo aveva una voce tonante. E negli occhi bagliori di rogo.

TALVERN: Nell'ambito del diritto, avvocato, non esiste un'espressione come un'altra.

SOARES: Non capisco quello che...

Sopra la testa del Reverendo, immobile nel sole del mattino, una poiana recitava la parte dello Spirito Santo. Irradiava luce. Un fremito impercettibile delle piume indicava che stava per raccogliersi su se stessa e poi scendere in picchiata. Era imminente. Il suo occhio tondo aveva individuato una preda. Qui la giudice Talvern udì distintamente una voce che le mormorava all'orecchio: "Vedrai che quella stronza si frega l'assegno". Era una voce familiare, affiorata dall'infanzia, una voce che andava pazza per le cose balenghe.

"Atteniamoci al diritto, avvocato, le spiace? Comincia a farsi tardi."

All'improvviso si rivolse a Jacques Balestro.

"È calato il sole da un pezzo, signor Balestro. L'avvocato Soares su un punto ha ragione: in nove ore di interrogatorio non abbiamo fatto nessun passo avanti. Potremmo stare qui anche tutta la notte, e saremmo allo stesso punto... o mi sbaglio?"

Balestro raccolse le ultime forze:

"E ci credo! Non c'ho più niente da dirle, io".

Benché fosse vestito con lo stesso completo del giorno prima, Jacques Balestro era uscito dalla sua prima notte di carcere come da una lunghissima detenzione. Non era nemmeno stupito che sin dall'alba la giudice Talvern si fosse rivolta a lui senza il tramite di un computer. A trascrivere le sue risposte era una cancelliera. Lunga, secca, insensibile alla stanchezza, la cancelliera non sentiva il bisogno di mangiare. L'interrogatorio poteva durare dieci anni.

"Ecco, 'ci credo'..." mormorò la giudice Talvern. "Ancora la religione."

Poi,

TALVERN: Un'ultima domanda, signor Balestro. Proprio l'ultima. Dopo andiamo a dormire. Le dirò cinque nomi. Sollevi la mano quando ne riconosce uno.

Balestro alzò le spalle, indifferente.

TALVERN: Ali Boubakhi le dice qualcosa?

Niente, a quanto pareva.

TALVERN: Fernand Perrin?

Neanche questo. Ma adesso l'immobilità di Balestro aveva qualcosa di una statua di sale.

TALVERN: Philippe Durant, con la "t" finale?

SOARES: Giudice, posso...

TALVERN: Olivier Sestre?

"Sono amici tuoi, Jacques?" non poté fare a meno di chiedere l'avvocato.

"Intimi," confermò la giudice. "E Ryan Padovani non lo conosce, signor Balestro?"

Adesso le guance della statua avevano perso ogni colore. Blocco di sale con labbra grigie.

TALVERN: Signor Balestro, glielo chiedo per l'ultima volta, conosce una di queste cinque persone?

A questo punto ci fu un silenzio sul quale la giudice parlò come se scrivesse, nero su bianco. Spiegò all'avvocato Soares che quei cinque nomi figuravano su cinque passaporti la cui foto ritraeva lo stesso individuo. Bruno o biondo, certo, con gli occhi azzurri o castani, con barba, senza barba o con i baffi, certo, con occhiali o senza occhiali, certo, senza segni distintivi o con una piccola croce tatuata alla base del collo, calvo o con folta chioma, sicuro, ma lo stesso uomo, qui presente, seduto accanto a lei, avvocato.

BALESTRO: Ma quando mai.

TALVERN: Ci occorrerà una perquisizione approfondita del suo domicilio, ma troveremo quei passaporti.

BALESTRO: Manco per sogno.

TALVERN: Allora vuol dire che li nasconde da qualche altra parte.

BALESTRO: Cazzate, da nessuna parte. Ho sempre avuto un solo passaporto.

TALVERN: Capisco, li ha distrutti. Li distrugge dopo ogni giro di reclutamento? Bisognerà che mi consigli il suo fornitore...

BALESTRO: Ma io mica viaggio tanto. Sto benissimo qui.

SOARES: Giudice, mi scusi, lei però non può produrre nessuno dei passaporti di cui parla, giusto?

TALVERN: In effetti no, avvocato, nessuno.

BALESTRO: Bene, ce ne andiamo a dormire, allora?

Balestro si era alzato. Ma rimase comicamente sospeso sopra la sedia poiché né l'avvocato Soares né la giudice Talvern avevano accennato il minimo gesto che seguisse la sua proposta. Restò qualche secondo così, tra cielo e terra, sotto lo sguardo della giudice che mormorò, senza l'ombra di un sorriso:

"Balestro, il ballista con estro".

Le era scappato. Parlavano così, intorno a lei, quando era piccola. I fratellastri, i nipoti, la famiglia... Secondo attacco di infanzia in cinque minuti, pensò. Che cosa mi sta succedendo? La collera nello sguardo della giudice indusse Jacques Balestro a risedersi al rallentatore. Quando fu seduto, lei disse:

"Mi scusi, intendevo dire che lei non è un uomo incline a confessare, o sbaglio?".

BALESTRO: Io confessare confesso anche, però se sono colpevole di qualcosa!

Silenzio.

Fuori la festa era al culmine. I bassi pulsavano come un cuore nell'ufficio della giudice.

La quale ruppe l'incantesimo.

TALVERN: Signor Balestro, allora siamo d'accordo che lei non conosce Ryan Padovani?

BALESTRO: Mai sentito nominare.

TALVERN: Neanche sotto un altro nome? Zio Ryan? Qualcosa del genere?

BALESTRO: Di zio ce ne ho uno solo, io. Si chiama Joseph. Giuseppe, anzi, se preferisce.

La giudice annuì, tirò fuori il cellulare e scrisse un breve sms:

*Ok, Gervaise, puoi entrare.*

Fece un cenno del capo al funzionario di polizia che stava di guardia davanti alla porta, e un altro, con l'indice, che poteva significare: Tenga gli occhi aperti, che qui rischia di buttare male.

La porta si aprì.

Jacques Balestro si voltò.

Quel che vide durò solo un secondo: nell'ufficio della giudice era entrato un ragazzino sui dodici anni, con la zazzera ispida, la faccia coperta di croste e di una magrezza impressionante. Quando incontrò lo sguardo di Balestro, il ragazzino cacciò un urlo tale che l'agente di guardia mise d'istinto la mano sul calcio dell'arma. Poi il piccolo spintonò la donna che lo accompagnava e si udirono passi di corsa nel corridoio.

TALVERN: Rimanga seduto, Balestro!

Si sarebbe alzato una seconda volta, Balestro, ma il peso della *gendarmerie* sulle spalle glielo impedì. Due *gendarmes* adesso occupavano l'ufficio della giudice.

Nel corridoio, la donna che accompagnava il ragazzo gridava:

"Nelson, volte aqui! Não tem mais perigo, acabou!".

(Nelson, torna indietro! Non corri più nessun pericolo, è finita!)

Qualcuno doveva aver fermato il bambino, perché la donna ordinò:

"Brigadiere, lo lasci andare, per favore!".

E di nuovo al bambino, più dolcemente:

"Vem pra cá, menino! Não tenha medo. Agora ele está preso".

(Vieni qui, piccolo! Non aver paura. Adesso è prigioniero.)

Era evidente che il bambino aveva timore di tornare indietro.

Senza distogliere gli occhi da Jacques Balestro, la giudice Talvern diede un consiglio alla donna:

"Gervaise, digli che è morto, o come se lo fosse".

La suddetta Gervaise si accovacciò e tese le braccia:

"Nelson, vem cá, por favor! Ele não pode mais lhe fazer mal. É como se estivesse morto".

Il bambino si lasciò convincere. Rientrò nell'ufficio. Stavolta Balestro non si girò. Il ragazzino camminava stringendo le gambe, rannicchiato contro la donna bionda che la giudice aveva chiamato Gervaise.

"Se l'è fatta addosso," disse Gervaise alla giudice.

"Non importa."

La giudice tese le braccia al bambino, se lo mise a sedere sulle ginocchia e si rese conto che in effetti se l'era fatta addosso. Gli richiuse le braccia intorno al petto, gli diede un bacio sulla tempia e mormorò: Sssssh.

Poi domandò a Balestro:

"Come va, Balestro? Non le dà fastidio l'odore della paura?".

E al bambino, indicando Balestro:

"Guardalo bene, Nelson, per dieci secondi".

Cosa che Gervaise tradusse:

"Olha bem o rapaz, Nelson, durante dez segundos".

"E lei, Balestro, non abbassi gli occhi."

In un sussurro, la giudice scandì i secondi all'orecchio del bambino. Fra le braccia sentiva il suo respiro. Un respiro inframmezzato da brevi scariche elettriche.

Jacques Balestro tentava di non battere ciglio. Lo fissavano due donne e un bambino.

"Adesso, Nelson, mi dici come si chiama quell'uomo?"

"Como se chama esse rapaz?" tradusse la seconda donna.

"Tio Ryan," mormorò il bambino.

"Zio Ryan," tradusse a mezza voce la seconda donna.

"Dillo più forte," chiese la prima donna.

"Tio Ryan!"

Le due donne e il bambino non staccavano gli occhi da Balestro.

"Ryan come?" domandò la prima donna.

"Ryan Padovani," rispose il bambino. Ripeté: "É o tio Ryan!".

"Ripete che è lo zio Ryan," tradusse la seconda donna. "Dice: Ryan Padovani."

"Perché 'zio'?" domandò la prima donna.

"Ele quer que a gente chame ele assim."

"Vuole che lo chiamino così," tradusse la seconda donna.

"Chi?"

"Todos os meninos que chegaram."

"Tutti i ragazzini che arrivano."

L'avvocato Soares pareva ridestarsi da un lungo stupore. Levò un dito timido:

"Giudice, ritengo che le dichiarazioni di questo bambino...".

TALVERN: Ho altri sette ragazzini su per giù della stessa età a sua disposizione, avvocato, di tre nazionalità differenti e pronti a fare dichiarazioni identiche. Ma ce ne occuperemo domani, se non le dispiace, vedo che il signor Balestro ha sonno.

Con la mano scompigliò la zazzera del piccolo.

"E adesso andiamo a farci un bel bagno."

Poi, rivolta a Balestro:

"Giusto per toglierci di dosso il suo odore, zio Ryan".

Ma il bambino non voleva scendere. Si raggomitolava fra le braccia della giudice. Posò il mento sulle ginocchia piegate che stringeva con tutte le sue forze contro il petto. Quindi piantò gli occhi in quelli di Balestro. Allora la giudice posò il mento sulla testa del ragazzino. Balestro, che tante volte aveva cercato di andarsene, rimaneva inchiodato alla sedia. Paralizzato da quei due sguardi sovrapposti. L'elettricità aveva ripreso a circolare nei tendini e nei muscoli del ragazzino. La giudice Talvern aveva l'impressione che quella corrente avesse cambiato natura. Sciolse leggermente la stretta. Fu come se aprisse la porta di una gabbia. Spingendo con tutte le sue forze sull'orlo della poltrona, il ragazzino tese le gambe, si tuffò oltre la scrivania della giudice e sfoderando le unghie si avventò sulla faccia di Balestro, rovesciandogli la poltrona.

La *gendarmerie* ebbe non poche difficoltà a liberare la preda di quell'uccello impazzito.

"Mi ha cecato un occhio!" urlò Balestro.

# 15.

Non sono tipo da metafore, io. Mettere il punto finale a un libro come sollevare una campana di vetro, l'aria aperta, il cielo finalmente ritrovato, nel mio caso sono tutte immagini da prendere alla lettera. In cielo, ci sono. Arrivato a casa alle due del mattino, come aveva previsto Malaussène. Bo e Ju mi hanno sistemato nel mio nuovo covo, in cima a una torre di Babele cinese. Un ventitreesimo piano del XIII *arrondissement*. Domani Parigi si dispiegherà sotto i miei piedi, sorvolerò la pianta di Turgot, un'*astrazione tangibile*! Intorno a me ci sono i miei mobili e i miei libri, come se abitassi qui da sempre. Trasloco a spese del Taglione, il secondo in diciotto mesi. Un'altra idea di Malaussène. Appena sono arrivato ho spalancato tutte le finestre su Parigi e ho respirato un'aria satura di musica... Eccola, la metafora. Ciò che questa musica vuol dare a intendere... Un'idea che avrà preso forma nella testa di un consulente, sussurrata all'orecchio del presidente e comunicata al Comune di Parigi: festeggiare il ritorno a scuola e alla disoccupazione, distrarre i giovani non sapendogli offrire un lavoro e rintronarli di bassi tellurici per indurli a mobilitarsi contro le mitragliate ai tavolini dei caffè, le bombe umane e gli omicidi prossimi venturi. L'arte del divertimento contro la scienza del terrore... E le giovani generazioni si precipitano in strada, maschi e femmine, in massa, convinti che ballare sul ponte della nave che affonda sia una forma di eroismo. Domani tutti i giornali sbrodoleranno sugli "eroi del divertimento" e boiate analoghe.

Governare significa distrarre.

Il telefono ha squillato nell'istante esatto in cui, in piedi sul balcone, starnutivo sulle orchestrine della città.

Era Malaussène.

"Arrivato bene, Alceste?"

"Con una rinite spaventosa, come previsto."

Mi domando perché gli permetto di chiamarmi Alceste. Questa complicità fasulla non ha nessuna ragione di esistere. Va detto però che non ho niente da ridire sui soprannomi che hanno affibbiato agli altri autori del Taglione: non mi sembra niente male Coriolano per quel megalomane di Schmider o Lorenzaccio per quel paraculo di Ducretoy. Alceste, io? Perché no, in fondo? Già da bambino lo trovavo più rispettabile di Philinte.

"Troverà del cortisone nel cassetto del bagno," ha risposto Malaussène. "E delle compresse di antistaminico."

E poi via con la prescrizione:

"Due spruzzate in ogni narice, e dormirà come un bebè. Se persiste, al risveglio ci aggiunga del cortisone, ma stavolta in compresse, gliene ho fatta una piccola scorta. Da prendere con il caffè. Vedrà che la rimette in sesto!".

Poi ha chiesto:

"Va bene la casa? Le piace la vista?".

Quando Alceste ha riagganciato, ho lasciato vagare il mio sguardo sulle malvarose accarezzate dal chiaro di luna. Di nuovo, sono cresciute dove gli pareva, sviluppando colori inaspettati, dal bianco rosato al porpora scuro passando per certi gialli mai visti e qualche azzurrino impalpabile. Abiti da ballo o camicie da notte, con le loro foglie tarmate hanno invaso tutto, le mie principesse straccione. Solo la notte le acquieta. Alla luce della luna, sembrano quasi tutte dello stesso colore. Certi anni non c'è verso che spuntino; in quelle estati mi mancano quasi quanto i ragazzi.

I quali, c'è poco da fare, non ci verranno più fin quassù. Tranne quando anche loro vorranno sbarazzarsi della prole.

Quest'estate ho dovuto accontentarmi delle chiamate su Skype. La loro vita per immagini... La loro presenza pixellata. Meglio che niente. Che energia vitale, però! Quegli sguardi così fiduciosi... Sumatra, Mali, Nordeste brasiliano... Appena poco fa, Mara che faceva la buffona vestita con un abito thailandese, la schiena inarcata come una gestante:

MARACUJA: E se scodellassi un piccolo orangotango, cosa ne direbbe il mio zietto preferito?

SIGNOR MALAUSSÈNE (*un bicchiere d'acqua in mano, brindando alla mia salute*): Alla tua, vecchio padre, ce l'abbiamo fatta! Abbiamo trovato la falda freatica a settantotto metri, neanche tanto profonda. Non hai idea che festa! C'era tutto il villaggio. Hanno bevuto manco fosse vino spillato da una botte. Adesso sembrano strafatti.

È UN ANGELO (*voce pacata, come le dune di sabbia che incurvano l'orizzonte alle sue spalle*): Oggi, zietto, non ho niente da dirti; come vedi (*mi indica la sabbia*), è il deserto, e pure quanto a notizie.

Perché mi mancano così tanto, quei fagotti di illusioni? Andare a seminare il "bene" ai quattro angoli del mondo, ma ti pare... Com'è scivolata via in fretta la loro infanzia, nel nostro Vercors di selce e di vento! Sarebbero magari cresciuti più lentamente, se avessimo passato tutte le estati a Belleville o se li avessi portati ad agitarsi in un qualche shaker per turisti?

Ma di' un po', ti sembra l'ora per farti domande del genere?

Dormiamo.

## 16.

"Dimmi, Titus, ti ascolto."

La giudice Talvern si staccava i baffi con una cautela da filatelico. Seduta davanti alla toeletta, incoraggiava il capitano Adrien Titus, in piedi dietro di lei nel riflesso dello specchio.

"Dai, sputa fuori!"

Tre trasformiste in un giorno solo, pensava Titus, mi sembrano un po' troppe. La Claudia Cardinale di Sergio Leone, la giovane inglese con il montgomery, e adesso la giudice Talvern in procinto di ridiventare Verdun Malaussène... Cos'hanno fatto alle donne, gli uomini di questo paese?

La giudice Talvern fraintese il silenzio del capitano.

"È così difficile da dire?"

Con gran dispiego di ovatta si scrostava l'intonaco. Scioglieva la finta pelle grassa. Si aiutava persino con una specie di spatola. Come in una tela restaurata, Titus vedeva riapparire il viso di Verdun sotto il trucco della giudice. La sua seconda pelle cadeva in scaglie molli in un piatto fondo. Era qualcosa di assolutamente disgustoso. Un conto era saperc di quella metamorfosi quotidiana, un altro conto era assistervi. Il capitano Adrien Titus se ne stava lì impalato, peggio che muto, sapendo quel che sapeva. Non erano cose facili da sentire, quelle che doveva dire a quella donna. Avrebbe preferito rivolgersi alla giudice Talvern, che gli dava del lei a voce e per iscritto, anziché a Verdun Malaussène che conosceva da quando era bambina e che a un tratto gli disse:

"Puzzo ancora di merda, Titus. Vai di là da Ludovic che ha preparato il caffè. Faccio una doccia e vi raggiungo".

Lasciò cadere l'accappatoio e andò sotto la doccia. Era così minuta, una volta sbarazzatasi di tutti i suoi orpelli! In quella specie di fodero dove il defunto ispettore Van Thian la portava in giro da neonata, era poco più grande di una cicala, e da adolescente Titus l'aveva vista fare il bagno in un lavandino.

Prima che lui uscisse, gridò:

"Hai avvisato Joseph? Viene?".

Il commissario di divisione Joseph Silistri aveva ricevuto l'sms del capitano Adrien Titus alle due del mattino, proprio quando crollava sul letto, con i pugni insanguinati e il volto tumefatto. Che rissa, per la miseria! Se non ci fosse stato lui, gli ammutinati di LAVA avrebbero linciato Ménestrier, Ritzman, Vercel e Gonzalès. I CRS erano arrivati troppo tardi. Trattative assurde. Silistri aveva chiamato il colombaccio che aveva trasmesso la richiesta di rinforzi ma si era sentito rispondere – "da un volgare colonnello, Silistri!" – che non si può sottrarre un'unità impegnata in un'operazione in una *cité* di periferia per mandarla a risolvere una contrattazione salariale. È lo stato di emergenza, caro mio. I CRS cingevano d'assedio undici isolati di un quartiere non lontano dove i segugi dell'antiterrorismo stavano facendo alcune perquisizioni. Al colombaccio era toccato scomodare il ministro per far mandare una compagnia al commissario di divisione Silistri. Quando i robocop erano finalmente arrivati, a Silistri e ai suoi uomini (due, non uno di più) la situazione era ormai quasi completamente sfuggita di mano. Gli esagitati di LAVA avevano fatto irruzione nell'ufficio del direttore. Gonzalès aveva perso i pantaloni cercando di scappare dalla finestra, Ménestrier la camicia e la dignità, Ritzman aveva gli occhiali in frantumi e il naso coperto di sangue, e Vercel cercava di agguantare le gambe del commissario di divisione Silistri. Il quale Silistri ci dava dentro a pugni e testate, ma era finito dentro a un fumetto: più ne stendeva e più ne arrivavano. Gli piombavano addosso da tutte le parti. Gente che difendeva la pagnotta, i propri diritti, il futuro dei figli, la dignità, il futuro dell'imprenditoria francese, il suo passato e tutto il resto. Va a finire che qui ci resto secco, si era detto Silistri, ma porca troia, rimanerci secco per garantire la sopravvivenza dell'alta finanza! Era balzato su un tavolo e aveva sparato tre colpi al soffitto.

Tutti all'improvviso si erano immobilizzati sotto la pioggia di calcinacci.

E Silistri ne aveva approfittato per urlare:

"Cos'è che volete? Li volete morti? Non c'è problema, posso sparargli io!".

Si era abbassato, aveva preso André Vercel per il collo, l'aveva sollevato sul tavolo e gli aveva puntato la pistola alla tempia.

Paralisi generale.

"È questo che volete? Ditelo un'altra volta e li stendo tutti e quattro!"

L'orda dei LAVA, infatti, invocava quella quadruplice morte. Lo gridavano nei corridoi, lo urlavano sfondando la doppia porta dell'ufficio, lo sbraitavano ancora aggredendo Silistri e i suoi uomini.

Be', a quanto pareva adesso quella morte non la volevano più.

Era cambiato qualcosa.

La pistola del commissario puntata alla tempia del grande capo.

Silenzio.

Che non era il silenzio della riflessione.

Né del dubbio.

Ma il silenzio di una certezza inorridita.

Lo sbirro lo avrebbe fatto.

Quello sbirro impazzito avrebbe fatto saltare quattro teste della grande speculazione finanziaria.

Gli esuberati di LAVA erano senza fiato.

Certo che la volevano, la morte degli speculatori, ma non lì, non davanti ai loro occhi, non adesso, non in quelle condizioni, non con sparpagliamento di cervella. Certo che la volevano, la morte, ma con un po' di rispetto per la vita.

E tuttavia erano sicurissimi che se uno di loro avesse urlato ancora una volta "A morte i padroni!", quel commissario in piedi sul tavolo li avrebbe fatti fuori tutti e quattro, Vercel, Ménestrier, Ritzman e Gonzalès.

Perciò se ne stavano lì, senza sapere cosa fare. Gli altri due sbirri, mezzi ammaccati pure loro, sembravano congelati nello stesso silenzio.

"Allora levatevi dai piedi," concluse Silistri. "Fuori tutti! Subito!"

E così avevano fatto, indietreggiando, totalmente inermi, la rabbia ormai sbollita, zittendo poi quelli rimasti nel corridoio, che non sapevano ancora cosa fosse successo dentro la stanza. E tutti quanti si erano ritirati, trascinati dalla stessa risacca. Ormai non erano che un bisbiglio di commenti, e solo quando si erano ritrovati nel cortile i CRS li avevano caricati con il solito menu: fumogeni, proiettili di gomma, idranti, manganellate, nonché arresti e processi per direttissima.

*Ci vediamo ai Frutti della passione*, aveva scritto Titus a Silistri. Aveva precisato: *Non all'orfanotrofio, ma al piano di sotto, al panificio*. E adesso erano lì. Ludovic aveva preparato il caffè.

Gervaise tamponava ecchimosi e graffi sulla faccia di Silistri.

"Minacciare di morte i quattro amministratori di LAVA? Ma cos'è, ti vuoi abbreviare la carriera?"

"Gli ho salvato la pelle. Quelli rischiavano di rimanerci secchi."

Il panificio dell'orfanotrofio ferveva di lavoro notturno. Il pane lievitava nei forni, il cioccolato si scioglieva sul fuoco da qualche parte e gli apprendisti fornai impastavano.

Ludovic servì il caffè. L'altra mano, coperta di farina, indicò il soffitto:

"Dormono, i nuovi?".

"La musica li ha un po' agitati," rispose Gervaise, "ma adesso dormono. Clara gli ha fatto una proiezione."

Un garzone fornaio posò sul tavolo i croissant. Sarebbe volentieri rimasto lì, ma Ludovic gli fece cenno di tornare al forno.

Aveva ancora in mano la caffettiera, Ludovic, quando Verdun, sbucata da chissà dove, gli zompò addosso, si arrampicò su di lui, gli scompigliò i capelli, gli scoccò un bacio scendendo e con la sua bella carnagione rosea e il kimono di seta porpora tutto infarinato si ritrovò seduta davanti a una tazza di caffè.

Sorrise a Titus:

"Allora?".

Titus indicò il croissant.

"Mai con la bocca piena."

Meglio se ci abbuffiamo prima che sappiano cos'ho da dirgli, pensava, perché dopo passerà l'appetito a tutti per dieci anni.

Gervaise medicava le falangi di Silistri, e Verdun le chiese:

"Come sta Nelson?".

"Gli ho fatto un bel bagno e gli ho dato una tisana di salvia. Credo che dorma. Adesso comunque, quando crolla, quel ragazzino non lo svegli neanche con le cannonate. Ha di quegli arretrati di sonno da far paura. Ma di' un po', è vero che ha cecato un occhio a Balestro?"

"Così dicono all'ospedale oftalmico."

Due e mezzo del mattino. Con la testa china sulla tazza, la giudice, i due sbirri, il panettiere e la direttrice dell'orfanotrofio sembrano festeggiare il lieto epilogo di qualcosa.

Qualcuno disse:

"Benjamin dovrebbe essere di ritorno, giusto?".

"Domani sera," confermò Gervaise.

"E Julie?"

"Passava da Rabdomant," rispose Verdun. "Gli dà una mano per il libro che sta scrivendo, sai, quello sull'innocenza di Malaussène."

"Sull'ossessione della coerenza che sta all'origine dell'errore giudiziario," corresse Silistri. "Benjamin è solo l'esempio che illustra la sua tesi."

Sentirono correre di sopra.

Ludovic batté il pugno sul soffitto:

"Micha! Kapel!".

Il trambusto cessò all'istante. Due corpi si gettarono su due letti a molle, poi più niente.

Picchiare sul soffitto senza neanche sollevarsi in punta di piedi. Una volta di più, Titus fu impressionato dalla statura del fornaio.

Dopodiché Ludovic raggiunse gli apprendisti panettieri al forno. Gli insegnava a impastare a mano. Darci dentro con olio di gomito. *Ilin*, il gomito! Si indicava i due gomiti: *Daouilin*, tuonava nel suo bretone sotterraneo. Con le mani in pasta, bisogna essere, fino al gomito, ragazzi! Come al solito, *evel boaz*. E perché non ci prendiamo un'impastatrice elettrica? Una macchina? Perché così se torni al tuo paese e non la trovi, sai fare comunque il pane con le tue mani. Uguale se ti tolgono l'elettricità. Eccola, tutta la filosofia di Ludovic Talvern: le mani. Mostrava la mano destra ai ragazzi e alle ragazze e ripeteva: *Dorn!* Alzava tutte e due le zampe e tuonava: *An daouarn!* I ragazzi facevano sì con la testa, le parole bretoni tornavano abbastanza di frequente perché riuscissero a memorizzarle. *Daouarn*, così gli orfani di Gervaise Van Thian avevano soprannominato Ludovic Talvern. *Daouarn*: le mani. Lui gli insegnava tutto quello che le mani potevano fare: tirare su i muri di una casa bombardata, metterci sopra un tetto, dipingerla, piastrellarla, illuminarla, riscaldarla e dentro farci il pane: *daouarn*.

"E i nostri esploratori," domandò Gervaise, "quando tornano? Con l'arrivo dei nuovi, a Ludovic un aiuto farebbe comodo."

"Mara e Nange arrivano domani e Sigma lunedì sera," rispose Verdun. "L'hanno detto a Benjamin su Skype."

"Vabbè, vi lascio," disse Gervaise alzandosi. "Bisogna che dia un'occhiata ai nuovi, non vorrei che qualcuno si fosse svegliato... Che tanto tranquilli mi sa che non sono. Vorrei proprio..."

"Resta qui," disse Titus.

Lei lo guardò stupita.

"Resta qui, Gervaise, siediti per favore."

Ecco.

Il momento era arrivato.

Non si può indietreggiare all'infinito davanti all'ostacolo, sarebbe come fare la corsa al contrario. Titus tuffò gli occhi nella tazza vuota, prese fiato, sollevò la testa per guardarli tutti, e disse quel che doveva dire:

"Maracuja, Signor Malaussène ed È Un Angelo sono qui".

Esitazione.

"Qui a Parigi?"

"A Parigi."

"Sono tornati?" domandò Gervaise.

"Non sono mai partiti."

Tutte le tazze si erano posate sul tavolo.

Titus aspettò ancora due o tre secondi, poi:

"Sono stati loro a rapire Lapietà".

Difficile interpretare il silenzio che calò allora. Non ci fu nessuno che esclamò: Cosa? No? Ma stai scherzando? Cazzo dici? Erano tutti semplicemente al di là dello stupore.

"Cos'hai detto?" domandò alla fine Silistri per puro automatismo.

"Ho detto che l'ultima generazione Malaussène ha sequestrato Georges Lapietà, e aggiungo che l'hanno fatto sotto la direzione del di lui figlio, il sopraccitato Iuc. È lui il capo della banda."

"Iuc?"

"Impiego di Utilità Collettiva. Ti ricordi? È stato Lapietà all'origine di questa brillante idea, gli impieghi di utilità collettiva, nell'ottantaquattro, quando era ministro... Dieci anni dopo è nato il figlio, e siccome veniva su buono e gentile, sempre pronto a dare una mano a tutti, per fare lo spiritoso Lapietà gli ha appioppato quel soprannome. E adesso Iuc lo rivendica a gran voce, il suo soprannome. Ne ha fatto uno pseudonimo. L'utilità collettiva gli sta parecchio a cuore."

"Dove lo nascondono?" domandò Verdun.

"In uno studio di registrazione sotto la spianata della Défense."

La mole infarinata di Ludovic riapparve, con in mano una seconda caffettiera. Ma stavolta se ne tornò al forno senza riempire le tazze.

"Rilasceranno Lapietà domenica prossima, dopo che Ménestrier, Vercel, Ritzman e Gonzalès avranno consegnato l'assegno al Reverendo sul sagrato di Notre-Dame."

"Perché l'hanno fatto?" domandò Gervaise.

"Per colpa di Benjamin," rispose Titus.

Per colpa di Benjamin? Come sarebbe per colpa di Benjamin? Cosa vuol dire per colpa di Benjamin? Questo era più o meno quel che si leggeva su tutte le facce.

"Erano davvero intenzionati a passare le vacanze nel volontariato doc," spiegò Titus, "durante l'anno avevano anche contattato varie associazioni, in Indonesia, Mali, Brasile, ma Benjamin gli ha fatto un tale quadro delle ONG che hanno cambiato idea. Hanno deciso di 'rendersi veramente utili', Mara dixit (Mara che, vi ricordo, è la mia figlioccia)."

Seguì un lungo silenzio digestivo. Quando Verdun lo interruppe, lo fece con una voce intermedia. Non ancora quella della giudice Talvern, ma non più quella di Verdun Malaussène. Un'intelligenza in agguato:

"È possibile sapere come ha preso la cosa Lapietà?".

"Lapietà?" rispose Titus. "Georges? Lo conosci, è il classico tipo che nelle confidenze ci sguazza, come i cani in campagna nella fossa del letame. Ha parlato molto. I ragazzi l'hanno registrato."

"L'ha saputo subito che era stato suo figlio?"

No, all'inizio Lapietà non aveva capito chi era stato a rapirlo. Aveva dovuto ragionarci su un po', all'inizio. Qualche ora. A voce alta. I ragazzi avevano registrato tutto.

"Vuoi sentire?"

# 5.

# Quel che Lapietà aveva da dire

"Sono come l'oro, io, meno ce n'è e più costa."

Georges Lapietà

# 17.

Georges Lapietà si era svegliato in un locale insonorizzato, pareti e soffitto imbottiti, porta blindatissima rigorosamente chiusa, il tutto immerso in una pallida luce al neon. Prima una, poi l'altra, le palpebre si erano aperte e si era guardato intorno lasciando che si diradasse la nebbia che gli appannava la mente.

"Ho visto un orango svegliarsi così al Jardin des Plantes," bisbigliò Maracuja all'orecchio di Iuc. "Prima di curarlo, gli avevano fatto un'iniezione di ketamina."

Quando la nebbia si era completamente dissipata, Lapietà aveva valutato per bene la situazione e si era detto che, poco ma sicuro, lo stavano osservando. Aveva fatto un sorriso stanco.

"Che roba è questa stanza? Uno studio? Radiofonico? Una cosa del genere? Allora mi sentite? Vabbè, visto che mi sentite, tanto vale che parli!"

E aveva attaccato.

"Dunque, non so a che razza di idioti mi rivolgo, ma intanto beccatevi un ripassino."

Otto orecchie ascoltavano quella voce che tornava pian piano bella pimpante.

"Per cominciare, articolo 224-1 del Codice penale: fermare una persona senza ordine delle autorità costituite, trattenerla o sequestrarla: vent'anni di reclusione! Vent'anni di galera, mi avete sentito?"

Mara, Nange, Sigma e Iuc non solo sentivano Georges Lapietà, ma lo registravano e lo filmavano pure.

"Tuttavia, in virtù del primo e secondo comma dell'articolo 132-23, se la persona detenuta viene liberata entro sette giorni, la pena è ridotta a cinque anni e l'ammenda a settantacinquemila euro. Una tariffa scalare, in un certo senso. Uno sconto non da poco."

"Oh, raga, questo qui proprio stressato zero," notò Sigma.

"Ma va', si diverte una cifra, fidati," mormorò Iuc.

"Aggiungo, a titolo personale," continuava Lapietà, "che se mi rilasciate adesso e io tengo il becco chiuso, non vi succederà niente."

"Ecco qui la carota," mormorò Nange.

"Ma se mi restituite in cattive condizioni, tipo che mi manca una palla o in sedia a rotelle, allora si passa a trent'anni. Sono come l'oro, io, meno ce n'è e più costa."

"Ti sarai divertito dibbrutto, tu, da piccolo, con un padre così," osservò Mara.

"Be', sì, ci stava," ammise Iuc. "Mi mancava un po' di silenzio, ma vabbè."

"Ah!" esclamò Lapietà come se si fosse accorto di una piccola dimenticanza, "immagino che anche questo possa interessarvi: se l'ostaggio è detenuto per ottenere un riscatto, l'articolo 224-1 vi punisce con trent'anni di reclusione."

"Cioè, questo conosce il Codice penale a memoria?"

"Per uno come lui è fondamentale," confermò Iuc.

"Certo, se vi beccate un riscatto abbastanza alto e poi la grana la investite bene," continuava Lapietà, "poi usciti di galera vi ritrovate con un tot di interessi mica da ridere."

Pausa.

"Fra l'altro di investimenti un po' me ne intendo, potrei

anche darvi qualche dritta, in cambio di una percentuale, va da sé."

Nuova pausa.

"D'altra parte, però, oggigiorno il denaro è volatile e vai a sapere che valore avrà fra trent'anni..."

È Un Angelo ebbe improvvisamente il sospetto che il loro ostaggio parlasse ad hominem.

"Mi fa quasi paura. Ma sei sicuro che non ci vede?"

"È tipico suo," lo rassicurò Iuc, "parla con chiunque come se l'avesse visto nascere. Che ti conosca o meno è irrilevante, tanto a parte mia madre lui non *vede* nessuno. Pure se gli stai davanti, lui non ti vede."

Aggiunse:

"Però riconosce tutti. È quel che si definisce un'intelligenza politica".

"Se fossi minorenne," continuava Lapietà, "vi becchereste l'ergastolo: articolo 224-5. Per i vecchi, invece, non hanno previsto nessuna maggiorazione. Sempre tutto per i giovani, te pareva. 'Sti cazzo di giovani!"

"Non può fare a meno di divertirsi," spiegò Iuc. "È la cosa che mia madre adora in lui."

"Aspettate," concluse Lapietà, "vi ho tenuto il meglio per la fine, l'articolo 224-5-2: quando il sequestro è compiuto da una banda organizzata, le pene salgono a un milione di euro per ogni membro ed ergastolo per tutti."

Silenzio. Poi:

"Dai, cosa sono quei musi lunghi, farò il possibile perché vi mettano tutti nella stessa cella. (*Qui, imita una lite fra i complici*): L'hai avuta tu, l'idea del cazzo di rapire Lapietà! Piantala, che se è andato tutto a puttane lo sai benissimo che è per colpa tua! Tranquilli, amici, che con trent'anni di conversazioni del genere non vi annoiate di sicuro...".

"A me invece comincia ad annoiare lui," disse Verdun spegnendo il registratore. "Ascolterò il resto da sola."

Silistri domandò:

"Come hanno fatto gli sbarbati a intortare Malaussène su Skype?".

"Per Nange è un gioco da ragazzi," rispose Verdun. "Tutto quello che so di informatica me l'ha insegnato lui."

"Nel covo hanno uno studio di registrazione," spiegò Titus. "Con scenografie, costumi, proiezioni di paesaggi e tutto quel che serve. Ha ragione Verdun. Nange è il re degli inserti, un drago del trasparente. Su un monitor è capace di farti credere qualsiasi cosa, che sta pescando il salmone al Polo Nord o che prende la tintarella in pieno Sahara. Quando sono arrivato, Mara aveva addosso un vestito thailandese. Aveva appena parlato su Skype con Benjamin."

Una pausa, quindi aggiunse:

"E a proposito di Benjamin, ci tengono assolutamente a non farlo stare in pensiero".

Scuoteva una testa che non si capacitava.

"Sì, la cosa pazzesca è che rapiscono uno del calibro di Lapietà e pensano *davvero* di non far stare in pensiero Benjamin!"

Domanda di Silistri:

"E come avevano intenzione di liberarlo, quegli stronzetti?".

"Nello stesso modo in cui l'hanno rapito, addormentandolo e poi lasciandolo in incognito da qualche parte. Iuc suggeriva le sponde della Marna. Con la sua canna da pesca e i bermuda sarebbe stato un risveglio in stile impressionista. Dopodiché Mara, Nange e Sigma avrebbero fatto finta di arrivare nei rispettivi aeroporti. Là nel covo si sono pure fatti la lampada, per avere la classica aria da ritorno dai Tropici. Dovresti vedere Mara! Benjamin ha promesso a Sigma di andarlo a prendere a Roissy lunedì sera."

Curiosamente, questi dettagli secondari resero ancora più pesante il silenzio che era calato con le notizie disastrose.

Il capitano Adrien Titus rivolse a Verdun uno sguardo indeciso:

"Che cosa facciamo, giudice? Li arrestiamo o li tiriamo fuori da lì? Li mettiamo al sicuro fino alla consegna del riscatto?".

Verdun fece no con la testa.

"Non ci sarà nessuna consegna del riscatto."

Rivide distintamente il reverendo Courson de Loir in piedi davanti a Notre-Dame: "Mai e poi mai la Carità si nutrirà del denaro del crimine!". Rivide gli occhi fiammeggianti del Reverendo.

"Il Reverendo si rifiuterà di accettare quel riscatto. Una questione di principio."

Ecco cos'erano le immagini a ripetizione durante l'interrogatorio di Balestro: un'invasione malaussèniana! Verdun rivide la poiana che giocava allo Spirito Santo e sentì di nuovo la frase che le era spuntata in testa: "Vedrai che quella stronza si frega l'assegno!". Puro stile Maracuja. Come se dal loro covo mi mandassero dei segnali, pensò. Verdun ai messaggi subliminali non ci credeva, però doveva ammettere che durante l'interrogatorio di Balestro la sua mente era satura di frasi familiari: "Balestro, il ballista con estro!". Ecco, questo era Sigma. Signor Malaussène parlava la lingua di suo padre e di suo zio Jérémy, apparteneva a quel ramo lessicale lì della famiglia. Giocare con le parole... Usare la lingua come un gioco... Invece, che lingua parlava È Un Angelo? A Verdun pareva da sempre che Nange non parlasse. Modulava, semmai. Il suo primo vagito era stato una specie di canto. Un canto protettivo eppure così tenue... come quei suoni delle balene che pare plachino l'intera famiglia su tutta la superficie degli oceani e fin nei più oscuri abissi... Nange il consolatore... Nange era il figlio di Clara e Clarence, su questo non c'erano proprio dubbi.

Verdun udì – lontanissima – la voce di Titus:

"Verdun!".

Seguita da quella di Gervaise:

"Verdun...".

Erano abituati alle lunghe pause di silenzio in cui Verdun si perdeva. E di rado la svegliavano da quegli stati di coma; perché rischiavano di riaccendere lo sguardo della neonata che era stata.

Però Gervaise insistette.

"Verdun, dobbiamo prendere una decisione."

Lentamente lei tornò fra loro.

"Titus," chiese, "come si chiama quel giovane autista con cui hai lavorato negli ultimi giorni?"

"Manin."

"Sveglio?"

"Sa il fatto suo."

"Discreto?"

"Qualcosa gli ho insegnato. E assimila in fretta."

"Digli di procurarsi un furgoncino che possa caricarli tutti, vai alla Défense e riportami la banda al completo. Qui al panificio. Joseph," disse a Silistri, "vai con loro, sarò più tranquilla."

"E Lapietà?"

"Ah, già. Quello..."

E come se in una frazione di secondo avesse riletto tutto il dossier di Lapietà:

"Quello lo voglio con loro".

# 18.

E adesso eccola, la giudice muta, oggetto di somma ammirazione e di sommi sarcasmi, di sommo timore e di sommo rispetto, eccola, nuda nel letto, il corpo di ragazzina in attesa della bianca apparizione del fornaio Talvern, del pisello infarinato del colosso Talvern che suonerà l'ora del risveglio. Lei non dorme, però. Non solo, divide il letto con un altro uomo. Peggio ancora, si è infilata *nella voce* di un altro. Le cuffie da cui sgorga il fiume di parole le fanno la testa simile a quella di una mosca, come da piccola quando l'ispettore Van Thian le ficcava dei tamponi di feltro per proteggerle le orecchie durante le esercitazioni di tiro. Vedendo lo sguardo di quel bebè Dumbo fisso al cuore dei bersagli, nessuno si stupiva che l'ispettore Van Thian ci vuotasse dentro tutti i caricatori facendo puntualmente centro. Verdun era il mirino di Thian, i colleghi ci mettevano la mano sul fuoco.

Be', è lo stesso sguardo che stanotte ascolta il monologo di Lapietà.

L'incessante monologo di Lapietà.

Quest'uomo è nato parlando?

Quest'uomo non la finirà mai di parlare?

Seduto nella sua prigione imbottita, ha preso la parola. Ha agguantato il verbo come un lottatore che non ha intenzione di mollare la presa. Parla da solo, ma si rivolge a qualcuno. Non sa bene a chi; ma non gli importa. Si è messo in testa di scoprire *chi è stato*. Dopo aver presentato il conto ai rapitori, Lapietà passa in rassegna tutti quelli con cui ha avuto a che fare, i delusi e i tanti che in un modo o nell'altro ci sono andati di mezzo e che oggi magari si sono messi in testa di voler essere risarciti con un riscatto.

Un riscatto...

L'idea lo diverte:

"Perché pensate che qualcuno sia disposto a sganciare un centesimo per la mia liberazione? Ma chi? Un riscatto? In cambio di cosa? In cambio di un Lapietà vivo che ripiomba nei loro miseri traffici e nei loro consigli di amministrazione truffaldini? Sono una mina vagante, io, ne sanno qualcosa i vecchi squali della finanza. E per una mina vagante non si caccia un soldo! Belli contenti, sono, che li abbiate sbarazzati di me! Cosa volete fare, il porta a porta? Cento testoni e vi restituiamo Lapietà? Ma state scherzando? Quelli, fidatevi, vi cacciano il doppio se mi tenete! Il triplo se mi date anche una ripassata. E ancora di più se mi restituite in un bel cappotto di legno. Mia moglie, forse? Pensate di chiedere il riscatto a mia moglie? Di farle la sviolinata dell'amore? Be', carini, vedrete che allora dell'amore toccherete il vertice. Alla faccia però delle vostre sviolinate! Che in famiglia non siamo gente che abbocca. Se la buttate sull'amore, fidatevi che lei non pagherà! La prova d'amore assoluta è che non caccerà un ghello! Perché sa che non lo sopporterei! Siete senza parole, eh? Son cose che fanno pensare, non dico di no... Non voi, vabbè... Sentimenti del genere non possono nascere in cervelli come i vostri...".

Con gli occhi aperti nel buio, la giudice filtra le parole di questa voce. Non le importa il discorso, lei è in cerca delle parole. Quante volte l'ha sentita, questa voce fatta di ciottoli che rotolano trascinando gli argomenti come rimorchi, questa marea di certezze che infrange ogni resistenza, che suscita l'adesione di tutti, che ispira speranze e paure, questo inarrestabile Niagara mai frenato da alcun dubbio, dal più piccolo timore, dal benché minimo ritegno. Tanto che fra le orecchie della giudice Talvern è tutto un rullìo, un rimbombo, un fragore, non un fiume ma una diga che lascia straripare un oceano, qualcosa che si è aperto con le prime parole che quell'uomo ha pronunciato nella vita e che si prosciugherà solo con il suo ultimo respiro... La conosce benissimo, la giudice, questa logorrea... è un fiume noto... l'ha convocato tante di quelle volte, Georges Lapietà! E quanti granchi ha preso, in quelle acque.

Però ferma.

Immobile, la schiena dritta.

Senza mai lasciarsi trascinare.

Senza neppure piegarsi.

Da anni, fra loro due, è la parola contro il silenzio.

Una volta per tutte la giudice ha gettato una rete nelle acque del torrente Lapietà. Aspetta che qualche parola vi resti impigliata. Lascia che la corrente si porti via tutte le dichiarazioni di innocenza, le minacce apocalittiche, le confidenze coniugali, le battute, le considerazioni politiche e le lezioncine ex cathedra:

"Anziché scavare nel mio passato facendomi perdere il presente, mi consenta, cara signorina, di esporle la mia concezione del futuro, vedrà che le sarà utile!".

"Signorina..."

Lei lascia scorrere.

E le moine estetiche:

"Ma lo sa che a guardarla bene, proprio tanto brutta non è? E, mi creda, in fatto di bellezza io sono uno che se ne intende".

Lascia scorrere.

E gli inviti a pranzo:

"Senta, da che ora siamo in ballo ormai? È arrivato il momento di mangiare un boccone, no? La invito a pranzo, dai, poi riprendiamo quando torniamo. Che tanto ho tutta la settimana libera".

Tutte quelle spiritosaggini.

Lascia scorrere.

Lei non è altro che la rete invisibile ben salda nel torrente di Lapietà,

in cui a volte rimane impigliata una parola.

Pian piano le varie parole configurano un territorio, come le pedine bianche e nere che piovono sulla scacchiera del go. Territorio ancora enigmatico, ma del lessico bisogna fidarsi... Arriva sempre il momento, pensa la giudice, in cui un certo numero di parole impigliate – la sintassi non conta – alla fine ti disegna un uomo.

Lapietà.

La sua zona di silenzio.

Cerco il suo angolo di silenzio.

Intorno a quale nucleo di silenzio parla quest'uomo?

Quale tesoro nasconde il silenzio del logorroico?

Torniamo a bomba, vecchia mia, che qua ti stai perdendo in astrazioni... Hai smesso di ascoltarlo. Che cosa sta dicendo, adesso? Ascolta un po'. Che cosa dice?

Adesso?

In questo momento?

Georges Lapietà si rivolge a un sindacalista.

"Lo so che ce l'hai con me, Dosier! Perché ti ho impedito di infilarti in una marea di aziende! Ma sii realista, amico mio. Quanti sono gli effettivi del tuo sindacato? Eh? Nemmeno una brigata, fanno. Che cosa rappresenti, tu? Solo una confederazione diventata fine a se stessa. Non sei altro che te stesso, Dosier, cioè niente! Però un niente dannoso! Perché ogni volta che apri bocca c'è un investitore che se ne va! Non riesci a far prendere la tessera manco al più sfruttato degli schiavi, eppure per colpa tua tutti gli imprenditori della Terra si sono messi in testa che i francesi sono ipersindacalizzati, dal primo all'ultimo, e questo gli basta e avanza per andarsene da un'altra parte. Non sei niente, Dosier, ma sei la rovina del paese!"

Va detto che ogni tanto, durante qualche tirata, la giudice Talvern si addormenta, ha avuto una giornata lunga. A svegliarla è uno scoppio di voce nelle cuffie.

"Vercel, se a rapirmi sei stato tu, questa è l'ennesima cazzata nella sfilza di cazzate che hanno fatto di te il pezzo di merda cornuto che sei! Vai in giro a dire che ti ho fregato, ma io, mio povero André, ti ho ricomprato il giornale al prezzo esatto a cui tu l'hai affossato! E comunque, mi chiedo come hai fatto a schifare così tanti lettori in così poco tempo. Va bene la crisi, va bene Internet, ma una prodezza del genere può farla solo un Vercel! Qual è il tuo segreto? E cosa vuoi? Che ti prenda nella nuova struttura? In che posizione? Per quanto tempo? Pagato per fare lo splendido? Macché, io a te dalla concorrenza devo farti assumere, mio povero André, devo piazzarti lì come una bomba umana. Qualunque incarico ti rifilano, tu in tre mesi di attività mandi in malora il giornale, e così poi loro me lo rivendono al prezzo simbolico di un euro, che ne dici?"

La giudice Talvern e Verdun Malaussène si addormentano nel rombo della corrente. È questo il guaio con i cianciaroni: il loro eloquio sarà potente quanto vuoi, ma a lungo andare ci si abitua, diventano monotoni pure loro, come il ron ron di un micione sul divano di casa.

Poi la giudice si sveglia di soprassalto. C'è qualcuno che le urla nella testa:

"Hai giocato sporco, Paracolès! Cosa volevi che facessi? Che vi dessi una medaglia, a te e ai quattro o cinque sfigati che ti son venuti dietro? Non vi bastava il vostro stipendio? Pure la luna, volevate? I vostri traffici da morti di fame li conoscevano tutti. Persino Balestro vi aveva sgamato, e non dico altro! Eppure ha rifiutato di starci! Che quello mica è uno stinco di santo! La tua gabola era una stronzata, Para. Eri l'unico a non rendertene conto. Cos'avrei dovuto fare? Comprare una squadra sputtanata e aspettare che gli sbirri mi beccassero con voi? Farmi bandire dalla galassia del calcio, come si dice? Lo sai benissimo che non si può neanche tirare lo sciacquone senza che gli investigatori della Fifa lo sappiano! Cosa credi, che non l'abbiano avvisata la Fifa? Lo sapevano tutti che eri dentro fino al collo, povero te. La Fifa ha preferito che comprassi io il club e ti cacciassi, per evitare l'ennesimo scandalo. Era la condizione dell'acquisizione. E poi pensi che sia questo l'avvenire del calcio? La frode? Porca troia, ma ti rendi conto? La frode calcistica qui da noi è roba da morti di fame. Bisogna essere cinesi per muovercisi bene! Solo i cinesi sanno farne un'industria. E non è neanche detto. Perché oggi i cinesi i loro truffatori li fan fuori, coglione che non sei altro! Oggi i cinesi investono alla stragrande nel calcio mondiale, che è iper-redditizio, molto più fruttuoso della frode. Paracolès, dovresti ringraziarmi per averti silurato. Per com'eri messo, prima o poi i cinesi li incrociavi, e non mi sarebbe piaciuto ritrovarti nel mio piatto sotto forma di involtino primavera...".

I cinesi...

La parola si è impigliata nella rete della giudice... i cinesi... La parola resiste alla corrente. È presa nelle maglie. I cinesi, pensa la giudice cominciando ad assopirsi. Perché i cinesi? Balestro, certo, nelle maglie da un pezzo... La galassia del calcio... Lapietà proprietario... la sua squadra... Balestro il procuratore... La venerazione un po' invidiosa del secondo nei confronti del primo... E Paracolès... sì, nella deposizione di Balestro... "Ho fatto il quaranta per cento su Paracolès." Ma i cinesi?

La giudice si abbiocca di nuovo. Quanti scontenti passa in rassegna Lapietà durante questa immersione?

A un certo punto si rivolge agli eventuali esecutori materiali del rapimento. Non può immaginare che il colpaccio l'abbiano fatto le mezze seghe che ha appena strigliato. Avranno assoldato di sicuro dei professionisti. E li mette in guardia:

"Spero che abbiate già beccato tutto il conquibus, ragazzi, perché avanzare non avanza niente! Anzi, posso pure dirvi che...".

I soldi, pensa la giudice a margine del monologo. I soldi... Qui si compra di tutto, aziende, immobili, giornali, squadre di calcio, yacht, killer, ma i *primi soldi*? Da dove vengono i primi soldi, quelli che hanno reso possibili questi acquisti? È l'unica vera domanda che si pone riguardo a Georges Lapietà: sotto quanti strati di parole nasconde i suoi primi soldi? È l'unica cosa che si è sempre chiesta. Quale tesoro racchiude il suo nucleo di silenzio?

Un altro piccolo coma. La giudice non c'è più. E nemmeno Verdun. Tutte e due colano di nuovo a picco nel vortice ipnotico dello sproloquio fattosi ninnananna. Si addormentano.

A farle riemergere è una variazione di tono. Lapietà fa scorrere i titoli di coda con un altro tono.

Dice,

molto tranquillamente,

dice che, comunque, lui morirà. Non fra dieci anni, no no, non la settimana prossima, no, proprio qui, adesso, sotto i loro occhi. Non dice di cosa. Non lo saprete mai di cosa muoio! Dice soltanto come. Dice che fra cinque o sei ore comincerà il processo di agonia. Dolori tali che teme per la sensibilità dei suoi carcerieri. E la cosa rischia di andare per le lunghe. Ci metterà un po', a morire. La notte, il giorno seguente, forse un'altra notte. Lo vedranno rotolarsi per terra, sbattere la testa contro il muro, invocare la madre – no, la moglie –, urlare il suo tormento a gola spiegata, senza però dar loro la benché minima indicazione su ciò che lo sta uccidendo, per poi raggomitolarsi su se stesso come sotto una doccia di insetticida. E così si ritroveranno sul groppone il cadavere di Georges Lapietà.

# 19.

“E quindi ha sgamato che c’era di mezzo il figlio quando sono arrivati i cateteri?”

“Esatto.”

“Reazione?”

“Si è cateterizzato. E mentre lo faceva gli sbarbati hanno smesso di filmare.”

Questa conversazione fra Titus e Silistri si svolge davanti al domicilio del giovane Manin, alle due e quarantacinque del mattino, nell’auto di Silistri. Lo stanno aspettando.

“Camionette o furgoncini non ne ho, capitano,” ha detto Manin al telefono. “E i miei amici nemmeno.”

“Cazzi tuoi, Manin, arrangiati. Ti do dieci minuti.”

Le cose sono più complicate di quel che pensa Titus. Appena ha messo giù, Manin si è ritrovato dentro un film. O comunque in una scena che ha già visto al cinema. E nelle serie tivù americane, francesi, inglesi, tedesche o scandinave che lui e Nadège guardano nel fine settimana... Scena classica del noir dove il protagonista è un poliziotto. La moglie che gli dice che deve scegliere fra lei e il lavoro. Qucsta la parte che gli recita Nadège. Mollata lì a letto alle tre del mattino? Ma stiamo scherzando? Per chi mi hai preso? Per te allora io non conto niente? E quando avremo dei figli? Lui ribatte che però lei li conosce, gli obblighi di un’indagine, ha pure collaborato a cercare le farmacie, no? Era di giorno! Be', perché invece di notte la polizia non lavora? Allora vengo con te! Scordatelo, in prima linea ci possono andare solo gli sbirri. E qui lei dà l'ultimatum: Se esci da quella porta, sarà te che scorderò, e molto più in fretta di quanto pensi! Doveva succedere, si dice Manin. Il cinema gliel'aveva predetto ed è successo. La discussione si fa accesa. Come sullo schermo. Neanche fosse stato tutto scritto in anticipo. Manin pensa che la vita sia tristemente somigliante. In qualche modo si veste. E non dimenticarti di restituirgli il suo straccio, al tuo capitano! Nadège getta a Manin il cappotto di Titus. Che tanto lì dentro ci finirai anche tu. Prova sommo disprezzo, a quanto pare, per gli uomini in cachemire, è una visione del futuro che la fa vomitare. Lo urla. La rabbia le dà il coraggio di guardare Manin che apre la porta. Piangerà dopo, quando la porta si sarà richiusa. Manin esce. Non sa se obbedisce al capitano o se suicida il loro amore. Fuori di casa per sempre. Con quel non so che di addio al giardino dell'Eden. Fuori lo aspetta la vita, con la sua esasperante complessità. E fuori Manin si precipita, in un misto di sgomento ed eccitazione estremi.

"È quello il tuo Manin?" domanda Silistri.

Manin arriva giù di corsa al portone del palazzo. Sì, è lui. Si infila la camicia nei jeans, si allaccia la cintura, si sistema la fondina, il tutto reggendo il cappotto di Titus. Guarda l'orologio. Lancia un'occhiata alla sua finestra, terzo piano a sinistra dell'ingresso. Nadège non si è affacciata. Guarda dritto davanti a sé, verso l'auto di Silistri.

"Ci ha individuati."

"Sì, è sveglio."

Manin fa cenno che ne ha per un minuto.

Si infila il cappotto di cachemire, si stringe la cintura ed eccolo salito sul predellino di un pulmino Volkswagen. Chino sulla serratura, infila una sondina di livello del serbatoio nella guarnizione del finestrino del guidatore. Oplà, aperto. Il furgone attacca a strillare, ma lui zittisce subito l'allarme.

"Basta che con quei maneggi non mi sciupi il cappotto," mormora Titus.

Dunque, pensa Silistri, ricapitoliamo: siamo in procinto di sottrarre alla legge una banda di sequestratori per scarrozzarli insieme con l'ostaggio in un veicolo rubato da un funzionario di polizia e andare a nasconderli in un orfanotrofio, il tutto per ordine di una giudice istruttore che non ha alcuna intenzione di deferire il fatto a chicchessia.

Per pensare ad altro, chiede a Titus:

"No, voglio dire, come ha reagito nei confronti del figlio?".

"Chi?"

"Come sarebbe, chi? Lapietà!"

"Gli ha parlato, come ha fatto con gli altri. Ore di monologo. È tutto registrato. Ha cercato di capire. Tutti li vogliono capire, i giovani. Ma la domanda interessante non è questa."

"E qual è?"

"Perché i giovani Malaussène si sono imbarcati in questa storia."

"Ce l'hai la risposta?"

"Sì."

La testa di Manin è sparita sotto il cruscotto del pulmino. Traffica coi fili, pensa Silistri. Non c'entra niente, ma Silistri si rivede mentre incolla la pistola di ordinanza alla tempia di Vercel. A ripensarci, la cosa più allucinante è che gli ammutinati di LAVA abbiano creduto che davvero lui avrebbe ucciso quell'uomo. Una società in cui onesti cittadini, per quanto arrabbiati, ritengono possibile che un commissario di divisione faccia fuori quattro capi d'azienda per soddisfare le loro rivendicazioni, no, ha decisamente qualcosa che non va. Silistri tollera sempre meno questo inizio di millennio.

"E allora?"

"E allora cosa?"

"La tua risposta. Perché l'hanno fatto? Perché hanno rapito Lapietà?"

"Non ci crederai, Joseph."

I fari del pulmino si sono accesi. Ronzare del motore. Segnale di luci.

"Sono pronto a credere a qualsiasi cosa," dice sconsolato Silistri mettendo in moto.

Parte e fa inversione, passa davanti al pulmino, che lampeggia e li segue. Direzione la Défense.

"È un'installazione," dice Titus.

"Una che?"

"Un'installazione, un'opera d'arte se preferisci, come quelle che tutte le settimane Hélène e Tanita si sciroppano al Beaubourg, a Berlino o l'anno scorso a New York. Zero scopo di lucro. Il rapimento come una delle belle arti. Pura estetica. L'opera totale, che sarebbe dovuta culminare con la consegna del riscatto, domani, sul sagrato di Notre-Dame. Un megaspettacolo. Ma non è finita, Joseph. Iuc voleva anche scrivere il rap dell'alta finanza. Sapeva che il padre, appena si fosse ritrovato solo nello studio di registrazione, avrebbe attaccato a parlare. Quello deve sempre parlare *a qualcuno*, deve convincere. Non riesce a immaginare di non avere un interlocutore. È il suo carburante. L'hanno registrato e filmato con un'idea ben chiara in testa. Poi bastava solo trascrivere. Il rap della finanziarizzazione, sì, esatto... E forse un lungometraggio su Lapietà che sciorina le sue fandonie. Iuc voleva filmare la macchinetta macinaparole che si sorbisce da quando è piccolo."

Parigi dorme. La musica ora tace. Titus e Silistri procedono tranquilli, seguiti da Manin al volante del pulmino.

"Insomma, ti dicevo, l'opera totale. Adesso tira molto, uno stronzo qualsiasi parla, tu lo filmi, e sei un artista del reale."

Non ci credo, pensa Silistri. Non *voglio* crederci... Piantare tutto questo troiaio per una rappresentazione sul sagrato di Notre-Dame e un rap...

"La cosa più divertente, caro il mio Joseph, è che a furia di monologare Lapietà gli ha fornito il testo del brano. E pure quello del manifesto. Nei suoi sproloqui c'è tutto. Gli sbarbati hanno solo dovuto pescare. È stato lui, cercando i moventi del figlio, a buttarla in politica e a parlargli della Costituzione del '46, è stato lui a suggerirgli la percentuale di francesi sotto la soglia di povertà. Loro si sono limitati a trascrivere. E sempre di Lapietà è anche l'idea di chiedere come riscatto la somma del paracadute d'oro. E come riscatto cosa conti di chiedere, figliolo mio bello, la cifra del mio paracadute? L'ha buttata lì per scherzo. Lo faceva schiantar dal ridere, l'idea di chiedere il paracadute come riscatto a Vercel, Ménestrier, Ritzman e Gonzalès. Immaginati la faccia dei quattro consiglieri di amministrazione! Insomma, il manifesto dei rapitori è stato Lapietà a scriverlo. Inconsapevolmente, ovvio, però è roba sua, da cima a fondo. Man mano che monologava, gli sbarbati hanno registrato, tagliato, montato, finché è venuto fuori il manifesto.

"Era questa infatti la scommessa di Iuc. Dar libero corso all'inarrestabile favella paterna, che in quelle condizioni estreme avrebbe fornito il testo, il pretesto, il sovratesto, il sottotesto, l'intertesto, la messinscena, tutto quel che serviva. Accesso diretto al subconscio dell'alta finanza. Indipendentemente dalle eventuali conseguenze penali, Iuc avrebbe rivendicato a pieno titolo la propria opera. Quando dalla società non ti aspetti più niente, ti resta pur sempre la creazione!"

"E i piccoli Malaussène come ci son finiti in 'sto troiaio?"

"Questo, caro collega, bisogna chiederlo all'Amore!"

Qui le cose si fanno più semplici. Maracuja, innamorata persa di Iuc, lo segue a occhi chiusi. È Un Angelo, il cugino protettore, segue la cugina con gli occhi invece ben aperti.

Signor Malaussène, che ha la testa sulle spalle, decide di non lasciare i due cugini in questa follia. E tutti e tre pensano che Benjamin abbia ragione: la carità istituzionale è un pacco. Niente ONG. Che va bene tutto, ma fare come i nipoti della regina d'Inghilterra non se ne parla!

"Questo è quanto."

Questo è quanto.

Con il pulmino di Manin alle calcagna hanno attraversato Parigi da est a ovest. In lontananza brillano le luci della spianata della Défense. Titus e Silistri si pongono la domanda inevitabile:

"Secondo te, cos'ha intenzione di fare la giudice Talvern?".

"Mettere tutto a tacere, presumo. Negoziare con Lapietà e salvare gli sbarbati in cambio del suo silenzio."

"Sì, di armi per farlo ne ha di sicuro... C'è anche da dire, però, che una come lei, scegliere a cuor leggero l'illegalità... Mah! Credi che...?"

Tacciono entrambi, scesi come speleologi nella duplice testa della giudice Talvern e di Verdun Malaussène. Gran bel dilemma! Tirar fuori dai guai i nipoti mettendosi lei stessa fuori dalla legge o viceversa deferirli se ci tiene a restare giudice...

"Dilemma degno di Corneille."

"Perché, noi invece," chiede alla fine Joseph, "credi che quello che facciamo adesso sia proprio tutto legalissimo?"

Lo chiede mentre l'auto si inabissa sotto la Défense.

Sono quasi arrivati.

Sono arrivati.

"Ecco," dice Titus, "a proposito di legalità..."

Perché davanti allo studio di registrazione, sulla spianata della A14, è tutto un lampeggiare di luci blu. Fasci azzurri contro i muri di cemento. Parcheggiate lì ci sono due auto e una camionetta della polizia. Di traverso sulla carreggiata è stata stesa una banda chiodata per bloccare la circolazione. Un agente armato di mitra fa segno a Silistri di fermarsi. Li hanno battuti sul tempo. La BRB è arrivata per prima. Hanno mandato una squadra a pizzicarli al posto loro. Due sbirri con passamontagna e fascia distintiva al braccio spingono senza tanti complimenti due figure curve dentro la camionetta della polizia. Sono ammanettate e hanno in testa dei sacchi della spazzatura.

"Cazzo," dice Silistri, "non può finire così."

Scende dall'auto, mostrando il tesserino:

"Ehi, ragazzi, c'è un malinteso, di questa cosa qui ci occupavamo noi!".

Per tutta risposta l'agente gli scarica una raffica di mitra sul petto. Silistri ha la netta sensazione di essere tagliato in due. L'impatto lo scaglia sopra il cofano dell'auto. Quattro colpi di pistola rispondono alla raffica dell'agente, al quale esplode la testa. È la reazione di Manin. Che nel frattempo urla:

"Occhio, capitano, che questi non sono sbirri".

Due finti sbirri spingono gli altri tre ostaggi su per la scaletta di ferro che collega lo studio alla spianata. Anche loro hanno il passamontagna in testa. Anche loro la fascia della BRB al braccio. Anche loro ficcano dei sacchi della spazzatura in testa agli ostaggi. Sentendo gli spari, i prigionieri d'istinto si buttano a terra. Rotolano fino in fondo alla scaletta. I rapitori sono colti alla sprovvista. Sfoderano le pistole, gliele puntano contro gridando qualcosa, ma Titus apre il fuoco su di loro. Colpisce una spalla. Un'arma cade e rotola giù dagli scalini. Cascata metallica. Il secondo finto sbirro sulla scala risponde subito al fuoco mentre altri due tizi approfittano della diversione per fiondarsi verso il cadavere dello pseudo-agente, tirarlo per i piedi e buttarlo dentro la camionetta. Titus e Manin invece ne approfittano per contrattaccare. Titus è sceso dall'altro lato della macchina. Sguaina due pistole, adesso, la sua P5 e la Glock di Silistri che ha trovato nel cruscotto. Tredici cartucce nell'una, quindici nell'altra, spara avanzando verso il nemico. È un esercito fatto uomo. Intorno a lui sibilano i proiettili di Manin che lo copre. Sbattere di portiere, rombo di motori. Un altro è colpito e lancia un grido di doloroso stupore. Rispondono per tigna, ma sono già in fuga. Urla di motori e di pneumatici. E poi sono spariti. È durato forse venti secondi. È durato solo venti secondi.

# 6.

# Il caso Malaussène

> “È fuor di dubbio, mia cara Julie,
> il suo Malaussène è un caso.”
>
> Rabdomant

# 20.

La cosa più incredibile è che di tutto questo io non sapevo niente. Ne parlo qui solo a posteriori. Ordine di È Un Angelo: A Benjamin non dobbiamo dire niente. Thérèse approva: D'accordissimo, ha già tribolato abbastanza da giovane. (Pare abbia usato proprio la parola "tribolato".) Signor Malaussène si è accodato: E poi ha già abbastanza rotture di coglioni con i suoi vevé! Maracuja ha dichiarato semplicemente che se solo avessi saputo qualcosa si sarebbe ammazzata. E Verdun l'incorruttibile, persino Verdun ha dato la sua benedizione a questa gigantesca balla familiare. Nella mia tribù tutti sapevano. Sapeva Clara, sapeva Louna, sapeva Jérémy, sapeva Il Piccolo (che ormai è più alto di me di una bella spanna), sapevano Gervaise, Ludovic, Théo e Hadouch, sapevano tutti tranne me. Persino Julie l'ha saputo! Per bocca di Gervaise. Parlarne a Julie era per Gervaise come confidarle una verità che mi spettava di diritto e che però mi avrebbero dovuto comunicare più avanti, quando fossi stato in grado di digerirla. Dove collocava Gervaise la frontiera di questa mia disposizione ad accoglierla? Alla vigilia della mia morte? Che idea si faceva della mia capacità di incassare i colpi? E Julie, così realista (Benjamin, siamo solo una somma di intenzioni e di atti, nient'altro; negarlo vuol dire diventare matti!), perché diavolo Julie si è fatta tirare in mezzo? Tutte domande che mi hanno guastato un bel po' di notti. Mi dicevo: la verità si nasconde ai bambini perché sono troppo piccoli e agli anziani perché sono troppo vecchi. Di sicuro, per quel che mi riguardava, non potevo annoverarmi nella prima categoria.

Vabbè.

Quanto alla maniera un filino brutale con cui ho appreso la suddetta verità, avrei potuto evitarla se solo i miei me l'avessero somministrata per vie naturali.

Ma questa è un'altra storia.

E verrà fuori a tempo debito.

Al punto in cui ci troviamo, dunque, io non so niente. Siamo all'indomani della sparatoria, e non so niente.

Sentendo la raffica, Maracuja si è lasciata scivolare a terra, molle come uno straccio, dalle mani dell'uomo convinto di tenerla. Colto anche lui alla sprovvista dagli spari, l'uomo ha mollato la presa per una frazione di secondo. Che è bastata perché Mara gli sfuggisse. Rotolando lungo gli scalini di ferro ha falciato le gambe dei cugini che senza volerlo le sono andati dietro. Tutti e tre sono ruzzolati in fondo alla scala, con il sacco della spazzatura sempre in testa. Il tipo con il passamontagna che spingeva i ragazzi è rimasto in piedi. Ci vedeva, lui.

"Facciamoli fuori!" ha sbraitato quello che stava in cima agli scalini.

I due hanno sguainato le armi, ma il primo è stato colpito alla spalla dal proiettile di Titus e gli è caduta la pistola. L'altro è partito alla carica.

"Cazzo, guarda, hanno beccato Gérard!"

Risposta.

Contrattacco.

"Teliamo!"

Correre, piegati in due fino all'auto. Proiettili che rimbalzano ovunque. Cemento scheggiato, scintille, sibilo degli spari. Hanno appena raggiunto la macchina quando un pazzo corre verso di loro con due pistole sguainate.

"Il piede! Cazzo, il piede!"

Un istante prima di richiudere la portiera, quello con un proiettile nella spalla se ne becca un altro nel piede. Ci son giornate che vanno così...

Chiave di accensione.

Rombo del motore.

Quanto sarà durato? Venti secondi, a dir tanto. Nessuna macchina, nessun testimone... E un tale silenzio, all'improvviso!

Di sotto, la ragazza con i polsi sottili si è slegata. Si è strappata via il sacco della spazzatura. Prima ancora di liberare i cugini, si è gettata sulla pistola rimbalzata in fondo agli scalini ed è passata al contrattacco, con l'arma puntata verso l'uscita, in alto.

Sulla spianata, adesso, Titus è solo per Silistri:

"Joseph! Joseph!".

Manin salta giù dal pulmino e si fionda verso le scale. È accolto da tre colpi d'arma da fuoco. Due dei proiettili lo beccano. Uno attraversa la spallina sinistra del cappotto di cachemire, l'altro strappa la cintura. Manin sente un bruciore all'anca. Fa appena in tempo a buttarsi di lato. Non fa fuoco, però. Si limita a gridare:

"Non sparate, siamo della pula. Quella vera, stavolta!".

"Sì, tua sorella!" risponde Maracuja. "Fatti un po' vedere, pulotto vero, dai, avvicinati!"

"Cazzo, Mara, sono insieme al tuo padrino!"

A sentirsi chiamare per nome da quella voce che non conosce, Maracuja è incuriosita. E anche dall'allusione al padrino. Ma il padrino non ha tempo. Ha spostato la banda chiodata e ha caricato Silistri in macchina. Passando davanti a Manin, il padrino urla soltanto:

"Portali ai Frutti della passione!".
"Ai che?"
Qui interviene Signor Malaussène:
"Ai Frutti della passione, tranquillo, sappiamo noi dov'è".
Maracuja ha abbassato la pistola. Libera i cugini. Là in alto, Manin sporge il naso con prudenza.
Trent'anni di amicizia si dissanguano sul sedile posteriore dell'auto di Silistri.
"Non te ne andare, Joseph, aspettami, Dio santo!"

La notte prima, insomma, Maracuja, È Un Angelo e Signor Malaussène avevano rischiato di farsi accoppare, adesso erano nascosti ai Frutti della passione e io non lo sapevo. Silistri era fra la vita e la morte e non lo sapevo. Julie, anche lei all'oscuro di tutto, mi aveva accompagnato alla stazione dei TGV di Valence prima di andare a trovare il vecchio Rabdomant per aiutarlo con il suo libro. Mi apprestavo ad accogliere i ragazzi, che per quel che ne sapevo stavano tornando dai quattro angoli del pianeta. Fra due giorni sarei andato a prendere Signor Malaussène a Roissy! Belle notizie che lenivano la prospettiva deprimente della ripresa del lavoro. Sentivo già la mancanza del Vercors e di Robert, però stavano per tornare i ragazzi. Ero già provato al solo pensiero dei miei vevé, però avrei ritrovato Sigma, Nange e Mara. Vivere significa passare il tempo a riempire i due piatti della bilancia.
Ero seduto nel TGV, pronto a dare una pigra sfogliata al quotidiano. Ha questa fissa, Julie, di farmi comprare i giornali ogni volta che mi mette su un treno!
"Il paesaggio mi è più che sufficiente, Julie."
"Uno sguardo al paesaggio sociale male non ti farà."
Il caso Lapietà era il titolo di prima pagina. Non solo del mio giornale, ma di tutti i giornali della carrozza, di qualsivo-

glia tendenza: IL MANIFESTO DEI RAPITORI. A caratteri cubitali. Stuzzicati dalla curiosità, i viaggiatori andavano alla pagina che riportava per intero il suddetto manifesto. Espressioni indignate, commenti risentiti (Ma la polizia cosa fa?)... Rari i sorrisi. È il classico testo alla cui lettura ciascuno prende la misura di se stesso. Per quel che mi riguarda, pensavo che aveva tutta l'aria di una mozione studentesca (di un genere di studenti di cui eravamo convinti si fosse ormai perso lo stampo da una trentina d'anni). Il riferimento al preambolo della Costituzione del '46 mi emozionava. Il refrain sulla contrapposizione carità/solidarietà attirò la mia attenzione. L'idea di accollare per intero al nostro governo sedicente socialista "lo scorno del primo *rapimento caritativo* della storia della giustizia" mi divertiva. L'happening sul sagrato di Notre-Dame prometteva bene. Se però, mi dicevo, gli autori di questa farsa si fanno beccare – cosa che mi sembrava inevitabile –, per loro sono cazzi. In periodi di grande viltà, gli allegri intrepidi vengono passati per le armi. Questa prospettiva fu sufficiente a farmi tornare al paesaggio. Laggiù, a est, il massiccio del Vercors scorreva via come un addio. Ripensavo alle ingiunzioni di Alceste: "Il vero coraggio, Malaussène, è ridiscendere a valle. Smazzarsi l'Uomo, ecco il sacrificio supremo!".

Be', eccoci qua.

Imboscato esattamente dietro di me, tra il sedile e la parete dello scompartimento, Julius faceva finta di essere morto. Ha qualcosa di eccezionale, la capacità di quel cane di rendersi invisibile. Ci sono alcune circostanze in cui Julius sparisce completamente. Fra queste, i viaggi in treno. Appiattito come una sottiletta, si confonde con il grigio della moquette. Invisibile, il cane. A malapena respira. Di conseguenza, niente supplemento da pagare. Resta solo l'odore. In genere lo attribuiscono a me. Quindi, per giunta, niente vicini di posto. Tranne quella sera. Il tipo che avevo seduto accanto non sembrava infastidito. Era un marcantonio d'uomo, tatuato, capelli grigi, nuca dritta e rasata, abbronzato, profilo aquilino, occhio fisso, giubbotto di pelle. Sulla sessantina, ma una sessantina inossidabile. Niente niente si portava dietro l'Harley Davidson in valigia. Cosa curiosa, aveva mani da bambino e la Legion d'onore appuntata al giubbotto. Anche lui era immerso nella lettura del manifesto. Leggeva e non fiatava. Non cercava di attaccare bottone. Il che era perfetto per il mio desiderio di paesaggio.

Il quale paesaggio, superato il confine della Drôme, mi addormenta sempre.

Abbioccarmi in treno, al cinema, a teatro o mentre leggo è una voluttà cui non rinuncio mai.

A svegliarmi non fu il controllore, ma un abbagliamento. Intorno a me era tutto un crepitio. Raffiche di flash. Un vero e proprio plotone di esecuzione. Mi sono svegliato di soprassalto, con la mano davanti agli occhi. Il cuore aveva dato l'allarme. Il vicino di posto mi strinse il braccio:

"Li scusi, figliolo, sono qui per me".

Figliolo?

In effetti il bersaglio di quella muta di fotografi era proprio lui.

"Reverendo, guardi da questa parte."

"Un sorriso, Reverendo!"

"Qui, Reverendo, qui!"

Finché non è sbucata una troupe televisiva.

"Fuori dai piedi, paparazzi, lasciateci lavorare adesso!"

Una telecamera, un microfono peloso che pare un tasso impalato, un giornalista televisivo strafamoso di cui avevo scordato il nome ma che pronunciò quello del Reverendo.

Il reverendo Courson de Loir, porca vacca!

In persona.

E in seconda classe.

Mica riconosciuto, devo dire. L'avrò visto una o due volte nella vita, in fotografia.

GIORNALISTA: Allora, Reverendo, domani, questo riscatto, sul sagrato di Notre-Dame?

COURSON DE LOIR (*voce tonante da metropolitana sotterranea*): Il sagrato di Notre-Dame fu un palcoscenico medievale, non è un buon motivo per farne un circo contemporaneo.

GIORNALISTA: Significa quindi che non riceverà lì l'assegno del riscatto?

COURSON DE LOIR: Né lì né altrove. Mai e poi mai la Carità si nutrirà del denaro del crimine. (Sì, proprio la frase esatta che più tardi Verdun mi dirà esserle riecheggiata in testa durante l'interrogatorio di Balestro.)

GIORNALISTA: Rifiutando il riscatto non c'è il rischio di pregiudicare la liberazione di Georges Lapietà? Se non addirittura di metterne a repentaglio la vita?

COURSON DE LOIR: Significa soprattutto non comportarmi da complice di coloro che l'hanno rapito. Le sembro forse un ricettatore?

GIORNALISTA: Sicché, come si figura il seguito degli eventi?

COURSON DE LOIR: Lascio che sia la polizia a figurarselo.

GIORNALISTA: Ma...

COURSON DE LOIR: Fine dell'intervista. Adesso faccia la questua fra la sua troupe e il resto del vagone per le mie opere pie.

Il giornalista fece una risata forzata. Anziché andare a fare la questua, si rivolse a me, che me ne stavo con lo sguardo ostinatamente fisso alla campagna che scorreva via. Mi piazzò sotto il naso il microfono peloso. Ricevetti la sua domanda sotto una doccia di luce.

"E lei, signore, cosa ne pensa del caso Lapietà?"

Omminchia!

Rispondergli che non ne pensavo niente? Che mi rifiutavo di pensarci? Che preferivo paesaggiare? Che mia sorella era la giudice istruttore preferita dell'ostaggio? Pregarlo di metter via il suo armamentario e di spegnere quel riflettore, dirgli che mi abbagliava che io odiavo la tivù? Questo ovviamente avrei dovuto fare. E invece mi sento ancora rispondere:

"Penso alle famiglie".

GIORNALISTA: Alle famiglie? Alla famiglia Lapietà? Alle famiglie degli ostaggi in genere?

IO: Più che altro a quelle dei rapitori. Forse in questo momento non sanno ancora cos'hanno fatto quei ragazzi, ma quando li prenderanno, cosa che mi pare inevitabile, per i familiari sarà terribile.

GIORNALISTA: Che cosa le fa pensare che si tratti di ragazzi?

IO: Il contenuto del manifesto! Conosce un solo adulto, oggi, specie fra i nostri uomini politici, che possa mostrare un tale grado di coscienza sociale?

Ma taci, coglione! Che ti piglia? Chiudi quella ciabatta. Che a te non te ne frega un cazzo, ricordatelo. Cos'è, ti prendi per Alceste? Con chi te la vuoi tirare?

Di fatto, mi sono sorpreso a *non poter fare a meno di rispondere*! Come il primo pirla a cui mettono un microfono sotto il naso: sono un francese, io, e dico quello che penso, e quelli erano della tivù, capito.

Fiutando una possibile polemica, il giornalista tornò a Courson de Loir.

GIORNALISTA (*ironico*): Cosa ne pensa, Reverendo? Compatisce anche lei la sorte dei rapitori?

Courson de Loir, che si era rituffato nel suo giornale, lo abbassò di colpo.

"La questua, le ho detto! E, per penitenza, in tutte le carrozze del treno!"

# 21.

Il resto della notte sono lacrime e sangue. Le lacrime di Maracuja appena seduta nel pulmino di Manin. Le lacrime mute di Mara fino all'alba e il sangue di Silistri fin sotto il pedale dell'acceleratore premuto da Titus. Anche qui, frasi da film:

"Cazzo, Joseph, non te ne andare, rimani con me!".

Maracuja piange il suo Iuc. I bastardi che si sono fatti passare per sbirri della BRB hanno preso il padre e il figlio. Iuc e Lapietà. Con loro avevano intenzione di prendere anche i tre cugini, ma il destino ha deciso diversamente.

Quel che Titus urla al cellulare è che sta arrivando con Silistri.

"Prepari tutto, Postel, arriviamo!"

È impossibile, rispondono dall'altra parte, siamo ormai in pensione.

"Da due anni, Titus!"

Titus dice che non gliene frega una mazza, che sta arrivando e che forse arriverà con un morto.

"Le ho visto resuscitare dei morti, dottore."

"Ero attrezzato allo scopo, all'epoca!"

Mara si maledice per aver fatto lo straccio molle fra le mani del tipo che la teneva. Non avrebbe dovuto lasciarsi cadere sulla scala dello studio di registrazione ma salirla di corsa e fiondarsi con la banda fino alla macchina, non abbandonare Iuc, santo Dio, Iuc, cosa può fare Iuc senza di lei, cosa può fare Iuc contro delle merde del genere, che a momenti ci seccavano, che quando Lapietà ha rifiutato di seguirli hanno messo un taglierino sotto il naso a Iuc. Sicuro che quelli erano capaci di mozzargli il naso!

"Come mi chiamo, Joseph?" urla Titus facendosi tutti i semafori rossi, "come mi chiamo? Mi son scordato il mio nome, me lo dici come mi chiamo, me lo fai 'sto favore, cazzo! Come mi chiamo, Joseph?"

È la stessa notte in cui le parole di Lapietà proseguono il loro corso tumultuoso fra le orecchie della giudice Talvern. Adesso lui parla al figlio, e fa l'elogio dei fondi pensione.

"È questo che dici Iuc, eh? Che tuo padre affossa il nostro sistema previdenziale arricchendosi con i fondi pensione! Be', pensa un po' che è la pura verità! E per giunta in nome della giustizia! Abbasso la pensione e viva i fondi pensione! Lascia che ti racconti la storia di Pandora McMoose, ragazzo mio, che nel suo cottage del Wyoming va ormai per i centoquattro anni. Il vecchio McMoose aveva investito nei fondi pensione nel 1925. Quattro anni prima della crisi del '29. Tutte le azioni sono crollate, come ben sai, poi tutto è risalito, e pure la coppia McMoose, come un galleggiante sulla storia finanziaria degli Stati Uniti d'America. Oggi Pandora (vedova da trentacinque anni) si becca centocinquantamila dollari l'anno! Dodicimilacinquecento dollari di pensione al mese! E non sono né le tasse dei figli né quelle dei nipoti a finanziarla, ma i fondi pensione di Pandora e del vecchio Moose! È grana loro, non dei figli. Massimo rispetto per i McMoose, ragazzo mio, che per assicurarsi una vecchiaia serena non hanno mandato i figli sul marciapiede! Come invece toccherà fare a te in nome del sacrosanto principio della pensione alla francese!"

Non può sapere, Georges Lapietà, che la prole di Iuc

– quindi suo nipote o sua nipote – è già in marcia nella pancia di Maracuja. Nessuno lo sa, del resto. Neppure Mara. Nella mente di Mara, quel figlio è ancora soltanto un desiderio. Silistri perde il sangue della sua vita mentre la vita sboccia in incognito sotto il vestito thailandese di Maracuja. Un figlio?, aveva scherzato Iuc, un bel pupo che ci assicuri la pensione? Pronti, via... Maracuja sente la mancanza di Iuc. Del futuro bambino lui aveva anche detto: Sarà il nostro presente e poi il nostro passato. Maracuja sente la mancanza della voce di Iuc, e piange sempre più forte.

"Non venga da me," dice Postel a Titus dopo averlo richiamato, "vada all'obitorio del quai de la Rapée, lì troverà l'infermiere Sébastien che è già al corrente. Magari io sarò già lì, sono per strada."

Curva a manetta, direzione obitorio della Senna.

"Mi descriva le ferite."

Cosa che Titus fa, alla bell'e meglio. Ma la linea sfrigola, gorgoglia e alla fine cade.

"L'obitorio della Senna, Joseph, non ti ricorda niente?"

Ai tempi, era lì che il dottor Postel-Wagner smontava i morti e rappezzava i vivi. Ogni tanto faceva pure partorire. Titus e Silistri gli avevano fatto da infermieri per qualche giorno.

"Joseph, dimmi che te lo ricordi! L'obitorio di Postel-Wagner! È lì che è nato Signor Malaussène, Sigma, il figlio di Benjamin, ti ricordi?"

"Cos'è I Frutti della passione?" chiede Manin ai suoi passeggeri, "un albergo?"

"Un orfanotrofio," risponde È Un Angelo consolando Mara raggomitolata sulla sua futura pensionc.

Manin non si capacita di vedere piangere come una fontana questa ragazza che poco prima gli sparava addosso con una .45, questa ragazza che per dirla tutta a momenti lo ammazzava. Sente un bruciore al fianco. Si domanda se il proiettile l'ha solo graffiato o l'ha proprio preso. In ogni caso è la prima ferita di guerra e gli fa un male cane. Nadège gli cadrà fra le braccia, probabilmente svenuta.

"Un orfanotrofio?" domanda Manin.

"Diretto da mia madre," risponde Sigma.

"Da una delle sue *due* madri," corregge Nange.

Forse proprio in quel preciso istante la parola "orfanotrofio" rimane impigliata nella rete della giudice Talvern.

"Tasse, tasse," dichiara Georges Lapietà al figlio, "preferisco tassarmi da solo anziché ingrassare quei fannulloni del ministero delle Finanze. Cosa ne sai tu di come li ridistribuisco i miei soldi, Iuc? Vuoi che me la tiri un po'? Che ti faccia l'elenco delle mie fondazioni, delle mie opere pie, della gente che aiuto, degli orfanotrofi che ho aperto nel mondo per esempio? A Phnom Penh, a Samobor, a Peyrefitte, Dublino, Abengourou, Bucarest, Canindé, Napoli..."

Tutto questo banco di parole rimane impigliato nella rete della giudice, la parola "orfanotrofio" e i nomi delle città menzionate da Georges Lapietà... Al punto che la giudice Talvern si tira su a sedere sul letto, completamente sveglia questa volta. Ripensa a Balestro, ai passaporti di Balestro, alle destinazioni di Jacques Balestro, alias Ali Boubakhi, Fernand Perrin, Philippe Durant, Olivier Sestre, Ryan Padovani...

"Due madri?" chiede alla fine Manin.

"Sì, e Mara due padri," conferma Signor Malaussène. "Li chiama Pa e Pa, per evitare confusioni. Prenda la prossima a sinistra."

In realtà Sigma cerca di rilassare l'atmosfera, di strappare un sorriso a Mara ricordandole la mitica notte del suo concepimento (momento topico delle festone familiari), ma niente da fare, tutti tacciono. Le lacrime di Maracuja colano fra le dita di È Un Angelo.

"Piano," supplica Titus.

Lui e l'infermiere Sébastien tirano fuori Joseph Silistri dall'auto. Lo spostano un millimetro alla volta.

"Non è morto," mormora l'infermiere Sébastien.

Certo, pensa la giudice Talvern a proposito di Lapietà, sui fondi pensione il suo è un ragionamento specioso. Recita la vulgata. Sa benissimo che da un punto di vista antropologico la sopravvivenza della specie è impensabile senza la solidarietà intergenerazionale. È la fine della specie umana se, a un certo momento, i figli non danno da mangiare ai padri, e lui lo sa benissimo. Bisogna che faccia sentire questo pezzo a Benoît Klein, si dice ancora. E a Titus quello sugli orfanotrofi.

Ma, all'improvviso Verdun in lei rizza le orecchie.

Spegne il registratore.

Si leva le cuffie.

Rumori di sotto.

Sono tornati.

Verdun getta registratore e cuffie sul letto, si infila il kimono e sopra una vestaglia, allacciandosi la cintura mentre scende le scale.

Intanto Postel è arrivato. L'infermiere Sébastien prepara Silistri sul tavolo di dissezione. Titus sente parlare in puro gergo chirurgico:

"Ho suturato il cuoio capelluto un po' alla spera in Dio, ma ha perso molto sangue".

"Il resto?"

"Frattura comminuta della spalla destra, con frammenti ovunque. Due ferite perforanti trasversali dell'emitorace destro, piuttosto esteriori. Uno dei proiettili ha sfiorato la costola, le è scivolato sopra come su una barriera di sicurezza. Organi vitali risparmiati, credo. Torace soffiante, ma siamo stati fortunati che durante il trasporto la giacca ha fatto da cuscinetto. Settanta di pressione, polso debole."

"Emopneumotorace?"

"Temo di sì," conferma Sébastien. "Grosso rischio di emorragia interna."

"Forza, drenaggio toracico: xilocaina 1%, povidone iodio, siringa con ago montato, bisturi, trequarti con mandrino, pinza di Adson, tubo di drenaggio 36 o 40 F."

"Pronto. Trentasei, non ho altro."

"Va bene."

Titus vede le dita di lattice di Postel entrare nel corpo dell'amico infilandosi dai buchi aperti dai proiettili; ne estraggono pezzi di stoffa e mezzo bottone, che l'infermiere Sébastien ripone come reliquie.

"Preparate il tubo di drenaggio, la siringa, il tubo di aspirazione e le sacche per l'urina; ora dreniamo e lo recuperiamo."

"Ok, dottore. Autotrasfusione, ci siamo."

Sì, di sangue quella notte ce n'è stato in abbondanza. È la prima cosa che Verdun vede dietro i quattro ragazzi arrivati ai Frutti della passione, la lunga scia lasciata da quel giovane che non conosce (probabilmente l'ispettore Manin) e la gamba dei suoi jeans incollata alla pelle dalla coagulazione:

"Gruppo sanguigno?" domanda Postel a Titus.

"A+," risponde Titus. "Come me, siamo compatibili."

"Come i due piccioni della favola di La Fontaine," borbotta Postel ravanando sotto il fianco di Silistri.

"Lo sa che è ferito?" chiede Verdun al tenente di polizia Manin.

"Sì, sì," risponde distrattamente Manin.

Voltandosi, però, vede la propria scia da selvaggina sanguinante e sviene.

"Stendetelo su un tavolo del refettorio," ordina Gervaise appena arrivata con Clara.

Nange e Sigma obbediscono.

"Trovatemi un paio di forbici."

"Dove sono Titus e Silistri?" chiede Verdun.

E a quel punto viene a sapere tutto: che Lapietà è stato di nuovo rapito, questa volta con il figlio, questa volta da professionisti, che c'è stata una sparatoria, che Silistri è stato gravemente ferito, che forse è morto, che con Silistri e Manin lei ha perso due terzi degli effettivi, che la trovatona dei tre deficienti che le stanno di fronte si è trasformata in una tragedia, che tutto sta per complicarsi alla grande.

Gervaise ha recuperato il cappotto di cachemire strappato di Titus e ha tagliato la gamba dei jeans di Manin di cui Clara ha fotografato la ferita.

"Allora?" chiede Verdun.

"A posto, l'osso non è stato toccato. Bisogna solo pulire e ricucire."

"Chiedetelo a Ludovic."

Ecco, il summenzionato Manin se la caverà senza problemi.

Non è così per il commissario di divisione Silistri, il cui cuore si è fermato.

"Frigorifero," ordina Postel.

Titus vede l'amico sparire nella cella frigorifera, come inghiottito dalla morte in persona. Accenna un gesto.

Postel gli trattiene il braccio.

"Niente panico, vecchio mio, al freddo si muore più lentamente. Ne approfittiamo per cauterizzare in quattro e quattr'otto le ferite toraciche. E poi facciamo ripartire la macchina."

Già che c'è, chiede a Titus:

"Le ecchimosi in faccia e sulle nocche cosa sono?".

"Non c'entrano, una scazzottata a inizio serata."

"Alla sua età?"

Mentre Ludovic ricuce la maniglia dell'amore di Manin (quanto sono abili in quel genere di ricami i ditoni enormi di Ludovic!), Verdun si volta verso i tre superstiti. Maracuja, È Un Angelo e Signor Malaussène se ne stanno lì, pietosi resti di un drappello alquanto decimato. Verdun non è in grado di parlargli. Nemmeno una parola. Non fa nessuna domanda. Lo conosce bene questo silenzio saturo ereditato dal vecchio Thian. Prima di finire in braccio all'ispettore Van Thian, sua provvidenziale bambinaia, Verdun neonata attaccava a urlare appena sveglia. Tutti pensavano che fosse la fame, e invece no, era il risveglio. Partiva come una sirena municipale. E nessuno sapeva come spegnerla. Verdun dava l'allerta al mondo, ininterrottamente. Quando urlava così, come se annunciasse un bombardamento (e davvero in quel momento di bombe senz'altro ne cadevano, da qualche parte sulla Terra), a volte Jérémy richiudeva con un colpo secco il cassetto dove le avevano sistemato la culla. (Benjamin ci aveva fatto dei fori con il trapano perché potesse respirare.) Verdun, insomma, tace di un silenzio conquistato sulle proprie urla contro il petto rassicurante dell'ispettore Van Thian. Da allora sono i suoi occhi a urlare. Uno sguardo davanti al quale preferiresti non essere mai nato. Nessuno dei tre superstiti osa battere ciglio, né spiccicare parola.

E 'sta scema, nel suo vestito thailandese, che è pure incinta!

Ecco qua, Verdun è la prima a individuare il nuovo venuto nella pancia di Maracuja. Qualcuno abita dentro Maracuja, che non è già più lei, Verdun lo sa.

Ci mancava solo questo, pensa. Appena diciassette anni! Degna erede della mamma! La futura madre Malaussène! Che razza di famiglia, con 'sta mania della riproduzione! Ubriachi fissi della vita, sono! Si propagano come rovi, i Malaussène! Combattere la loro proliferazione è come voler trasformare l'Amazzonia in un giardino alla francese!

Verdun non riesce a distogliere gli occhi da Maracuja.

Tanto che Mara soffia come un gatto preso in trappola.

"Che c'è?"

Per fortuna Ludovic ha finito i suoi lavori di cucito e mormora all'orecchio della moglie:

"*Da gousket, karedig*".

Verdun si scuote. Il suo bretone ha ragione. Andare a dormire, sì.

Clara e Gervaise finiscono di medicare il fianco al tenente Manin.

"*Bezañ kousket*," insiste Ludovic, che indugia con la manona sulla schiena della moglie prima di sparire nel calore del locale del forno:

"*Hennez eo ar penn*".

Ha ragione, una bella dormita, ecco cosa ci vuole. In fondo sono solo le cinque del mattino.

## 22.

L'indomani, domenica, la scena principale non si svolge come previsto sul sagrato di Notre-Dame alla fine della prima messa del mattino, ma tre ore dopo, a poche centinaia di metri da lì, nell'ufficio assai poco gotico di Xavier Legendre, capo dei servizi attivi della polizia giudiziaria.

"Reverendo, con i suoi superiori avevamo convenuto diversamente!"

Legendre è fuori di sé, cosa che ha sempre avuto l'effetto di incorporarlo ancora di più nel suo completo antracite. Legendre è una piccola palla di rabbia, calva e setosa, dalle scarpe impeccabilmente lucidate. Il Reverendo, invece, rimane il Reverendo in qualunque circostanza, cuoio, tatuaggi, stivaletti e Legion d'onore.

"Figliolo, per quel che mi riguarda sono ben poche le cose su cui convengo con i miei superiori."

Legendre non è in vena di girarci tanto intorno. Né di lasciarsi impressionare da quella voce di bronzo.

"Lei doveva ricevere pubblicamente il riscatto! Avevamo il formale assenso dell'arcivescovo!"

"Il quale sapeva del mio netto rifiuto."

Non contento di rifiutare il ruolo assegnatogli dal manifesto dei rapitori, il Reverendo ha pregato i signori Ménestrier, Vercel, Ritzman e Gonzalès di non assistere alla funzione.

"Non avevo alcun motivo per infliggere loro l'umiliazione di un rifiuto pubblico."

"È il colmo!" tuona Legendre. "È veramente il colmo!"

"Il colmo di cosa, figliolo?"

"Lei doveva accettare di ricevere l'assegno! Ho stabilito questo piano appena è stato diffuso il manifesto! Ne ho dato comunicazione al ministro, ho ottenuto il suo via libera, ho predisposto gli effettivi necessari, ho fatto collocare sul sagrato di Notre-Dame una batteria di telecamere per filmare con discrezione i curiosi che avessero assistito alla consegna del riscatto! Il sagrato era stracolmo, c'erano altissime probabilità che uno o più membri della banda fossero tra la folla, potevamo acciuffarli, e lei..."

Riprende fiato:

"Lei annuncia, *sin dall'introitus*, che la rimessa dell'assegno non ci sarà! Risultato, la notizia si diffonde, il sagrato si svuota, e l'intera operazione va a rotoli! Questo, Reverendo, si chiama intralcio alle indagini!".

"In effetti, non ci avevo pensato."

"Non ci aveva *pensato*?"

Adesso il Reverendo si staglia davanti alla finestra. Laggiù invece, imponente, è Notre-Dame a stagliarsi. Il Reverendo rivede la scena. Stamattina la sua dichiarazione ha bell'e che svuotato la chiesa. "Che coloro che sono venuti qui per assistere alla conclusione di un fatto di cronaca se ne tornino a casa; il sacrificio della messa non può essere il teatro dell'attualità!" Nel giro di cinque minuti Notre-Dame era vuota. Escono i mercanti dal tempio, in un gran trambusto di attrezzature fotografiche d'ogni genere, treppiedi, giraffe, zaini... Non era rimasto neppure il minimo livello di magra dei soliti fedeli, che quella mattina nella cattedrale non avevano trovato posto.

Il Reverendo fa un lungo sospiro.

"Qual è il prezzo?" chiede.

Legendre è costretto a rivolgersi a una schiena di pelle nera. E su quell'uomo la pelle è acciaio.

"Prego?"

"Per l'intralcio alle indagini, qual è il prezzo da pagare, figliolo? Devo andare per qualche mese a esercitare il mio ministero in una delle sue prigioni?"

A questo punto il Reverendo si volta:

"Dopo tutto, sono luoghi che mi si addicono, pare che siano piene di pecorelle smarrite e di ottimi tatuatori".

Legendre è furibondo. Il Reverendo in prigione? E perché non Lapietà a dire messa, allora? Quel blocco di santità sa benissimo di non rischiare niente!

"Mi dica almeno le sue motivazioni, Reverendo! Almeno quali sono le sue motivazioni!"

"Le saprà dal telegiornale dell'una. Quelli della tivù stanotte mi hanno braccato fin sul treno, mentre tornavo a Parigi."

"Temo di non capire... (*Come sempre quando uno capisce fin troppo bene*) Lei non ha comunicato *a me* il suo rifiuto di accettare il riscatto, ma lo ha spiegato ieri sera in una *intervista televisiva*?"

Sì, fa la testa del Reverendo:

"Ciascuno insegue il proprio scoop, figliolo. Ci tenevo a essere il primo, stamattina, a parlare alle mie pecorelle, e la tivù ci tiene all'esclusiva delle mie motivazioni...".

"Che sono?"

"Se non le indovina da sé, le saprà come tutti dal telegiornale dell'una."

Poi, come uno che torna indietro per la semplice ragione che la passeggiata è finita:

"E come sta suo suocero? Contento di essere in pensione? Mi manca, a volte, il caro Rabdomant. Un poliziotto di grande saggezza. Si figuri che un giorno...".

Quella domenica mattina, quando sono sceso per farmi il caffè – Julius il Cane già a zonzo per Belleville –, la Ferramenta mi è sembrata più vuota dell'altopiano del Vercors. Del vuoto lasciato dopo che è passata la vita. Non che mi aspettassi di sentire riecheggiare ancora le imprecazioni di Jérémy, le rimostranze di Thérèse, le urla di Verdun, non che cercassi il sorriso di Clara o la schiena del Piccolo chino sin dal mattino sui suoi disegni, ma insomma tutto questo c'era stato e adesso non c'era più. Passate anche le corse di Maracuja e di Signor Malaussène, i loro giochi di bambini, i loro litigi di adolescenti, la voce conciliante di È Un Angelo, le pacche filiali di Sigma:

"Ciao, vecchio padre, fatto buoni sonni?".

Ferramenta vuota. Il silenzio delle case è pieno di tutto quello che si sentiva prima.

Era già capitato che mi svegliassi qui senza nessuno intorno, ma non avevo mai avvertito a tal punto gli effetti della solitudine. Nella Ferramenta mancava qualcosa di più della nostra vita passata, era un'assenza che scavava un grande meno.

Non c'era la mamma.

Niente mamma.

Dio sa se non aveva brillato per presenza, nel corso delle nostre vite, ma stavolta la ragione della sua assenza ne faceva avvertire la profondità. Di questa ragione la tribù conosceva solo il nome di battesimo:

Paul.

Paul...

Un certo Paul...

Ultimo amore di nostra madre.

Incontrato Dio sa dove, quando anche i tempi supplementari della procreazione erano già ampiamente conclusi. Un amore garantito senza riproduzione, il che era già qualcosa. Ma un colpo di fulmine comunque:

“Vedi, bambino mio, i giovani si sbagliano; è molto meglio correre negli ultimi cento metri che nei primi!”.

Tutto ciò detto tra me e lei in una sera di confidenze.

“Mi sa che hai ragione, mammina, la rifilerò ai ragazzi, questa frase, che magari rallentano un po’.”

“Sei stato un bravo figlio, Benjamin.”

“E tu non sei stata una cattiva madre, mamma.”

“Sono risposte come questa che fanno di te un buon figlio, Benjamin.”

Dopodiché sparisce a braccetto di quel Paul. Una telefonata ogni tanto, quando si ricorda di essere madre e nonna.

“Io e Paul siamo a Barranquilla!”

Che cacchio ci facevano in Colombia, la patria degli omicidi impuniti?

Che cacchio ci faceva con Paul?

Più in generale, che cacchio faceva la mamma con la mamma?

Poi, a fine giugno, poco prima della nostra partenza per il Vercors, la telefonata è arrivata da un altro posto.

“Parlo con il signor Benjamin Malaussène?”

“Sì, sono io.”

“Qui il RANA di Beaujeron-sur-Meuse.”

“Rana?”

“Ricovero Anziani Non Autosufficienti...”

“Mi dica?”

“Sua madre le vorrebbe parlare.”

“Mia madre?”

“Sua madre, che come lei sa è nostra ospite da ormai cinque mesi.”

Come sapevo? L’ironia accusatrice in quella voce! Sottinteso: E non mi dica che non lo sapeva! Oltre a non venire mai a trovarla, non aggiunga anche la menzogna all’ingratitudine filiale. D’altronde come lei ce n’è tanti, sa, ma almeno gli altri non cercano scuse e non raccontano frottole, ci mollano qui i loro vecchi perché così è la vita, sbattendosene altamente, e in un certo senso preferisco il cinismo di quei farabutti all'ipocrisia di gente come lei che vuol farmi credere di cascare dalle nuvole.

Sì, c'era proprio tutto questo nel tono di quel "come lei sa". Inutile quindi obiettare che non ne sapevo proprio un bel niente.

"Me la passi."

"Come stai, bambino mio?"

"Bene, mamma, tutto bene. E tu? Dove sei?"

"Non te l'ha detto, la signorina del centralino? Al RANA di Beaujeron."

"Beaujeron?"

"Sì, Paul è originario di Beaujeron. Perciò quando ha cominciato ad andare tanto giù, ci siamo trasferiti qui. Fortunatamente si erano liberati dei posti e sono potuta venire con lui."

"Mamma, mi stai dicendo che anche tu sei ospite di quel... di quel... di quel ricovero?"

"Certo! Il posto di una moglie è accanto al marito."

Ecco come sono venuto a sapere del matrimonio di nostra madre. Il matrimonio! Della mamma! Il suo primo e unico matrimonio! Nell'ultimo quarto d'ora della sua vita! Con quel Paul! Di cui non conoscevo neppure il cognome. Perché non ci aveva avvisati?

"Oh! Non volevo disturbarvi. Con tutto quello che avete da fare!"

E quando alla fine le ho chiesto il motivo della chiamata, mi ha risposto con voce pimpante:

"Niente, era così, solo per avere notizie. Come stai?".

# 23.

"E adesso ci dite esattamente come sono andate le cose. Esattamente, senza tralasciare niente."

Titus e Verdun hanno fatto sedere Mara, Nange e Sigma su un letto del dormitorio dell'orfanotrofio. Loro sono seduti sul letto di fronte. Madonna, sembra una scena da colonia estiva!, pensa per un attimo Titus. I due sorveglianti che torchiano tre ragazzini che hanno combinato qualche stupidaggine... Dio del cielo...

"Forza, sentiamo."

"Noi volevamo..."

"Delle vostre ragioni frega zero. Diteci cos'avete fatto, come l'avete organizzato, dall'inizio alla fine, senza tralasciare niente. Nemmeno un dettaglio."

"Da dov'è che cominciamo?"

In effetti adesso hanno proprio l'aria di tre bambini. Mara pallida, con gli occhi gonfi, e i due ragazzi che sembrano come rimpiccioliti, riportati indietro alla prima adolescenza da una brusca irruzione di consapevolezza. L'infanzia per la prima volta di fronte alla gravità delle cose.

"Il rapimento vero e proprio," propone Verdun. "Raccontateci prima questo."

Iuc aveva in testa da un pezzo di rapire il padre per il suo grande progetto estetico...

"Frega zero!" borbotta di nuovo Titus. "Il rapimento, abbiamo detto. Solo il rapimento. I fatti. Risparmiateci le vostre giustificazioni del cazzo. Come avete *fatto*?"

Avevano scelto quel giorno e quell'ora perché erano settimane che Lapietà faceva una testa tanta al figlio con la storia dell'appuntamento e dell'assegno che doveva andare a ritirare. Aveva chiesto a Iuc di trovargli una canna da pesca, un dopobarba assurdo, di prestargli la macchina, robe del genere. L'ora e il luogo dell'appuntamento, quindi, erano stati stabiliti. Oltre tutto, il posto era perfetto per un'operazione come quella, perché era una via stretta e relativamente tranquilla. Non sapevano che strada avrebbe fatto Lapietà, ma il rapimento poteva avvenire solo in rue de Chazieux, da cui doveva passare per forza per arrivare a destinazione. Iuc aveva nascosto il cellulare nella Clio e Nange l'aveva usato come geolocalizzatore. Appena Lapietà era partito, avevano seguito il tragitto sul loro schermo. Quando da rue des Archers aveva svoltato in rue des Trois-Fils loro avevano piazzato il camion.

"Il camion? Quale camion?"

"È così che l'abbiamo rapito, caricando la Clio su un camion."

"Che tipo di camion?"

Un camion da tour. Di quelli che trasportano l'attrezzatura dei gruppi rock. L'avevano noleggiato per una settimana. Aveva anche un argano e una rampa, il camion. E la Clio se l'era semplicemente inghiottita.

"E Lapietà non ha reagito?"

Mara l'aveva distratto lavandogli il parabrezza. Era un pochino scollata. Mentre lei con la schiuma gli toglieva tutta la visuale e Lapietà aspettava che passasse la spatola, da una fessura del telaio Sigma aveva iniettato nell'abitacolo una quantità di protossido di azoto che bastava ad addormentare un bue e Nange aveva fissato l'argano al telaio dell'auto.

E poi le porte erano state bloccate dall'esterno. Anche questo un lavoretto di Nange.

"E intanto Iuc cosa faceva?"

Non c'era, Iuc.

"Dov'era?"

Era all'università. Aveva delle cose da sbrigare per l'iscrizione. Tutto verificabile.

"Di che marca, il camion? Da dove veniva?"

Era un DAF, undici tonnellate, capacità di carico 30 metri cubi, noleggiato alla Peter Bernhard, una società austriaca, filiale francese con sede a Colmar.

"Società scelta in base a quale criterio?"

Un criterio affettivo, per via del nome, Bernhard, Iuc andava pazzo per Thomas Bernhard, lui...

"Frega zero. Nessun altro criterio?"

Sì, l'abitudine. Ogni volta che Iuc andava in tour, sceglieva un Bernhard. Era uno dei suoi tanti lavoretti, guidare i bestioni, caricare il flight case dei musicisti. Non si direbbe, eh, invece Iuc è secco ma è bello forte, infatti...

"Frega zero. Che combinava con i musicisti?"

Niente di illegale. Per qualche anno Iuc aveva fatto il roadie, non voleva dipendere dal padre. Scarrozzare l'attrezzatura del gruppo era il suo modo per guadagnarsi gli spiccioletti prima di cominciare a cucinare piatti di alta gastronomia e consegnarli a domicilio. Come autista faceva squadra con un altro, sempre lo stesso...

"C'era un altro autista? Il giorno del rapimento avevate un altro autista?"

Non per il rapimento vero e proprio, ma per portare giù il camion a Parigi, questo sì, e per riportarlo su a Colmar alla fine del noleggio. L'autista non aveva partecipato al rapimento, e neanche all'allestimento dello studio. Iuc e Sigma hanno la patente per i camion, a Parigi erano loro a guidare.

"Come si chiama questo autista?"

"Freddy."
"Freddy. Freddy cosa, Freddy come?"
"Solo Freddy."
"E il camion, a che nome l'avete noleggiato?"
L'avevano noleggiato a nome di Alice, la suonatrice di OMNI, la suonatrice di disco volante di cui Titus si era innamorato sulla spianata. Sì, Titus aveva presente chi era, aveva sentito la sua musica, sì, ma perché noleggiarlo a nome di quell'Alice? Perché avevano dovuto installare l'OMNI di Moullet, che oltre all'OMNI in sé comportava vari metri cubi di amplificatori. Perciò il motivo ufficiale – e verificabile – del noleggio del camion era il trasporto dell'OMNI.
"Quell'Alice sapeva di Lapietà?"
Certo che no, nessuno era al corrente. Dopo che avevano scaricato il suo materiale, Alice aveva lasciato il camion a Iuc che aveva della roba da portare allo studio, tutto qua, lei nemmeno sapeva cosa. E poi il camion era servito anche a un gruppo rock. I Nikakeu.
"Nikakeu?"
"Sta per Né Kalashnikov Né Keuf."*
"La fattura, alla fine, a che nome è?"
La fattura era a nome di Alice, ma Iuc le aveva rimborsato la metà in contanti perché lui è uno a posto. È proprio un grande, Iuc, il padre è quel che è, ma lui invece...
"Frega zero. E la macchina? La Clio? Che cosa ne avete fatto?"
Una perla infilata dietro l'altra, con Titus che conduce l'interrogatorio e Verdun trasformata in hard disk a registrare ogni minimo dettaglio per i secoli a venire.
"L'abbiamo nascosta nel box di un garage."
"Un box, quale box, di quale garage?"

* Keuf: termine gergale francese per poliziotto. [*N.d.T.*]

Indirizzo del garage, rue de Charenton, un box chiesto in prestito a un amico cui Iuc ha raccontato che durante l'estate la macchina non la usava.

"Quindi i vostri nomi non compaiono da nessuna parte? Su nessun documento? Né i vostri né quello di Iuc?"

Qui, titubanza... I tre rapitori si guardano. Tocca dire qualcosa che dovrebbe restare taciuto. Si domandano chi lo dirà. Ne farebbero volentieri a meno, ma nessuno è mai riuscito a tacere qualcosa sotto lo sguardo di Verdun. Alla fine è Sigma quello che si butta. Spiega che ufficialmente non erano in Francia. Erano altrove. Altrove? Come sarebbe altrove? Be', Mara a Sumatra, Nange in Mali e Sigma nel Nordeste brasiliano.

Titus, che non è dell'umore, vuole vederci chiaro.

"Che altra cazzata avete combinato?"

Ecco, cioè, per avere un alibi avevano dato i passaporti a tre amici che sono andati a lavorare a nome loro per le ONG che loro stessi avevano contattato. Così, se mai c'era un problema, i biglietti aerei e i contratti firmati potevano dimostrare che al momento del rapimento loro non erano a Parigi ma in capo al mondo, come peraltro credevano anche i familiari. In origine era stata un'idea di Iuc, che non voleva inguaiare Maracuja se qualcosa andava storto. Nange si è occupato dei passaporti, aveva...

Ma la porta del dormitorio si apre.

Appare Gervaise, attonita.

"Venite a vedere, in fretta!"

Da una mezz'ora il nucleo familiare della tribù è riunito nell'ufficio di Gervaise. Ci sono Clara, Thérèse, Louna, Jérémy, Il Piccolo, Ludovic, Hadouch e Théo. Qualcuno li ha chiamati a raccolta. Bisognava avvisare quelli che non erano al corrente. C'è una cosa che dobbiamo dirvi: Sono stati i ragazzi a rapire Lapietà.

I ragazzi?

I nostri, Mara, Nange e Sigma.

No?

Sì.

Ma credevo fossero nelle loro ONG.

Erano qui.

Vi rendete conto?

Tutti si rendono conto.

Ve la immaginate la situazione di Verdun?

Se la immaginano.

Gli hanno raccontato il resto, la notte che è appena passata, la sparatoria sotto la Défense, il secondo rapimento...

IL PICCOLO: Occazzo!

JÉRÉMY: Testimoni ce ne sono di quella sparatoria?

GERVAISE: No, nessuno, pare, stando a Titus e Manin, è successo tutto molto in fretta in una specie di gomito dell'autostrada A14 che non è neanche un luogo di passaggio, semmai una specie di parcheggio, quasi una strada senza uscita.

Così procede la conversazione fino a quando Théo domanda:

"E stamattina l'assegno del paracadute d'oro, il riscatto, l'hanno poi consegnato al Reverendo sul sagrato di Notre-Dame?".

"Non lo so."

"Neppure io."

"E tu, Hadouch?"

"Non vado a messa ogni domenica."

"Cosa dicono al telegiornale?"

Poiché la domanda è posta all'una in punto, accendono la televisione. È la notizia di apertura. Si sente il rifiuto categorico del reverendo Courson de Loir. Qualcuno dice: Tosto, quel prete. E pure figo, butta lì Théo. Stanno per spegnere, ma ecco che compare la faccia di Benjamin, a tutto schermo! Benjamin pacatamente intento a spiegare che lui prova gran pena per la famiglia dei rapitori.

È qui che Gervaise corre a cercare Verdun e Titus.

"Che cosa dice?" chiede Titus scoprendo Benjamin in tivù.

Benjamin fa l'elogio dei rapitori. Dichiara di preferire l'interno di quelle giovani teste a quello delle teste governanti e degli adulti in genere.

Finché la tivù non passa ad altro.

Benjamin esce di scena.

Ecco.

Si spegne.

Silenzio.

Lunghissimo.

Il primo a parlare è È Un Angelo. Un sussurro costernato.

"Non deve sapere che siamo stati noi, poveretto."

Thérèse trova una giustificazione alla Thérèse:

"D'accordissimo, ha già tribolato abbastanza da giovane".

Signor Malaussène approva:

"E poi ha già abbastanza rotture di coglioni con i suoi vevé!".

Maracuja conclude, con i pugni stretti, tutta contratta:

"Se lo viene a sapere, mi ammazzo".

Alla fine dei capitoli spesso restano delle briciole. Per esempio questa frase pronunciata dall'ex commissario di divisione Rabdomant all'altro capo della Francia, alla stessa ora, commentando lo stesso telegiornale:

"È fuor di dubbio, mia cara Julie, il suo Malaussène è un caso; se dopo un'uscita del genere non si ritrova implicato in un modo o nell'altro in questa vicenda Lapietà, significa che mio genero e la polizia francese sono molto cambiati da quando sono andato in pensione".

Per il momento, il genero in questione ha altre gatte da pelare. Il suo ministro di tutela lo tiene inchiodato al telefono:

"Solo una domanda, Legendre, e una sola risposta, per favore: a proposito di quella consegna del riscatto, perché non mi ha avvisato che il Reverendo intendeva rifiutarsi?".

"..."

"Sto aspettando, Legendre."

Oppure il breve mormorio di Maracuja, quando Titus le mostra il cappotto di cachemire – due volte bucato – che Gervaise gli ha restituito:

"E vabbè, allora non dovevi insegnarmi a sparare!".

# 7.

# La rentrée

"Devo ricordarmi di raccontarlo a Malaussène, è il genere di idiozia che lo diverte."

Alceste

# 24.

È la stessa scena di due giorni prima, ma all'alba e riavvolgendo la pellicola. Verdun seduta al tavolo da toeletta che ricostruisce il volto della giudice Talvern, spatolata dopo spatolata, con il riflesso di Titus nello specchio:

"Che cosa hai intenzione di fare?".

"Cosa vuoi che faccia? Prenderò appuntamento con il presidente del Tribunal de Grande Instance e gli presenterò le mie dimissioni."

"Con che giustificazione?"

"La stanchezza, capitano. Guardami, non ti sembro stanca?"

Verdun volta verso Titus la faccia della giudice Talvern mezza ricostruita. Titus prova una fitta di solitudine, come se avesse dissotterrato una morta.

"Vedi... Proprio distrutta," conclude rimettendosi all'opera.

Più o meno nello stesso momento, telefonata anonima alla segreteria personale del ministro della Giustizia. Una voce maschile ordina al piantone che ha alzato la cornetta di andare a prendere un quaderno di tela nera lasciato da mano ignota nei bidoni della spazzatura della mensa – Sì, bravo, la mensa del ministero, lo sai dov'è, no, testa di minchia? –, di tenere il becco chiuso se ci tiene alla pellaccia e di consegnarlo subito al ministro se ci tiene al posto. Detto, fatto, letto. Digerito lo stupore, la Giustizia richiude il quaderno, lascia che il cuore ritrovi un ritmo accettabile, alza il telefono e chiama l'Interno. Pierre, vieni subito, ci è piombata addosso una grana spaventosa! In che senso "ci" è piombata? A te, a me, al primo ministro, al presidente, al governo, a tutti noi, ti dico, e pure oltre! Se non reagiamo all'istante, ci fanno il culo a fette, ti assicuro, vieni subito prima che la cosa diventi di dominio pubblico, vieni subito e vieni da solo!

La Giustizia non ha ancora riagganciato che l'Interno è già lì.

"Che cosa succede?"

"Guarda."

L'Interno si immerge a sua volta nella lettura del quaderno di tela nera...

"Ommioddio, non ci posso credere..."

"E invece sì, è tutto vero."

La giudice Talvern esce dalla metropolitana, sale gli scalini del Palazzo di giustizia, si sorbisce l'educatissima sfilza dei buongiorno. Buongiorno giudice, risponde con brevi cenni del capo, conosce gli sguardi dopo che è passata, occhiate beffarde ai sandali, ai calzettoni, al kilt, gomitate, sorrisi d'intesa, sfottò pavidi e malleabili che si trasformerebbero in salamelecchi supini se lei si voltasse, lo sa perché tutto questo l'ha provocato lei, ma è vero che alla lunga è stancante. Sì, dai, dimissioni. In fondo, panettiera, perché no? Panettiera insieme al suo panettiere... Mollare questa fabbrica sforna arringhe per un panificio in cui durante la giornata si scambierebbero quattro parole di bretone... Che ne dici, *karedig*? Ludovic dirà che ovviamente è d'accordo, che non aspettava altro, che da quella stanchezza ci è passato anche lui, Ludovic Talvern, maggiore di lei di quindici anni, suo ex professore di Diritto dello sport, Ludovic, magistrato di sorveglianza convertito alla panificazione perché la giustizia... per quanto lui sia un colosso... alla fin fine... Ma è uno di poche parole. Le sue ragioni se le è sempre tenute per sé. Panettiere, punto e basta. E specializzato in orfani. È deciso, panettiera anche lei, *bouloñjerien*.

Dimissioni.

La giudice Talvern si chiude dietro la porta dell'ufficio, pesca nella memoria il numero del giudice del Tribunal de Grande Instance, il suo sommo capo, allunga la mano verso il telefono...

Che squilla.

E guarda un po', è proprio lui. Albin de Souzac, presidente del Tribunal de Grande Instance, all'altro capo del filo e della scala gerarchica. Le chiede di "interrompere qualsivoglia attività in corso" e presentarsi subito da lui, il che casca a fagiolo perché interrompere l'attività era proprio quello che lei intendeva fare. Non venga nel mio ufficio, venga al ministero. (Apperò!)

"Noi siamo già qui, la stiamo aspettando, le abbiamo mandato un'auto e due moto di scorta."

In effetti la Citroën di alta rappresentanza e due *gendarmes* d'ordinanza lampeggiano nel cortile del Palazzo di giustizia. Mi *stanno aspettando*. Ma chi sono? Tra poco lo scoprirò...

"Che cosa facciamo?" ha chiesto l'Interno.

"Convochiamo i nostri, diamo un bel giro di vite e scegliamo la linea della massima discrezione e della massima efficienza," ha risposto la Giustizia; "la conosci la giudice Talvern?"

"Di fama, sì, una gran racchia, dicono."

"Peggio, ma nessuno conosce Lapietà meglio di lei. E inoltre è una tomba."

Convocazione. Talvern, quindi, e il presidente del Tribunal de Grande Instance Souzac, e il procuratore generale Souzier; che su questo caso la magistratura e la procura non si scannino!

"Anche Legendre, magari, no?"

"Per forza, ma è un coglione spaventoso il tuo Legendre! Poteva almeno assicurarsi la collaborazione del Reverendo, no?"

La giudice Talvern si lascia andare in balìa dei pensieri seduta sul sedile posteriore dell'auto, senza curarsi di quel che l'aspetta all'arrivo. È anzi la prima volta nella sua carriera in cui va dal presidente Souzac senza rimuginare due o tre dossier scottanti.

Certo che quegli sbarbati... quei nipoti, quella nipote... Le sarebbe mai venuto in mente, senza di loro, di appendere la toga al chiodo? No, di sicuro no, sarebbe diventata una vecchia giudice leggendaria. Leggendaria e vecchia lo è già, nonostante la giovane età. Cos'è che le piace tanto, allora, nell'esercizio delle sue funzioni? Risposta: il Diritto. È il Diritto che le piace, questa sedimentazione della ragione sociale. Il rigore del Diritto. La legge. La matematica applicata a ciò che è informe, incerto, impulsivo, caotico, invidioso, bellicoso, scaltro, troppo rigido o contorto, all'umano insomma. Un'aggressione a mano armata con una pistola di plastica rimane un'aggressione a mano armata, sissignori! È quel che le piace del Diritto. Il Diritto è la cassaforte dove ha riposto i suoi ardori. Ogni mattina, quando entra in quella cassaforte, fa partire una doccia fredda che la raggela fino a sera. Le piace. Lucidità. Ecco il Diritto. E poi quest'altra cosa:

nessuno è *naturalmente* giudice. Essere giudice è un ruolo. Da ciò la sua armatura.

È una passione che risale a molto tempo addietro, quella della giudice Talvern per il Diritto. Lei ha succhiato la legge dalle mammelle asciutte dell'ispettore Van Thian, suo padre putativo. Thian era il braccio armato della legge. (E la balistica un bell'aiuto lo dà, al Diritto.) Ci sono volte in cui il vecchio Thian se lo ricorda benissimo. Di solito no, per niente, ma ogni tanto sì, alla perfezione, neanche fosse ancora lì a ballonzolare sul suo petto ossuto, neanche sentisse ancora fra le cosce e le ascelle le corregge dell'imbragatura di cuoio in cui la portava Thian e, vicino al cuore, la protuberanza della fondina. Ah! e poi nelle narici quel misto di Merlot e fiori d'arancio...

Così la giudice si lascia andare in balìa dei pensieri nell'auto dai vetri oscurati (questo bisogno contemporaneo di mostrarsi senza essere visti...), mentre i motosbirri fischiatori aprono la strada con gran mulinare di braccia. Di colpo, un interrogativo: che uomo di legge sarebbe stato Benjamin? Ah, questa sì che è una domanda interessante. Risposta: un disastro. Avrebbe confuso diritto, giustizia, morale e sentimento. Avrebbe sofferto al posto di tutti – ma sarebbe rimasto sempre lui. Quell'uscita, però, in tivù, sulla coscienza sociale dei rapitori! Ma dimmi tu... E la mamma nel suo RANA... Sposata... Con quel... Paul... Come si chiamava, già, il paesello? Beaujeron-sur-Meuse (!). Il giorno dopo la telefonata, a fine giugno, È Un Angelo è andato a trovarla. Lei l'ha sbaciucchiato tutto chiamandolo Pastor. Diceva a Paul: Ma guarda quant'è carino, il mio piccolo Pastor!

Nange era tornato a casa sconvolto.

"La nonna non ci sta più con la testa, proprio come il suo Paul, mi ha scambiato per un altro."

Julie l'aveva rassicurato:

"Ma no, era un paragone".

E Julie aveva raccontato Pastor a È Un Angelo, l'amicizia del vecchio Thian e dell'ispettore Pastor, la dolcezza persuasiva di Pastor, la sua personalissima tecnica di interrogatorio, gli amori infecondi della mamma e dell'ispettore Pastor, Venezia e via dicendo... Non l'hai letto *La fata carabina*, Nange?

Perché È Un Angelo, in effetti, ricorda un po' Pastor. Gli occhi. Anche lo sguardo. La voce, persino. Nange ha lo sguardo trasognato e la voce consolante di Pastor. Un certo mistero; come il defunto ispettore Pastor, Nange è uno di quegli angeli di cui ci si domanda di cosa non siano capaci...

BENJAMIN: E Paul? Che tipo è il vecchio Paul della mamma?

NANGE: Un Alzheimer tatuato. Ve lo avrei anche mostrato, ma ha la fobia delle foto.

Mia madre... quel Paul... mio fratello Benjamin e la sua disastrosa empatia... i miei nipoti che rapiscono Lapietà *a fini di installazione*! La mia famiglia... Tutti con la mania delle sorprese. Risultato: la mia passione per il Diritto.

La mia armatura.

La sua armatura...

Che dovrà abbandonare.

Così conclude nell'istante in cui l'auto si ferma nel cortile del ministero. Un gallonato le apre silenziosamente la porta: "Giudice".

Nel "noi" ci sono già tre persone: c'è Legendre, direttore dei servizi attivi della polizia (il colombaccio di Titus e Silistri), tutto solo nel suo completo di seta, c'è il capo della giudice Talvern, Albin de Souzac, *rara avis* della magistratura giudicante, e c'è anche il procuratore generale Souzier. Proprio così, Souzac e Souzier. E dire che quei due non sono tipi che mangiano nello stesso piatto.

"Giudice."
"Direttore."
"Giudice."
"Procuratore."
"Giudice."
"Presidente."
"Permette, Souzier?"

Souzac si autorizza quel che Souzier permette, infilare la mano sotto il gomito della giudice Talvern e condurla garbatamente verso una finestra:

"Solo una parola, Talvern, prima delle cose serie. Non ho intenzione di parlarne qui, ma mi lasci dire che quell'episodio dell'occhio cavato nel suo ufficio... Il *gendarme* è stato un incapace! Sanzionare, Talvern, sanzionare, quel *gendarme* deve essere silurato! Conto su di lei. E voglio un rapporto sull'accaduto. Perché se adesso ci mettiamo a cecare i... Vabbè, andiamo, credo che ci...".

Frattanto Souzier, all'orecchio di Legendre:

"Mi dica un po', Legendre, questa idea di puntare una pistola alla tempia di un dirigente d'azienda per risolvere una contrattazione salariale, cos'è, un nuovo metodo dei suoi reparti? Ha dato forse direttive in tal senso?".

E Souzac, alla fine, quasi stesse per dimenticarselo:

"Ah! Talvern, fra l'altro il cecato, là, il suo imputato, quel Balestro, si è impiccato ieri notte nella sua cella".

(Prego?)

"Ovviamente Legendre ancora non lo sa... Be', adesso bisogna che andiamo..."

"Era solo, in cella?"

"No, erano in cinque. Gli altri quattro l'hanno ritrovato così, all'alba. Impiccato alla spalliera del letto con una calza contenitiva. Amica cara, andiamo, che si aprono le danze."

La doppia porta infatti si apre, un usciere li prega di seguirli, il signor ministro li aspetta.

Non è solo.

Con lui c'è un altro ministro, l'Interno. La Giustizia e l'Interno. Niente capo di gabinetto, né tantomeno segretaria, né consiglieri. Cellula di crisi. Stretta intimità.

I tre giudici e l'alto dirigente di polizia entrano nell'ufficio ministeriale e nella fine di una conversazione.

GIUSTIZIA: Pierre, il tuo Legendre si è confermato il solito coglione grosso come una casa. Non si è assicurato la collaborazione del Reverendo e ci ha messo nella merda fino al collo.

INTERNO: Ma te l'ho detto, lui non lo sapeva che il Reverendo avrebbe rifiutato!

GIUSTIZIA: E da quando in qua per un poliziotto l'ignoranza è una giustificazione? Tanto più a quel livello di responsabilità!

INTERNO: Perché, tu ci saresti riuscito a convincerlo, quel prete? Eh, ci saresti riuscito?

GIUSTIZIA: A quel prezzo sì, credimi!

Questo è quel che sentono i nuovi venuti (compreso Legendre) prima che ci si accorga della loro presenza.

"Ah, buongiorno giudice."

"Signor ministro..."

"Souzac, Souzier, Legendre..."

"Signor ministro..."

"Prego, accomodatevi."

Dopo che si sono accomodati, viene annunciato loro che sarà annunciato loro il motivo della convocazione.

I due ministri si sono consultati prima di...

GIUSTIZIA: Prima di riunire qui due fronti antagonisti quali la Procura e il Tribunal de Grande Instance.

INTERNO: Converrete che si tratta di qualcosa di piuttosto irrituale.

GIUSTIZIA: Ma la gravità della situazione richiede una totale sinergia.

INTERNO: Questa vicenda esige infatti che si operi di concerto.

GIUSTIZIA (*indicando il quaderno nero*): In altri termini, signori, divieto assoluto di mettervi i bastoni fra le ruote sulla gestione del caso di cui stiamo per parlarvi. Spero di essere stato chiaro, Souzier.

"Chiarissimo, signor ministro."

"Souzac?"

"Intesi, signor ministro."

"Legendre?"

"Chiaro, signor ministro."

Un antipasto che va per le lunghe, pensa la giudice Talvern. La padrona di casa non è sicura che il primo sia davvero pronto. Ce ne vuole di tempo per poter dare le dimissioni. Comunque sia, non sono più della partita. Perciò la mia presenza è inutile, se non inopportuna. Non si parla di giustizia davanti a una panettiera.

Alza il dito per dirlo:

"Signor ministro...".

Ma stamattina la Giustizia non ammette interruzioni:

"Un attimo, giudice, per favore!".

E a un tratto i due ministri rompono gli indugi. La faccenda è questa, e vuotano il sacco come se rovesciassero una sporta di patate sul tavolo della cucina:

I sequestratori di Georges Lapietà non hanno apprezzato il rifiuto del reverendo Courson de Loir di ricevere l'assegno del paracadute d'oro, ieri, sul sagrato di Notre-Dame. Non solo la banda non libera Lapietà, ma ha ritoccato le richieste. Quello che sembrava uno scherzo non lo è più.

La Giustizia apre il quaderno di tela nera.

E a sentire ciò che il ministro legge ad alta voce, i motivi di preoccupazione appaiono più che fondati.

È una lista interminabile di truffe, malversazioni, prevaricazioni, atti osceni, frodi fiscali, bancarie, elettorali e contrattuali commesse nell'arco di quindici anni. Abuso di potere e di posizione dominante, insider trading, minacce varie, ricatti, nonché qualche omicidio... e qualche suicidio transitivo... con i nomi dei mandanti,

e le prove.

A sinistra della colonna dei reati compaiono infatti i nomi di coloro che li hanno commessi: esponenti politici, direttori di banca, personalità della moda, dei media, dello sport, delle istituzioni, virtuosi di facciata, preti di tutte le religioni, rappresentanti della morale istituzionale, tutte persone al di sopra di ogni sospetto e tutte ben note ai francesi, cui costoro si rivolgono quotidianamente a mezzo stampa, tweet, blog o schermo.

I nomi la Giustizia non li rivela, ma comunica ai presenti che sono scritti nero su bianco sul quaderno:

"Nomi di peso, mi credano".

E quel che ora la Giustizia legge, accanto ai nomi, è l'elenco delle somme da pagare se il governo non vuole che quelli zompino dal quaderno alla stampa o, peggio ancora, che se ne volino nel cyberspazio.

"Il che sarebbe un disastro: la stampa, al limite, la si può ancora imbavagliare, ma la Rete è come acqua, non..."

Accanto a ogni nome, la sua cifra.

E,

in fondo,

sotto la riga dell'addizione,

un totale

astronomico.

Qualcosa come il prodotto nazionale lordo del Belgio.

Questo la banda esige adesso dallo Stato per la liberazione di Georges Lapietà. No, decisamente, il reverendo Courson de Loir non avrebbe dovuto rifiutarsi di incassare l'assegno del paracadute d'oro!

Nel silenzio che segue, la giudice Talvern è l'unica a capire cos'è successo: quelli che hanno portato via Lapietà ai ragazzi devono aver pensato che, chiedendo come riscatto una somma così ridicola, quei dilettanti rovinavano la piazza ai professionisti:

"Chi sono 'sti impediti?".

"Uno così vale un botto di più!"

"Porca troia, gente, becchiamo 'sti coglioni, li eliminiamo, recuperiamo Lapietà e lo schiaffiamo sul mercato al prezzo giusto."

Questo si sono detti i malviventi. Lapietà vale infinitamente di più del suo paracadute. È un supermega ricattatore, sa tutto di tutti e i nemici li tiene per le palle. Una miniera di segreti d'oro massiccio. Lo becchiamo, ce lo cuciniamo, gli facciamo cacciar fuori i suoi traffici – *tutti* i suoi traffici –, presentiamo il conto a chi di dovere e ci intaschiamo la grana. Se lo stato si rifiuta di scucire, noi sbattiamo tutto in pubblico. È il ricatto del secolo. Del millennio, forse. E qua andiamo a colpo sicuro! Perché a colpo sicuro? Perché il grado di popolarità del governo non è mai stato così basso, uno scandalo del genere sarebbe la mazzata finale. Non possono permetterselo, ragazzi. E quindi pagheranno! Giochiamo sul velluto, signori miei, fidatevi!

Esattamente ciò che sta spiegando l'Interno.

INTERNO: L'argomento del *sono tutti corrotti* fa il gioco degli estremismi, ecco perché dobbiamo evitare di dare all'elettorato una batosta simile.

La giudice Talvern ascolta il ministro, ma quelli che sente sono i malviventi. Non solo li sente, le sembra addirittura di vederli. Nelle vene le pulsa l'eccitazione della banda. Quella specie di illusione di realtà sui progetti più deliranti, la giudice Talvern la conosce bene. La certezza del colpo vincente. In questo, i delinquenti si somigliano tutti. Gliela mettiamo nel culo, gente, non ci son cazzi, porca troia, li inchiappettiamo alla grande, e state sereni che quelli la moneta la cacciano!

I ministri non la pensano allo stesso modo, ma nelle loro raccomandazioni la giudice coglie un infervoramento non dissimile.

INTERNO: Non verseremo neppure un centesimo. Li annienteremo, quegli imbecilli. Gli strumenti li abbiamo tutti, e li useremo. Non avranno scampo!

GIUSTIZIA: Ci tenevamo a mettervi al corrente. E a darvi una triplice consegna: indagare prontamente, riferire immediatamente e tacere risolutamente. Una fuga di notizie avrebbe conseguenze personali definitive per colui che ne fosse responsabile, che la cosa venga da lui o dai suoi organi sottoposti.

INTERNO: Non siete convocati, siete mobilitati. Mi sono spiegato? Guerra totale!

GIUSTIZIA: Qui ne va niente meno che della sicurezza dello stato. Ed essa richiede una piena collaborazione tra i vostri organi di competenza! Siamo stati chiari?

La giudice Talvern sente i tre mobilitati pietrificarsi, come se le sedie del Settecento che hanno sotto le chiappe si stessero sbriciolando, riducendosi in polvere della Storia. Lei stessa è altrove. Tutta presa dall'interrogativo che le affiora alla mente: Come hanno fatto i sequestratori a ottenere quelle informazioni da un osso duro come Lapietà? Come sono riusciti a farlo cantare? E in così breve tempo!

La risposta fa gelare il sangue: torturando il figlio sotto i suoi occhi. Non sono giudici istruttori, loro, e possono permetterselo.

Con una banda del genere, Maracuja si ritroverà vedova prima del matrimonio e il figlio che ha in grembo orfano ancor prima di nascere. Proprio come Clara ed È Un Angelo, ai tempi. La giudice Talvern vede la storia della sua famiglia ripetersi all'insegna della tragedia. La monotonia nell'orrore. Non posso permettere che succeda. Il panificio aspetterà. Ed è così che fa marcia indietro. La volontà di dare le dimissioni si è liquefatta come sotto il cannello di una fiamma ossidrica.

In quel preciso istante la Giustizia si alza e si rivolge a lei.
"Giudice?"
"Signor ministro?"
"Posso abusare un istante del suo tempo?"
Si alza anche lei e segue la Giustizia in un salottino attiguo. Con la coda dell'occhio osserva l'Interno che attira verso di sé Legendre; anche lì si impartiscono gli ordini.
Il procuratore generale e il presidente del Tribunal de Grande Instance rimangono seduti da bravi ad aspettare.

La porta del salottino si richiude con un sospiro.
"Ho bisogno di lei."
Sono le prime parole del ministro.
"Le dispiace dare un'occhiata ai nomi contenuti in questo quaderno?"
È un vecchio registro dei conti. Di quelli che si usavano una volta nelle drogherie. Tutto è scritto a mano. Una vecchia mano. Grafia tremolante e la riga delle colonne tirata con il righello. Inchiostro viola, per giunta. Con un indice umido, la giudice fa sbavare una lettera. Inchiostro antico, ma fresco. Un uomo anziano ha scritto tutti quei nomi e tutte quelle cifre a mano, con l'inchiostro viola, senza camuffare la grafia. Una provocazione, pensa la giudice. Si sente così sicuro di sé da lasciare un vistoso segno di riconoscimento... Un vecchio criminale che fa di questa sfida allo Stato una questione personale. Questa grafia è una firma. Considerazioni che la giudice si tiene per sé.
"Legga i nomi, pcr favore."
Li legge tutti, uno a uno.
"Intendiamoci, giudice," dichiara il ministro quando lei gli restituisce il quaderno, "non mi aspetto certo che tradisca il segreto istruttorio, ma fra i nomi che ha letto qual è la per-

centuale di quelli di cui Lapietà le ha già parlato, cui magari ha fatto allusione, o che lei reputa collegati ai suoi affari?"

"Tutti."

"È quel che temevo."

La Giustizia abbassa un po' la voce; entra in confidenza:

"I nomi francesi, passi. Detto fra noi, io non la vedo come il mio collega dell'Interno; sulle chiacchiere, ormai i francesi hanno la digestione facile, possono mandar giù qualsiasi cosa... Gli stranieri, invece...".

Nell'elenco dei nomi, in effetti, la giudice Talvern ha notato quello dell'ambasciatore turco, di due o tre affaristi russi, di un monarca del Golfo, del distintissimo lord Thackenburry, del decano Bostenberger...

"Se questi nomi diventano pubblici, giudice, rischiamo gravissime crisi diplomatiche."

Lei tace.

Aspetta.

La Giustizia riprende la parola.

La Giustizia parla della sua "solida esperienza", la Giustizia elenca i suoi "risultati eccezionali", la Giustizia menziona la sua "acutissima facoltà di discernimento"... La Giustizia, insomma, le lascia totale libertà di manovra nelle sue indagini e si impegna a metterle a disposizione "tutti i mezzi necessari".

Poi,

voce bassa, ma ferma:

"E Legendre lo mandi pure a quel paese, Talvern, è un uomo di rara incompetenza".

# 25.

E di nuovo non ne sapevo niente. Non sapevo che Verdun fosse stata promossa generalessa il giorno in cui stava per scegliere di darsi alla panificazione, non sapevo che Mara fosse innamorata, tanto meno che fosse incinta, non conoscevo quel Iuc di cui avevo sentito due o tre volte il nome per poi subito dimenticarlo. (Segreti di adolescenti, l'adulto evita di tendere l'orecchio, e tanto più di fare domande... Meglio glissare, rispetto, rispetto... insieme a una buona dose di indifferenza, diciamolo.)

Quella mattina, insomma, cominciavo in totale innocenza la mia rentrée letteraria.

"Prima di venire, Malaussène, sia gentile, passi dall'ospedale Tenon," mi aveva suggerito la Regina Zabo, "Petit Louis ha avuto un problemino."

Petit Louis era il miglior venditore delle Edizioni del Taglione.

"Problemino una bella fava, Benjamin, a momenti ci restavo secco, ci restavo!"

Aveva un braccio ingessato, una gamba sospesa e un bel po' di fil di ferro in bocca, tanto che mi parlava sputacchiando.

"Una banda di zingari mi ci ha spedito, in 'sto letto, tutto per colpa del libro di Coriolano."

*L'organo zigano*, il romanzo di Tony Schmider (che la Regina Zabo, grande lettrice di Shakespeare, chiamava Coriolano), raccontava la rottura dell'autore con il defunto padre. Zingaro di antico lignaggio, il padre aveva destinato il figlio al violino zigano, ma la natura di Coriolano lo portava a preferire l'organo, strumento inesorabilmente sedentario. Era bastata questa lite a scavare un abisso tra i due uomini. *L'organo zigano* era il romanzo di quella rottura.

Appena avevano sentito parlare dell'esistenza del libro, tre cugini di Coriolano erano andati a fargli visita:

"Da noi i morti non si criticano. Manco si parla, dei morti. È tabù, per gli zingari, parlare dei morti, e tu pure lo sai".

Siccome per essere più convincenti avevano avuto la pessima idea di tirar fuori i coltelli, Coriolano li aveva stesi lì per lì. Tutti e tre. (Coriolano era l'unico dei nostri vevé che non proteggevamo. Erano i suoi interlocutori ad aver bisogno di protezione.)

E così i cugini si erano vendicati sul povero Louis durante il suo giro della rete vendite.

"Per uno come me che ha passato la giovinezza a fregare i libri, capisci che è il colmo finire in ospedale perché mi son messo a venderli. Così imparo a mettere la testa a posto."

Il fil di ferro non gli impediva di smadonnare.

"Ho una bella seccatura, Malaussène," mi disse la Regina Zabo al mio arrivo alle Edizioni del Taglione. "Coriolano si è messo in testa di vendicare Petit Louis. Fuma come un toro. Se potesse impedirgli di massacrare tutta la sua tribù mi farebbe un grande favore."

Così dicendo, mi tese una manciata di articoli appena sfornati.

"Anche perché non saranno certo queste recensioni a rabbonirlo."

Appena letti gli estratti dell'*Organo zigano*, una parte non irrilevante della critica aveva subito dato addosso a Coriolano: traditore della memoria del padre, traditore della tribù, traditore delle sue tradizioni, traditore della sua mistica, traditore della sua identità, traditore del suo mondo, uno zingaro antizingari, il colmo del razzismo, l'infame per definizione, soggetto assolutamente spregevole.

La Regina non aveva osato sperare tanto:

"Ne venderemo una caterva, Malaussène! Degli zingari non frega niente a nessuno, ma quest'epoca che più cinica non si può adora designare dei colpevoli. Con Coriolano hanno la loro bestia nera del momento; sarà lo scandalo della rentrée. Montagne di dibattiti in prospettiva. La gente si butterà su quel libro per ripulirsi la coscienza. E il fatturato sale, Benjamin, oh se sale!".

La Regina mi chiamava Benjamin solo quando era in preda all'emozione, ma l'emozione gliela davano solo i numeri.

Le riunioni della rentrée si svolgevano nel suo ufficio, una cella quanto mai monacale, capace a stento di contenere lei, il nostro contabile Émile Leclercq, il mio amico Loussa de Casamance che non la finiva più di invecchiare senza cambiare forma, e me. Caffè e croissant per tutti e quattro. A quanto ne sapevo, era l'unico giorno dell'anno in cui la Regina faceva uno strappo alla dieta.

"Ecco, quando poi avrà sistemato il caso Coriolano," continuò, "si occupi del caso Lorenzaccio, che anche lì avremo il nostro bel dafare, vero Émile?"

"Come minimo una visita del fisco," diagnosticò Émile Leclercq. "Nessuno può attaccare impunemente il ministro delle Finanze, anche se sei il suo più stretto consigliere, anche se è tuo zio e anche se ti ha sodomizzato da piccolo. Sì, Benjamin, il tuo aiuto mi sarebbe utile. Se tu potessi fare il capro espiatorio in questa vicenda, mi tornerebbe comodo."

Alceste, Coriolano, Lorenzaccio, Medea... la Regina dava un soprannome a tutti i nostri autori. Al riguardo, aveva una teoria:

"I produttori di verità sono per natura monolitici, Malaussène, come gli dèi dell'antichità o i grandi tipi letterari. Sono dei caratteri. Rilegga *Il misantropo* e mi dica se il nostro Alceste non è l'Alceste di Molière! Rilegga *Coriolano* e vedrà che Shakespeare ha inventato Schmider! Schmider è il nostro Coriolano! E La Masselière, poi? Non è forse Medea?".

Dopo un divorzio di eccezionale ferocia, Amandine de La Masselière, una delle nostre best-selleriste, ci aveva consegnato un romanzo in cui sacrificava i due figli sull'altare della letteratura. Attribuendo loro tutte le tare possibili e immaginabili – tanto fisiche quanto morali –, faceva in realtà il ritratto del padre, "*...nella sua genetica e contagiosa ignominia. Vi sono mostri da cui persino la maternità è insudiciata per sempre*".

"Medea!" esultava la Regina Zabo dopo avere richiuso il manoscritto. "Tutti i miei autori hanno sangue divino, gliel'ho detto!"

Ovviamente i due figli avevano deciso di trascinare in tribunale la madre e il suo editore. Era uno dei processi della nostra rentrée. Almeno fino a che Loussa non prese la parola:

"A proposito di Medea, ho delle novità. I figli ritirano la denuncia".

"Si sono riconciliati con mammina?"

No, Loussa aveva semplicemente convinto le vittime a diventare a loro volta romanzieri.

"Scriveranno su di lei?"

"Sì, è quel che gli ho consigliato. Ho pensato che in questa vicenda i soldi era meglio guadagnarli che spenderli."

"Ottimo ragionamento," ammise Émile Leclercq.

C'era tutto l'amore del mondo nello sguardo che la Regina rivolse allora al vecchio amico:

"Mermero e Fere che scrivono su Medea! Ma sei un genio, Loussa. Hai colmato un grave vuoto mitologico. Finalmente capiremo la madre infanticida!".

Erano le circostanze in cui la Regina giocava allegramente con le parole. Tornava bambina. Applaudiva saltellando sulla sua poltrona; le manotte pneumatiche in fondo a due ferri da calza producevano un allegro clap clap e le guance enormi dondolavano sulla sua magrezza da matita.

Loussa tentò di moderarla.

"L'unico inconveniente è che quei ragazzi sono portati per scrivere come io per fare il meccanico."

La Regina trovò lì per lì la soluzione:

"Ma non importa, li aiuterà Malaussène! Vero, Malaussène? Gli darà una mano lei!".

Discusse le questioni principali, restavano le quisquilie, che cito a memoria: non mettere Elettra e Antigone sullo stesso TGV per il festival di Châlons-en-Champagne (perlomeno non nella stessa carrozza), evitare che Ulisse si giri tutti i letti degli alberghi del suddetto festival, suggerire a Prometeo di non monopolizzare la parola all'incontro con i librai ("Malaussène, gli faccia capire una volta per tutte che al mondo non esiste solo lui come autore!"), controllare che Arpagone paghi di tasca propria le spese personali e che Bacco non vuoti tutti i minibar...

"Ah! Un'ultima cosa," concluse la Regina Zabo, tendendomi un manoscritto. "Dovrebbe anche leggere questo. Prima possibile, per favore."

Era *La loro grandissima colpa*, il manoscritto di Alceste.

Dopo il lavoro, Loussa mi ha accompagnato a Charles de Gaulle in un furgoncino delle consegne. Andavo a prendere Signor Malaussène.

"Come va, coglioncello?"

"Bene, Loussa, dai, sono contento di rivedere mio figlio. E tu, non troppo distrutto dalle tue sontuose vacanze?"

"La conosci Isabelle, lettura, lettura e lettura. Cinque settimane di manoscritti. Com'è andata con Alceste? Ha fatto il bravo?"

"Molto produttivo. Nella mia foresta si rompeva i coglioni da morire, non vedeva l'ora di andarsene. L'ordine era di tenerlo d'occhio senza rivolgergli la parola. Nessuno doveva aprir bocca con lui. I miei amici del Vercors lo chiamavano la Maschera di Ferro."

"I cinesi mi dicono che se ne sta bello tranquillo nel nuovo appartamento. Non si è mosso per due giorni. Pare sia contentissimo di sorvolare Parigi. Davvero bisogna che tu legga *La loro grandissima colpa.* Ci occorre il tuo parere prima di pubblicarlo."

"Cos'è che non vi quaglia?"

Non volle dirmi altro.

"La sai la regola, coglioncello, mai influenzare il lettore."

Guidava distrattamente, tutto preso dal piacere di ritrovarmi. Piacere che provavo anch'io e che si rinnovava ogni anno a settembre da più di trent'anni. Ritrovare Loussa mi consolava dell'aver lasciato il Vercors. L'unica ombra in quel quadro era che fin da giovane lui guidava malissimo.

"Quando vedi Coriolano, digli che la smetta di prendersela con la sua famiglia."

"Loussa, con quali argomenti?"

"Pensava che siccome i cugini non sanno leggere, avrebbero ignorato l'esistenza del suo libro. Grave errore: per l'analfabeta il libro è più sacro che per il lettore. Per uno che non sa leggere, tutto quello che si scrive è scritto nel cielo. È incancellabile. Io, che avevo un padre analfabeta, ne so qualcosa. Diglielo, a Coriolano, vendigliela come una circostanza attenuante. Da dove arriva Sigma, dall'Argentina o dal Brasile? Non me lo ricordo più."

Era così, una conversazione con Loussa. Parlava come guidava, senza spirito di continuità.

"Dal Brasile, il Nordeste, una regione molto arida. Era la

stagione delle piogge, eppure non è venuta giù manco una goccia. Ha passato l'estate a scavare pozzi nel sertão."

A Roissy avevo gli occhi fissi alla doppia porta degli arrivi quando Sigma mi ha afferrato da dietro.

"Ciao, vecchio padre!"

Poi mi ha rigirato come una trottola e mi ha schioccato due rumorosissimi baci.

"Mi aspettavi alla porta sbagliata."

Nel caso il lettore non avesse seguito con attenzione lo svolgimento di questo racconto (non si sa mai), ricordo che Signor Malaussène non tornava da nessuna parte. Né era mai partito. Un'estate rigorosamente parigina. Eppure uno dei miei ricordi più nitidi è la sensazione di avere abbracciato quella sera un ragazzo pieno di sole, caldo e abbronzato, uscito or ora da un deserto di sassi. Gli ridevano gli occhi in una faccia di ceramica ricotta.

Dopo avermi tamburellato la schiena di pacche brasiliane, si è gettato su Loussa con un impeto che mi ha fatto temere per la carcassa del mio vecchio amico.

"Nî hăo, vecchio negro cinese, sei stato gentile a venirmi a prendere, me e la mia mezza tonnellata di bagagli. Ma passami le chiavi del tuo catorcio, che ho troppa paura quando guidi tu."

Rivedo Sigma sedersi d'autorità al volante dopo avere riempito il furgoncino di zaini, ed eccoci diretti alla Ferramenta, Julius e io dietro, fra i libri della rentrée e i bagagli del ritorno, il muso di Julius posato sulla spalla di Sigma e, accanto all'autista, Loussa che gioca a imprecare contro la mancanza di rispetto dei giovani, suscitando uno di quei monologhi che Sigma ha ereditato dallo zio Jérémy:

"Ma è roba morta e sepolta, il rispetto per i vecchi! Non siamo mica più ai tempi in cui il rispetto saliva verso l'alto, rispetto degli antenati, rispetto della bandiera, dei valori democratici, del diritto al lavoro e del segreto istruttorio! Quella è la preistoria, signori miei! Il ricordo del Fronte popolare e del Maggio '68 sono pattumiere della Storia! Oggi sono 'i ggiovani' a meritare il rispetto! Siamo noi e basta! La accendete qualche volta la radio? Lo slam, il rap, non vi dicono niente? Non li ascoltate i testi? Oh, regolate un po' l'Amplifon, che i giovani vi stanno parlando!".

Loussa aveva sempre incoraggiato le tirate di Sigma. Appena l'oratore cominciava ad avere il fiato corto, lui lo provocava di nuovo:

"Questo qui si crede giovane e poi parla come i nostri vevé più decrepiti. Son vent'anni che sanno tirare fuori solo il rispetto che gli dobbiamo. Lo chiamano il reale, e su questa confusione ci abbiamo fatto la nostra fortuna commerciale".

Ogni volta che Loussa lo metteva con le spalle al muro costringendolo a riflettere, Sigma schivava:

"Sono troppo buono, io, a star qui a parlare con una balia fuori uso".

Allusione all'epoca lontanissima in cui Loussa spendeva intere serate a raccontargli la mia giovinezza. "Ancora, Loussa, ancora i casini di papà quando era giovane!"

Bei tempi, come si usa dire.

Uno di quei bei tempi.

Insomma, uno dei bei momenti di quei tempi là.

Ero tutto felice all'idea di passare la serata con Sigma. Quella notte non avrei dormito da solo nella Ferramenta. Alleluia, il figlio era tornato! La mattina dopo gli avrei preparato la colazione, un cocktail di semi che più salutista non si può messo a punto da Julie e Gervaise quando era piccolo e per il quale il giovanottone dalla pelle ramata e i muscoli d'acciaio andava ancora matto. Esultavo aprendo la porta della Ferramenta. Mi godevo una meravigliosa regressione. Ritrovavo il riso dell'essere padre. Sigma invitò Loussa a unirsi a noi.

Loussa oppose una blandissima resistenza:

"Ormai l'hai passata l'età delle storie della buonanotte, razza di coglioncello, mi vuoi lasciare in pace o no?".

Ma all'entusiasmo di Sigma è impossibile resistere ed entrammo tutti e tre nella Ferramenta.

# 26.

A quell'ora tarda, va da sé, era tutto buio. Sono andato a tastoni e quando ho acceso la luce si è levato un clamore che mi ha fatto cascare i bagagli dalle mani. Loussa a momenti sveniva. Erano tutti lì. Assolutamente tutti i membri della tribù, dal nucleo familiare alla cerchia più allargata: c'erano Clara, Thérèse, Louna, Jérémy, Il Piccolo, Hadouch, È Un Angelo, Maracuja e Théo, ma anche il capitano Titus (padrino di Maracuja), il dottor Postel-Wagner (che ha messo al mondo Sigma), il professor Berthold (che ha fatto abortire Julie e partorire Gervaise) e il suo nemico intimo, il professor Marty (che ha salvato Jérémy dalle fiamme e ha collocato fra noi È Un Angelo). C'erano anche Mondine, la moglie di Berthold, in piena produzione e distribuzione di panini con la sua vecchia amica Gervaise, la Rachida di Hadouch che andava di tartine con Thérèse, mentre sua figlia Ophélie spariva tra le braccia di Sigma (apperò, questa mi era sfuggita), e Clara che svolgeva il suo ruolo di fotografa mondana. La Regina Zabo aveva raggiunto Loussa, ma non c'era Verdun, in ritardo a causa del lavoro, come spesso succedeva.

Julius il Cane, dalla gioia, non sapeva più da che parte voltarsi.

Trattavasi di una festa organizzata per il ritorno degli esploratori, questa era la versione ufficiale (includo i miei più intimi fra coloro che architettarono quell'incredibile bugia). In fondo, mi spiegò Jérémy molto tempo dopo, la festicciola ci sarebbe davvero stata se i ragazzi fossero davvero partiti e davvero tornati. "Non ci sono così tante occasioni per radunare la tribù, Ben."

Nella fattispecie, però, era una festa alibi. Radunava quelli che sapevano e quelli che non sapevano. Io ero fra i secondi. Quelli che sapevano intortavano quelli che non sapevano, i quali, nel caso, avrebbero potuto testimoniare con la massima buona fede, avendovi assistito, del ritorno degli esploratori. Anche Maracuja ed È Un Angelo, come Sigma, erano abbronzati, e tutti e tre distribuivano regali in giro. Mi sono così ritrovato con un cappello da *cangaçeiro* di cuoio bollito in testa e un *charango* in mano – un povero armadillo gigante trasformato in strumento a corde. A momenti lo lasciavo cadere tanto sembrava vivo.

"Non aver paura, vecchio padre, questo armadillo non è più un animale, adesso è musica. I *sertaneijos* sono bravissimi a suonarlo!"

La sorpresa nella sorpresa era la presenza della mamma e quella di Julie.

"Paul è scappato," spiegò nostra madre. "Per quanto si faccia attenzione, lui rimane sempre il re delle evasioni. Ne ho approfittato per concedermi una licenza e venire ad accogliere i ragazzi. Julie è passata a prendermi."

In realtà Gervaise aveva avvertito Julie della gravità della situazione. Julie era saltata in macchina per correre al fronte dell'emergenza e partecipare alla bugia collettiva. Lungo la strada, aveva tirato fuori la mamma dal suo vecchiodromo, da cui in effetti Paul era scappato per andare a farsi un giro con il suo amico Alois Alzheimer.

"Torna sempre," spiegava la mamma. "Il più delle volte sono i *gendarmes* a riportarlo indietro. Appena telefonano, rientro anch'io."

A Julie ovviamente ho chiesto se Rabdomant non aveva più bisogno di lei.

"No, tutto a posto, il suo libro procede bene. Fra l'altro ci sei molto piaciuto, ieri, in tivù."

Mi ci è voluto un po' prima di capire di cosa parlasse. E ho cominciato a balbettare che, ommadonna, sì, è vero, me l'ero dimenticata quella cagata di intervista. E così tu e Rabdomant l'avete vista? Davvero l'hanno trasmessa? Ieri? Al telegiornale dell'una? Sono stato un pirla, Julie, scusami, ma cosa vuoi farci, non sono riuscito a trattenermi, quel giornalista con la sua faccia da paraculo – come si chiama, già? –, la stragrande maggioranza dei viaggiatori pronti a linciare i rapitori-burloni, quel prete minaccioso come un rogo, assolutamente medievale sotto la sua aria da rocker, i riflettori, il microfono peloso sotto il naso – li odio, io, i microfoni pelosi, sembrano animali morti, come quel *charango*! –, la voglia che si levassero dai coglioni, alla fine non ho resistito, mi stava troppo sul cazzo quell'imbonitore con le sue domande alla vaselina, e poi davvero sono preoccupato per gli stronzetti idealisti che hanno rapito Lapietà, perché solo dei giovani possono fare una cazzata del genere, rapire Lapietà, partorire quel manifesto, chiedere come riscatto il paracadute d'oro, immaginare la scena a Notre-Dame, questa roba qui l'hanno fatta dei pischelli, sei d'accordo anche tu, Julie, e t'immagini cosa gli toccherà passare quando li beccheranno? Insomma, mi son lasciato andare, vabbè, ho buttato fuori quello che mi stava sul gozzo, cosa vuoi che ti dica, scusami, Julie, davvero, sono stato proprio un pirla, io...

"Basta, basta, Benjamin, è grazie a questo genere di imprevisti se con te non mi sono mai annoiata. Da quando in qua ci vogliono delle scuse per questo, amore mio? E poi grazie alla tua intervista Rabdomant ha trovato il suo titolo. Era tutto contento."

"Il suo titolo?"

"Il titolo del suo saggio sull'errore giudiziario. Si chiamerà *Il caso Malaussène.*"

Ecco. È andata avanti per buona parte della notte. Mara, Nange e Sigma erano ovviamente i protagonisti della festa. Rispondevano a qualsiasi domanda. Quando oggi penso a come Mara stava in pena per Iuc, devo ammettere che in quella circostanza si è dimostrata davvero eroica. La sua presunta attività di veterinaria nelle giungle di Sumatra appassionava tutti, va da sé, e lei non lesinava sulle risposte:

"Che cosa facevo? Di tutto. Ero in un'associazione collegata al parco faunistico locale. Accoglievamo e curavamo gli oranghi cacciati dalla deforestazione, e ho dato il biberon ai piccoli. Ho anche imparato a catturare i serpenti, a misurarli, a estrarne il veleno, a fargli iniezioni sottocutanee di antiparassitari... Cos'altro ho fatto? Ah sì, ho curato la congiuntivite a un tapiro, ho fatto della meccanoterapia a un avvoltoio che si era rotto l'ala... Ma ho anche pulito le gabbie e spalato merda, in fondo ero solo una veterinaria praticante...".

"E poi abbiamo passato un sacco di tempo su Skype con Ben," spiegava dal canto suo È Un Angelo. "Ci teneva molto al suo appuntamento quotidiano..."

"Sì, se l'è cavata alla stragrande, oltre tutto era sempre puntualissimo. Su questo, sono fiero di te, vecchio padre, vedi che non era poi tutto 'sto sbattimento..."

Ecc.

Sarebbe probabilmente andata avanti così fino all'alba se, a un certo punto avanzato della notte, la porta della Ferramenta non fosse esplosa. Non è davvero esplosa – trattasi di immagine sonora – ma questo è stato il rumore che ha fatto aprendosi sotto la spinta di una frotta di sbirri armati, corazzati per l'appunto come armadilli, che ci hanno gridato di stare tutti zitti spingendoci contro le pareti e chiedendoci i documenti mentre altri, in borghese, iniziavano la perquisizione facendo un bordello spaventoso in giro. Sorvolo sullo stupore generale, sulle proteste degli invitati (urla del professor Berthold, per esempio, in chiave "Lei non sa chi sono io!"), tutte quelle scene viste e straviste che non si sa bene se sono ereditate dal cinema o se invece lo alimentano. Siccome anche le cose migliori hanno una fine, fatte tutte le verifiche la situazione si è calmata. I pulotti si son messi ad aspettare il seguito, lievemente a disagio. A dire il vero erano un po' perplessi. La presenza di due professoroni di Medicina strafamosi, di un noto editore, del capitano Adrien Titus (mitico, nel loro ambiente) e di Gervaise, figlia del vecchio Thian, direttrice di orfanotrofio, non meno famosa lei stessa per essere stata un tempo sbirro e suora, gli dava da pensare che ci fosse qualcosa che non quadrava. Tutte personcine a posto. Per non parlare di quei ragazzi appena tornati da missioni presso tre ONG serissime, come attestavano i loro passaporti, i contratti di lavoro e l'abbronzatura. No, non era decisamente un covo di gangster né un nido di rivoluzionari e le possibilità di trovare lì Lapietà erano pari a quelle di essere invitati un giorno a una festa così scicchettosa.

Sta di fatto che comunque è andata a finire male.

Almeno per me.

Dopo i controlli di rito, è entrato a sua volta nella Ferramenta un colosso dall'aria imbarazzata. Mi si è avvicinato e mi ha comunicato che ero in arresto.

Talmente mortificato, il tipo, che l'ho subito riconosciuto. Era Carrega. La prima volta che mi aveva fatto visita (proprio qui, alla Ferramenta, non ho il coraggio di contare i decenni) era ispettore praticante e già si scusava di esistere. Indagava su un bombarolo che esercitava la propria arte nel Grande Magazzino dove io facevo il capro espiatorio. Portava già quel giubbotto da aviatore con il collo di pelliccia reso famoso dalla squadriglia Normandie-Niemen. All'epoca lavorava agli ordini del commissario di divisione Rabdomant. Anno dopo anno, caso Malaussène dopo caso Malaussène, era diventato una specie di intimo, silenziosamente innamorato di Clara, pure, mi sembrava. Lo conoscevamo tutti. Se quella sera fosse entrato nella Ferramenta prima del drappello di samurai, probabilmente sarebbe stato accolto come un invitato. Aveva preso qualche anno e fatto la sua brava carriera. Oggi gli stava un po' strettino, il suo giubbotto da aviatore, ma era diventato commissario di divisione, ed era sempre timido. Si guardava i piedi, sgranando i capi di imputazione:

"Rapimento e sequestro, apologia di reato, pubblica incitazione alla disobbedienza civile".

Ci tenne a precisarmi che il commando in uniforme non era ai suoi ordini. Reparti speciali. Lui era inviato dalla direzione generale, mandato dal direttor Legendre in persona.

In un imbarazzo atroce, Carrega. Annichilito dal rimorso.

"Il direttore Legendre vuole interrogarla personalmente."

Il resto era ancora più difficile da dire:

"E, mi scusi Benjamin, devo... Devo metterle le manette. Lui ci tiene assolutamente".

Con la coda dell'occhio ho visto Sigma fare un passo avanti, ma la mano di Julie l'ha bloccato.

## 27.

Quel che è passato ci manca e quel che perdura ci annoia, siamo fatti così. Diventare e permanere insieme, è questo il sogno dell'uomo. Conosco una sola persona che sia riuscita a realizzare questo ideale, ed è Xavier Legendre, direttore dei servizi attivi della polizia giudiziaria.

Succedere al commissario di divisione Rabdomant, suo suocero, era stato l'obiettivo della sua giovinezza. Raggiunto quello, non aveva più desiderato altro. Se non sbattermi definitivamente in galera. Mentre Rabdomant mi considerava l'emblema dell'innocenza oltraggiata, Legendre mi riteneva da sempre colpevole di tutto, e non redimibile. Era già riuscito una volta a farmi rinchiudere per qualche settimana, ma non gli era bastato. Per me ambiva all'ergastolo, alla pena perpetua. Lui stesso d'altronde fluttuava in una specie di eternità. Il suo ufficio era rimasto assolutamente identico dal nostro ultimo incontro, che pure non era recentissimo: un ufficio di cristallo. Tutto era trasparente. Vetrate sul corridoio e sulla città, luce alogena, moquette bianca come l'innocenza. In antitesi, va da sé, all'ufficio stile Impero del suocero: luce confidenziale, tappezzerie color spinaci punteggiate di api d'oro, caminetto dalle venature complesse, divano Récamier, porta imbottita e pesanti tendaggi a isolare dal mondo. Eppure era la stessa stanza, abitata successivamente dai due uomini; l'uomo di tradizione e la freccia del futuro.

Da me, diceva l'arredo di Legendre, non c'è niente da nascondere, anche i muri sono trasparenti.

Lui però era un po' cambiato. Era invecchiato dal cranio, che adesso era come un pisello tutto raggrinzito, ma aveva sempre il suo completo setoso e l'eloquio cesellato.

Mi accolse con un'aria dispiaciuta e contrariata:

"Gli tolga quelle manette, Carrega, ma scherziamo, cosa le è saltato in mente?".

Scuoteva una testa stupefatta.

"La prego di scusare il comandante Carrega, signor Malaussène, l'eccesso di zelo è la piaga della nostra professione."

Poi a Carrega, rimasto talmente di sasso da non trovare più le chiavi:

"Allora, lo libera o no?".

E di nuovo a me, come una confidenza tra pari:

"Cosa vuole, la smania di far carriera... L'ambizione è il tallone d'Achille della competenza".

Giuro su quel che ho di più profano al mondo che queste sono, alla lettera, le precise parole che Legendre ha tirato fuori accogliendomi. La dicono lunga sull'atmosfera lavorativa che regnava nella sua palude immacolata. A momenti mi veniva quasi da consolare Carrega.

Quando il poveretto mi ha finalmente levato le manette, non ho dato a Legendre la soddisfazione di vedermi sfregare i polsi. In effetti d'istinto viene da farlo; non ho ceduto.

"Si accomodi, prego, signor Malaussène."

Siccome anche le poltrone erano trasparenti, per sedermi ho dovuto cercare la mia. Dopodiché ci ritrovammo uno di fronte all'altro come due immagini sospese, separate da un tavolo a sua volta invisibile sul quale fluttuava uno di quei computer disegnati per fendere il cosmo.

"Partiamo dall'inizio, se non le dispiace, signor Malaussène. Reputa fondati i motivi del suo fermo?"

Voleva il mio assenso. Voleva che la guardia e il ladro sapessero cosa ci stavano a fare insieme. Secondo Titus era il suo ruolo preferito, il poliziotto pedagogo. Intendiamoci, puntualizzava Silistri (a proposito, che fine aveva fatto Joseph? Non l'avevo visto alla festa...), la sua pedagogia non arriva fino al punto di spiegarci come si compra la sua collezione di completi.

È vero che l'alone della seta intorno a Legendre lo collocava molto al di sopra della sua condizione.

Adesso, decisamente, mi sorrideva:

"Apologia di sequestro di persona, no?".

Che cosa rispondere? Era ovvio che aveva visto anche lui la maledetta intervista. Posso persino descrivere la sua gioia quando mi ha sentito tirar fuori la mia sfilza di puttanate su quel cazzo di TGV. Ha strabuzzato gli occhi, la superficie delle orecchie gli si è triplicata, è balzato su dalla poltrona e ha preso a sganasciarsi come un pazzo gridando "vai, adesso sì che ce l'ho in pugno, eccome se ce l'ho!", ha fatto dieci volte il giro dell'ufficio correndo sulle pareti di vetro ed è ricaduto completamente spompato nella poltrona dirigenziale chiudendo quella performance in puro stile Tex Avery. Ancora fremeva:

"Si trattava di questo, no, nell'intervista che ha dato insieme al reverendo Courson de Loir? L'apologia del rapimento e del sequestro!".

Senza darmi tempo di rispondere, aggiunse:

"E incitazione alla disobbedienza civile".

"..."

"Non è così?"

Siccome io riflettevo, ha voluto darmi un piccolo aiuto:

"Andiamo, signor Malaussène, dichiarare pubblicamente che gli autori di quel manifesto... la cito a memoria... 'testimoniano un grado di coscienza sociale ormai estraneo alle nostre classi dirigenti politiche', non era forse come portarli a esempio? E incitare i giovani a seguirlo, quell'esempio? Cioè a taglieggiare il capitalismo sequestrando i capi d'azienda".

"..."

"A me, in ogni caso, il messaggio è parso chiarissimo, e così ai miei subordinati. Nonché assolutamente negativo, ne converrà, stante la situazione attuale."

Qui, una pausa piuttosto lunga, per darmi il tempo di riflettere.

Poi mi ha chiesto:

"Da quanto tempo lo conosce?".

Chi?

Mi deve aver letto la domanda negli occhi perché ha precisato:

"Il Reverendo".

Mai visto, no, era la prima volta.

"Mai visto, no, era la prima volta."

Il sospiro di Legendre suggerì che non avevamo tempo da perdere.

"Mi permetta di dubitarne, signor Malaussène. Da questa foto..."

Il computer che voltò pigramente verso di me mostrava il Reverendo che mi posava la mano sull'avambraccio, e, accidenti, sì – scherzi del fotogiornalismo –, dall'espressione amichevole del prete e dall'aria che avevo io di ridere sotto i baffi con la mano sugli occhi, avresti giurato che fossimo cugini primi o vecchi compagni di seminario. Da quella foto, certo, sembravamo due che si conoscevano da un pezzo.

"Adesso, signor Malaussène, una domanda seria."

(Ma dai, perché invece fino adesso sono stati frizzi e lazzi?)

"Perché ha dissuaso il Reverendo dall'accettare l'assegno del paracadute d'oro sul sagrato di Notre-Dame?"

Cosa?

Prego?

Che altro ho fatto?

"È una cosa seria, signor Malaussène."

Mi spiegò la gravità della vicenda. Fino a quell'intervista, era assodato che il Reverendo avrebbe accettato di ricevere il paracadute di Lapietà alla fine della prima messa del mattino. Ma dopo il nostro viaggio insieme, dopo le mie sciagurate dichiarazioni sui meriti dei rapitori, il Reverendo aveva di colpo cambiato idea, e rinunciato a ricevere il riscatto. Che spiegazione potevo dare a questo voltafaccia – le cui conseguenze sono letteralmente incalcolabili, signor Malaussène?

"..."

"La ascolto."

Sapevo a stento di cosa parlava. Non avevo sentito le notizie, domenica. Avevo preparato la mia rentrée letteraria del giorno dopo, tutto felice alla prospettiva di andare a prendere Sigma dopo il lavoro. Perciò le ultime notizie... Una volta di più non sapevo niente di niente, se non che la mia ignoranza la stavo pagando a caro prezzo. In realtà, vedevo compiersi la profezia di Alceste: "Lei non scappa da me, Malaussène, lei scappa dalla realtà! Ma si fidi che la riacciufferà! Non ha ancora chiuso con lei, la realtà!".

Così era.

Il reale mi aveva imprigionato in una sfera di cristallo dove il direttore dei servizi attivi della polizia giudiziaria leggeva il mio passato e mi prediceva il futuro.

"Su questo voglio spiegazioni precise, signor Malaussène."

Si fece rassicurante.

"Non necessariamente stasera, abbiamo tutto il tempo. Domani, magari, o anche dopodomani, se davvero ha bisogno di riflettere. Nel caso, potremo prolungare il suo fermo."

Ecco.

"Tanto più che..."

Tanto più che cosa?

"Tanto più che occorre menzionare il terzo capo d'accusa."

E cioè?

"Rapimento e sequestro."

Vabbè. Non sono neanche andato in panico più di tanto. Era nella logica delle sue deduzioni. Adesso questo stronzo mi avrebbe annunciato che Lapietà lo detenevo io e che lui lo avrebbe liberato. Dopodiché, Malaussène al gabbio per tutta la vita, Lapietà per sempre grato, e viva la pensione ben guadagnata!

"Da dove veniva, sabato sera?"

Venivo da Valence, lo sapeva benissimo.

"Certo, aveva preso il TGV a Valence, ma da dove veniva?"

Come sarebbe, da dove venivo? Dal mio abituale luogo di vacanza, come un certo numero di francesi alla stessa data.

"Dal Vercors, giusto? Me l'ha confermato la *gendarmerie* di La Chapelle."

Legendre era il classico sbirro che interroga solo per aiutarsi a dedurre. Su questo il vecchio Rabdomant aveva ragione, era una macchina per produrre coerenza. Non lasciava niente al caso. Il re del dossier che non fa una grinza. Dalla sua faccetta moderatamente soddisfatta, ho capito che si accingeva a darmene la prova.

"Lo sa che lassù in questo momento si parla solo di lei?"

Ci potrei scommettere, li conosco i miei amici. Sull'altopiano l'inverno non passa mai e gli argomenti di conversazione sono pochi. Bisogna succhiarli a lungo, come le caramelle.

"La sua partenza ha lasciato un grande punto di domanda."

Ma dai.

Intorno alla nostra gabbia luminosa era notte. Parigi dormiva in un pulviscolo di luce. Come di sfuggita ho rivisto Julie, Julius e me seduti sulla nostra panca, davanti alla porta delle Rochas.

E nient'altro che stelle.

Perché sono tornato giù?

Che cosa ho fatto di quelle notti meravigliosamente notturne?

Sono queste le infedeltà che paghiamo più care.

"La Maschera di Ferro, signor Malaussène, le dice qualcosa?"

"..."

"E il Conte di Montecristo?"

"..."

"Signor Malaussène, potrebbe dirmi chi deteneva in quel capanno sperduto nella foresta di Vassieux?"

Lapietà, perdinci! Hai fatto centro, Legendre! Ma lo sai che sei davvero il migliore?

"Questo, in ogni caso, è quel che si domanda la *gendarmerie* locale."

Stanchezza, di colpo. Immensa stanchezza.

"E a questa domanda la popolazione si rifiuta di rispondere. I suoi amici sono fedeli, signor Malaussène, ma potrebbe costargli caro..."

Non rispondono perché non lo sanno, bello mio. Non lo sanno perché gli ordini della Regina Zabo chiedevano la discrezione assoluta. Oh! Santo Dio, purché non vadano a rompere le balle a Robert, Dédé, Mick, Roger, Yves e gli altri... Mica che 'sto cretino s'immagina che abbiamo nascosto Lapietà nel capanno di Dédé!?

"Una certezza, signor Malaussène, non si trattava di Georges Lapietà. Le persone che andavano a funghi lo avrebbero riconosciuto. Ma chi era? E perché è sparito dall'oggi al domani?"

Stavo per rispondere quando gli è squillato il cellulare.

"Mi scusi."

Gli ha gettato un'occhiata veloce.

"Niente. La famiglia. Mi dica."

Povera famiglia... Mi accingevo a raccontargli la storia di Alceste, quando si è sentito il tintinnio di un sms. Ha riaperto il suo arnese, letto il messaggio, e mentre sbiancava – mi pare – il cellulare ha squillato di nuovo. Stavolta ha risposto.

Solo più tardi, dopo essere stato liberato, ho saputo chi era il suo interlocutore e quale era stato il tenore della conversazione.

Julie aveva chiamato Rabdomant.

Rabdomant si era concesso qualche minuto di riflessione, aveva fatto a sua volta qualche telefonata, poi aveva chiamato il genero.

Leggendo sullo schermo il nome del suocero, Legendre non si era degnato di rispondere. Ma Rabdomant aveva un sms di riserva.

*Mio caro Xavier, se non risponde alla mia seconda chiamata comparirà nel mio libro in qualità di re degli idioti, con nome, cognome e tanto di irrefutabili prove a sostegno.*

Legendre aveva risposto alla seconda chiamata.

RABDOMANT: Si sta rendendo ridicolo, genero.

LEGENDRE: La prego, sono in pieno interrogatorio.

RABDOMANT: Con Malaussène, lo so.

LEGENDRE: ...

RABDOMANT: Vediamo, mi lasci indovinare: ha visto come me l'intervista televisiva di Malaussène. Anziché trovare, come me, patetico il suo giovanilismo, anziché classificare, come me, quell'incontenibile concionatore nella categoria dei Don Chisciotte in miniatura (ciò che è sempre stato, diciamolo, e l'età non ha migliorato le cose), lei ha subito pensato che fosse coinvolto nel caso Lapietà, giusto?

LEGENDRE: ...

RABDOMANT: Sì o no, caro genero? Mi sbaglio? Magari ha anche pensato che fosse d'accordo con il Reverendo, che lo avesse dissuaso dal ricevere il riscatto domenica mattina, certezze del genere, no?

LEGENDRE: Senta...

RABDOMANT: No, stia lei a sentire. E mi interrompa solo se mi sbaglio!

LEGENDRE: ...

RABDOMANT: Bene. Forte delle sue convinzioni, ha indagato nel Vercors, è venuto a sapere di questa storia del capanno misteriosamente occupato e strettamente sorvegliato (cosa di cui ho appena avuto conferma dai *gendarmes* di La Chapelle).

LEGENDRE: ...

RABDOMANT: Vuole che le dica chi si nascondeva in quella foresta vertacomicoriana, Xavier, e perché?

LEGENDRE: ...

RABDOMANT: Non soltanto Malaussène non conosce il Reverendo (un vecchio amico che ho appena svegliato nel cuore della notte per colpa sua), ma si figuri un po' che non ha rapito nessuno. In quel capanno, invece, proteggeva qualcuno. Uno scrittore che già una volta hanno tentato di assassinare. Faceva il lavoro che spetterebbe a lei, insomma. Vuole sapere il nome dello scrittore? Dovrebbe piacerle, è il classico tipo che si lamenta del suocero...

LEGENDRE: ...

RABDOMANT: Dai, Xavier, glielo dirò. Poi dovrà solo verificare.

# 28.

Dall'alto del mio ventitreesimo piano mi sveglio proprio sulla pianta di Turgot. Grazie, Malaussène. Le tapparelle si alzano su una Parigi di cui posso contare le finestre. Una città intera in un colpo d'occhio, dal più vicino al più lontano. Ho sempre avuto la vista corta e la vista lunga. Vedo bene dal centimetro all'infinito. Ai miei occhi l'insetto qui sul davanzale della finestra e l'Arco di Trionfo laggiù hanno la stessa dignità letteraria. Avverto l'urgenza di scrivere con la medesima serietà di questo e di quello. Coprire tutta la profondità di campo con identica lucidità, ecco il mio obiettivo. Purché questo sia questo, questa coccinella e non un'altra (che ci fa così in alto?), e quello sia quello, quell'arco di trionfo e non un altro. Se disegnassi, avrei l'identico spessore di tratto per il vicino e per il lontano. Quasi tutti ispessiscono il tratto in primo piano per assottigliare fino al capello d'angelo i confini più distanti, io invece auspico il medesimo tratto per tutto. Detto in altre parole, la stessa *presenza* a tutto. Siamo dove siamo, fin dove giungono il nostro sguardo, la nostra memoria e le nostre conoscenze. Il mio paese e la mia epoca offrono solo una letteratura da miopi o da presbiti. Invece io voglio coprire tutto il campo della mia vita e del mio tempo. Questo mi è toccato in sorte e questo devo scrivere, per quanto lontano ciò mi porti nello spazio nel tempo e, ahimè – quando l'incontrollabile concatenarsi degli eventi lo decide –, in quella che può passare per una deriva romanzesca.*

*Mi hanno mentito* dice esattamente cosa fu la mia infanzia, *La loro grandissima colpa* ne esamina le spaventose cause con l'identica precisione. Avrei forse preferito vivere qualcos'altro per avere qualcos'altro da scrivere? Nella scrittura, la questione della preferenza non si pone. La vera questione è: il mio editore avrà il coraggio di pubblicare *La loro grandissima colpa*?

* A proposito di derive romanzesche, stanotte – alle due e diciassette! – è venuto un poliziotto con il giubbotto di pelle e il collo di pelliccia ad assicurarsi che non fossi stato trattenuto contro la mia volontà nel capanno del Vercors. Devo ricordarmi di raccontarlo a Malaussène, è il genere di idiozia che lo diverte.

Continua...

*I miei ringraziamenti*

Vanno a France Boëry, Florence Cestac, Fanchon Delfosse, Fabio Gambaro, Pierre Gestède, Jean-Marie Laclavetine, Véronique Le Normand, Patricia Moyersœn, Laurent Natrella, Alice Pennacchioni, Alexandre e Jean-Philippe Postel, Laure Pourageaud, Rolf Püls, Vincent Schneegans e a tutti gli altri che dimentico.

Orecchie instancabili e preziosi consigli, grazie!

# Indice

15 Repertorio

25 1. La più bella

53 2. Non mi piace questo caso Lapietà

93 3. La verità vera

139 4. La piccola

175 5. Quel che Lapietà aveva da dire

199 6. Il caso Malaussène

233 7. La rentrée

277 *I miei ringraziamenti*